Mit Dank an
Andreas Falz, Staatliche Schlösser und Gärten Baden-Württemberg,
Dr. Ralf Richard Wagner, Schloss Schwetzingen und
Cornelius Kieser, ebenfalls Schwetzingen,
verbinde ich die Bitte um Nachsicht,
da ich im „Jagdstern" sehr frei, ja geradezu schlampig
mit den historischen Fakten umgegangen bin,
die mir in den Interviews umfangreich
und präzise mitgeteilt wurden.

Johannes Hucke, geboren 1966, hat mit seinem „Kraichgauer Weinlesebuch" (2007, 3. Auflage 2014) die Landschaft zwischen Schwarz- und Odenwald vinologisch erschlossen. Als Theaterautor ist er erfolgreich u. a. mit dem Wein-Theaterstück „Kellersequenz". Weitere Veröffentlichungen im Info Verlag: „Bergstraße Weinlesebuch" (2008), „Südpfalz Weinlesebuch" (2009), „Strafraum", ein KSC-Krimi (2009, 2. Auflage 2010) und „Totland", KSC-Krimi Nr. 2 (2010, beide gemeinsam mit Holger Nicklas), die Unternehmensgeschichte „Das Beste aber ist das Wasser" (2010), „Frankfurter Stückchen. Ein Märchen aus der neuen Altstadt" (2010), „Neckarstadt Western. Der durchgeknallte Mannheim-Roman" (2010), „Libellen greifen selten zu Labello", Gedichte (2010), der Peter-und-Paul-Krimi „Die Brettener Methode" (2011), der Winzer-Krimi „Frühlingsfahrt" (2011) sowie die Kriminalerzählung „Aqua Asini. Maulbronner Eselswassser" (2012). Herausgeber einer Anthologie von Kindergedichten „Wo ich hingeh, geh ich hin" (2012). Verschiedene andere Titel sind in Vorbereitung.

Johannes Hucke

Jagdstern

Eine Schwetzinger Kriminalerzählung

Lindemanns Bibliothek

Der Inhalt von „Jagdstern“ ist rein fiktional.
Ähnlichkeiten mit lebenden Personen sind nicht beabsichtigt.

„Schmerz, Rum und Belastung ...“
Dieses Buch ist Alexander Broese gewidmet
und sonst keinem.

Das Schönste, was wir erleben können, ist das Geheimnisvolle. Es ist das Grundgefühl, das an der Wiege von wahrer Kunst und Wissenschaft steht. Wer es nicht kennt und sich nicht wundern, nicht mehr staunen kann, der ist sozusagen tot und sein Auge erloschen.

ALBERT EINSTEIN

Denn die Erde jagt uns / auf den Abgrund zu, / Doch der Himmel sagt uns: / Warum zweifelst du? / Kyrie eleison, / sieh, wohin wir gehn, / ruf uns aus den Toten, / lass uns auferstehn.

EKG 97.5

Der Mensch steht also in einem so nahen Verhältniß mit der Natur, daß er ihre Einwirkungen auf seine Seele nicht verläugnen kann ... Sie hat Gegenden, die bald zur lebhaften Freude, bald zur ruhigen Ergötzung, bald zur sanften Melancholie, bald zur Ehrfurcht, Bewunderung und einer feyerlichen Erhebung der Seele, die nahe an die Andacht gränzt, einladen; aber auch Gegenden, die ein niederschlagendes Gefühl unsrer Bedürfnisse und Schwäche, Traurigkeit, Furcht, Schauder und Entsetzen einflößen.

CHRISTIAN CAY LORENZ HIRSCHFELD, 1779

Wachhäuschen. To be taken away

Das Verschwinden des Gartenarchitekten Gernot Junker aus dem Schwetzinger Schlosspark an jenem blütenduftgetränkten letzten Aprilabend vor ein paar Jahren gibt immer noch Rätsel auf. Sonderbar genug, dass ausgerechnet zu einer solchen Stunde, da alles aus sich herausdrängt und eine jede Erscheinungsform der Natur ihrer Fülle und Vollendung zustrebt, ein einzelner Erdenbürger, gegenläufig zu allem gleichsam in sich zurückschwindet, erlischt und nie mehr wiederkehrt. Wir hüten uns, zu diesem Sachverhalt unsere Privatmeinung mitzuteilen; nicht einmal sämtliche Fakten und Beobachtungen, die uns vorliegen, wollen wir preisgeben. Doch könnte es sein, dass wir mit den folgenden Notizen einige Anregungen geben, die zu einem Verstehen zweckdienlich sind, welches den Geschehnissen, wie sie sich in Wahrheit zugetragen haben, immerhin nahekommt. – Vielleicht trefft ihr, meine lieben Freunde, aus eigenem Antrieb eine Entscheidung, auf welchem der gewundenen Wege man weitersuchen könnte, wenn ihr unsere Einlassungen studiert habt. Solltet ihr es auf diesem Gebiete tatsächlich zu neuen Erkenntnissen bringen, steht es euch selbstverständlich frei, eure Beobachtungen den zuständigen Behörden zu unterbreiten. Man wird euch dankbar sein; außer drei Zettelchen, die man zur Not als Drohbriefe bezeichnen könnte, liegt nämlich nichts Konkretes vor. Zurzeit wird nicht ermittelt; ja, es hat den Anschein, der Fall Gernot Junker mitsamt seinen eigenartigen Begleitumständen sei zu den Akten gelegt.

Wenn ein Mensch verschwindet, auch nach Tag und Jahr nicht wiederkehrt, kein Anhaltspunkt als zureichend und keine Suchbewegung als tauglich sich erweist, haben wir es für die Zurückbleibenden mit einer Gemengelage zu tun, die sich klar unterscheidet von den Gegebenheiten, welche vorliegen, wenn wir vom Tode eines Zeitgenossen erfahren. Wie wir aus zahlreichen Berichten wissen, worin sich Hoffen und Verzagen derjenigen ausdrücken, die den Verlust ertragen müssen, aufgezeichnet vornehmlich in Kriegszeiten und Phasen sozialer Unruhen, entfaltet die Leere, die Lücke, der aus dem Leben herausgestanzte Umriss eine ganz eigene, sonderbare Dynamik; die Menschen beginnen, mit dem nicht mehr Vorhandenen Umgang zu pflegen. Nach und nach gewöhnen sie sich an eine zuvor nicht vorstellbare Art der Kommunikation; schließlich unternehmen sie allerhand – Selbstgespräche, Gebete, Meditationen, die Séancen ähneln können –, um den Riss, den Graben, das klaffende Loch mit Material aus den Grenzlanden der Phantasie zu befüllen.

Verschiedentlich hat die Mythologie das Phänomen, dass jemand aus dem Leben gerissen wird, ohne beurkundet zu sterben, in Bilder und Gleichnisse zu fassen gesucht. Verliebte Nymphen, die hübsche Menschenknaben in Felsengrotten vor den Blicken der Artgenossen verbergen; grobianische Göttervâter, die halberwachsene Schäferinnen in Tiergestalt überraschen und mit sich fortschleppen; Sendboten aus fernen Welten, die in unerhörter Geschwindigkeiten aus dem Unbekannten auftauchen, sich ein Menschenkind erkiesen, einpacken und ebenso schnell wieder verschwinden – in allen Kulturen existieren solche Zeugnisse, die vor allem die artistische Fähigkeit des Geistes widerzuspiegeln scheinen, unerträgliche Verluste in Sinnzusammenhänge (und seien sie noch so obskur) zu stellen.

Unter all diesen Überlieferungen aus Zeiten der Not rührt uns die Idee der Entrückung am merkwürdigsten an: So sehr liebt die Gottheit einen Einzelnen, dass sie sein Ableben nicht mehr erwarten kann; flugs, mitten aus dem Diesseits heraus, ohne Schmerzen entreißt sie den Auserwählten seiner Sphäre und überführt ihn ohne Zeitverlust in die elysischen Bereiche, wo er für unmöglich gehaltene Dinge schaut. – Ob derlei mystische Spekulationen für unsere Überlegungen, die sich mit dem Verschwinden Gernot Junkers beschäftigen, gewinnbringend sein können, sei noch dahingestellt; so viel jedoch soll verraten sein, dass er selbst, der Entschwundene, der von allen und niemandem Vermisste solche metaphysischen Sondermaßnahmen der Bedeutung seiner Person durchaus für angemessen gehalten hätte. Niemals hat er daran gezweifelt, zu den Privilegierten zu gehören – warum nicht auch in einem gewissermaßen überweltlichen Sinne?

Dies könnte nun freilich auf eine falsche Fährte führen; denn privilegiert, mit Ausnahmerechten und -vorzügen versehen, empfand sich Junker stets nur unter seinen Zeitgenossen. Zeitlebens pflegte er Umgang mit Toten – nicht im Sinne spiritistischer Übung, sondern auf wahlverwandtschaftlicher Basis. Mochten diese Bemühungen vorderhand einseitiger Natur sein, konnte sich der schon früh für alles Klassische Schwärmende doch eines steten Wissensvorsprungs sicher sein; denn sie antworteten ihm, die – ach, wie lange schon! – Dahingeschiedenen: aus ihren Werken. Für Gernot Junker hörte die Entwicklung der Kultur des Abendlandes (und damit, nach seinem Dafürhalten, des Erdkreises) mit Beethovens Neunter auf. Danach kam der allmähliche Abstieg, die Ausbeutung der angehäuften Schätze, die immer deutlicher werdende Detumeszenz.

Angesichts jener ihm so lieben, vornehmlich aus dem achtzehnten Jahrhundert gebürtigen Geistesmenschen empfand der in München zur Welt Gekommene ein unendlich schmerzhaftes Minderwertigkeitsgefühl. Las er die Schriften seiner Hausgötter Goethe, Wieland, Voss, Jean Paul, überkam ihn ein jedes Mal die Empfindung, selber nur rudimentär, stammelnd sich äußern zu können, keiner wirklichen Sprache mehr mächtig zu sein. Wie nun gar fühlte er sich unterlegen – bei allen Auszeichnungen, bei aller Lobhudelei ringsum –, wenn er in den Werken seiner um zweihundert Jahre älteren Berufskollegen blätterte. Hirschfeld, Sckell, vor allem aber die englischen Gartenarchitekten Brown, Addison, Chambers, Kent ließen ihn weit, weit zurückbleiben; ihr Stil, ihre Virtuosität und selbstsichere Gelassenheit verdeutlichten ihm Seite um Seite, dass er zu den Nachgeborenen, den Plagiatoren zählte, die ihre Stimme bestenfalls ferne gerückten Zeiten zu leihen vermochten, ohne dafür auch nur im Geringsten autorisiert zu sein.

Man konnte seltsame Erfahrungen machen mit diesem Gernot Junker. Er war und blieb ein Mann der Aufklärung, gewiss – allerdings in einem nachgerade absolutistischen Sinne. Wer ihn als konservativ oder elitär abstempeln wollte, erlebte alsbald Überraschungen, wenn er ihn plötzlich für die Sache der Unterprivilegierten, der vom System Abgemeldeten Partei ergreifen hörte; was nicht sogleich zu erfassen war: Junker tat dies im Sinne einer Mitleidsethik, die keinesfalls in Zweifel zog, dass sich die Menschen von Geburt an allzu deutlich unterscheiden. Die wenigen Wohlausgestatteten, in allen Disziplinen Begünstigten mussten über die Minderbegabten herrschen, das war ihr Schicksal – doch sollten sie Gnade walten lassen, Almosen verteilen, wo immer dies möglich war. – Ein weiterer Charakterzug des bekennenden Vernunftmenschen machte andere Vernunftmenschen staunen; wenn es um die Gestaltung der historischen Landschaftsgärten ging, entpuppte er sich als Widersacher der barocken Aufklärer, die ihr Formbewusstsein allem Naturgegebenen überzustülpen trachteten. Auf einmal trat Junker hervor mit provokanten Slogans, die aus seinem Munde bisweilen einen ähnlich überraschenden Eindruck hervorriefen wie zu Zeiten der ersten Romantiker: „Wachsen lassen!“ rief er vom Podium aus in die Menge. „Stellt euch in den Dienst der Natur, habt Ehrfurcht vor ihrer Mannigfaltigkeit, schneidet nicht kindisch daran herum, sondern erfreut euch an all der Großzügigkeit, die sie walten lässt!"

Auf der anderen Seite erschraken so manche, wenn sie mit den Maßnahmen konfrontiert wurden, die Junker gerne „in all der Großzügigkeit" erließ, sobald er mit der Pflege einer Parkanlage betraut wurde. Da fielen dann bald rechts und links die Bäume, dort wurde wüchsiges Gestrüpp in Mengen „ausgekrautet", ohne jede „Ehrfurcht" vor den bisherigen fröhlich tirilierenden oder stumm dahinhuschenden tierischen Bewohnern. Wenn es galt, „den ursprünglichen Zustand", wiederherzustellen, „das goldene Zeitalter" zu beschwören – und das hieß selbstredend, den Plan des vormaligen Gartenarchitekten detailliert umzusetzen –, kannte Gernot Junker keine Sentimentalitäten. Ward nun aber statt des wildgewachsenen Wäldchens ein künstlicher Bachlauf angelegt, so wie vorzeiten vorgesehen, und einige schlanke Bäumchen neigten sich über den windungsreichen Lauf des Wassers, dann konnte man den Gartenkünstler sogar seufzen hören ... und nicht nur einmal gab er gefühlvolle Oden von Hölthy oder Matthisson zum Besten.

Freunde, deren Grüfte sich schon bemoosten!
Wann der Vollmond überm Walde dämmert,
schweben eure Schatten empor
vom stilllen Ufer der Lethe ...

Jene alle Arroganz übersteigende, keinen Widerspruch duldende Grobheit, die Junker meist vorwalten ließ, wenn er es mit Seinesgleichen zu tun bekam, gar wenn er staatlich bestallten Gartenamtsleitern oder Umweltreferenten die Welt, wie sie war und wie sie sein wird, erklären musste, rief freilich da und dort Befremden, Feindschaft, Widerstand hervor. Es gab nur diese eine Möglichkeit: Man hatte sich seiner Weisheit unterzuordnen. Doch war auch dies nicht allzu leicht zu bewerkstelligen; denn Unterwürfigkeit verabscheute der Mann nicht weniger als unbegründete Überheblichkeit. So sahen die meisten, die sich um ihn tummelten, ihren Handlungsspielraum von den verschiedenartigsten Zurückweisungen begrenzt. Am schlimmsten war es, wenn er schwieg; dann bettelten viele gewissermaßen darum, wenigstens mit Worten beleidigt, öffentlich bloßgestellt zu werden, um sogleich linkisch grinsend und verlegen ins Glied zurückzutreten – das war immer noch besser als dieses verachtungsvolle Schweigen, welches imstande war, ausgewiesene Spezialisten, Fachleute, die sich zumindest bis vor kurzem noch selbst dafür gehalten hatten, en gros zu diskreditieren, sozial auszulöschen.

Mithin, die immer spürbare Tendenz, andere zu verletzten und abzuqualifizieren, beruhte, wie angedeutet, auf einer inneren Verletztheit von permanenter Wirksamkeit, die Junker selbst zu erdulden hatte. Er liebte Kant, er betete ihn an – doch er verstand ihn nicht. Er kniete nieder (und dies nicht nur in übertragenem Sinne), wenn er zu Hause Beethoven hörte – denn er fühlte, wie mager er selbst im Geiste beschaffen war im Vergleich zu einem wirklichen Genie. Er grollte, er keuchte, wenn er von den Vollmachten las, die seinen Vorgängern im Bereich der Landschaftsarchitektur gewährt wurden – und musste doch selber vorlieb nehmen mit winzigen Korrekturen, von hühnerbrüstigen Umweltschützern argwöhnisch beäugten, bisweilen befehdeten kosmetischen Maßnahmen. Keine hochmögenden Potentaten waren seine Auftraggeber, sondern belanglose Amtsschimmel. Nicht Gottes freie Natur stand seiner Schaffenskraft zur Verfügung, sondern engumzirkelter Restbestand einstiger Prachtentfaltung. Nirgendwo ein Auftraggeber von Format, der ihn auf einen Hügel mitgenommen hätte, um mit weitschweifender Geste von Horizont zu Horizont zu weisen: „Da, Junker, schaff Er mir einen Garten nach Seinem besten Vermögen! An Geld soll's nicht mangeln."

Wenn Gernot Junker, der sich bereits in jüngsten Jahren als Assistent des alten Landeskonservators Holberich in Österreich und Bayern Meriten verdient hatte, in irgendeine Provinz gerufen wurde, wo es etwa einen verwilderten Schlosspark unter Verwendung von EU-Mitteln in Schuss zu bringen galt, verschaffte er sich bereits mit seinem ersten Auftreten Respekt. Britisch gekleidet, mit karierter Golfweste unter einem Jackett aus Harris-Tweed, angetan mit geradezu provozierend altmodischen Breeches, welche die handgefertigten Schnürstiefel bestens zu Geltung kommen ließen, gegen den beständigen Nieselregen (in der Provinz immerhin ein Moment der Zerstreuung, wie de Goncourt bemerkt hatte), geschützt von einem Doppelschirm, der das Monatsgehalt eines gewöhnlichen Stadtplaners gekostet haben mochte, so erschien er den Auftraggebern je und je auf Anhieb als ein Berufener, als ein Experte von weit überlegener Kompetenz. Wie sie mit ihren Billigklappschirmchen hinter ihm herschusselten, begierig lauschend, einander der Hackordnung gemäß zurückzudrängen suchten, das hatte etwas Urkomisches, woran sich Junker nicht sattsehen konnte.

In dieser speichelleckerischen Drängelei erkannte der Meister die nervöse Obrigkeitshörigkeit des Biedermeiers und der Kaiserzeit wieder; und er spielte seine Rolle. Mit mehr Aplomp als vielleicht nötig gewesen wäre, setzte er der Unterwürfigkeit und Liebedienerei eben jenen Herrengestus entgegen, der verlangt wurde. Schon bei den Erstbegehungen der überkommenen Parkgelände sparte er nicht mit energischen Strichen auf den von übereifrigen Beamten ihm zittrig hingehaltenen Landkarten. Mit einem Blick erkannte er manchen Fehler, der sich über die Jahrzehnte herausgebildet hatte; so konnte es denn geschehen, dass schon im ersten Augenblick jener Pavillon oder diese Minigolfbahn, auf deren Erhaltung der eine oder andere gehofft haben mochte, da er liebsame Erinnerungen daran band, Junkers kritischem Gespür und kompromisslosem Tatendrang zum Opfer fiel.

Historischer Werktreue verpflichtet, bediente sich der Garten-Experte selbst im Gewande modernster Methodik traditioneller Verfahrensweisen. Mit neidvoller Bewunderung hatte er die genialischen Pläne studiert, worauf ein Chambers, ein Kent ihrer Verachtung für „französische“ Gärten herrisch Ausdruck gaben. „To be taken away“ – so karg und folgenreich lasen sich die entsprechenden Notizen, womit seinerzeit die Verwandlung eines französischen Barockgartens in das Gesamtkunstwerk eines englischen Landschaftsgartens begann. „Zu entnehmen“ oder auch „zu entfernen“ kritzelte denn eingedenk seiner Vorbilder auch ein Gernot Junker auf von überforderten Stadtgärtnern in jahrelanger Kleinarbeit erstellte aktuelle Lagepläne, bevor er in seinem Büro die Daten übertragen ließ und sich am Bildschirm der Neugestaltung, der eigentlichen Re-Novation widmete.

Schwetzingen bedeutete für Junker einen weiteren, einen lang ersehnten Schritt nach oben und nach vorn. Allerdings war hier bereits allerlei aufgeboten worden; Fachkräften von internationalem Ruf war es gelungen, einen guten, ja geradezu wünschbaren Zustand im Schlosspark wiederherzustellen. Zumal seit der aufwändigen Renovierung der Moschee vermittelte das Ensemble zum ersten Male seit Jahrzehnten den Eindruck einer an Perfektion grenzenden Geschlossenheit. Dennoch, nach diesem Auftrag hatte Junker gelechzt; weltweit waren die Parkanlagen bekannt, wesentlich geprägt vom Zweibrückener Hofgärtner Johann Ludwig Petri, sodann vom lothringischen Architekten Nicolas de Pigage, in den höchsten Rang erhoben jedoch durch Maßnahmen des verehrten Friedrich Ludwig von Sckell – so jedenfalls Junkers Fachmeinung. Doch erst jetzt, im Zusammenhang mit der Bewerbung um eine Aufnahme in den Welterbe-Bestand der UNESCO, wurde der stolze Gartenkünstler als Gutachter angefragt. Für ihn selbst stand außer Frage, dass er sich keineswegs mit einer schlichten Expertise begnügen würde; auf ein paar in den Schlund der Historie hinuntergespülte Details zu verweisen, fehlende Vasen oder weggekommene Putten, genügte keineswegs. Es musste etwas Einschneidendes, etwas Sensationelles her, womit er seinen Ruhm bekräftigen und vermehren und der Vormachtstellung auf seinem Gebiet Ausdruck verleihen würde.

So standen die Dinge, als Gernot Junker nach Schwetzingen gerufen wurde. Wenden wir uns wiederum den Begebenheiten zu, die mit seinem mysteriösen Verschwinden in Verbindung zu bringen sind, wollen wir die soeben vernommenen, seinen Charakter betreffenden Andeutungen wohl im Auge behalten. – Für den Anfang haben wir die für unsere Zwecke sinnreichste Perspektive gewählt: Wir befinden uns am Eingangsportal zum Schlosspark, am Wachhäuschen. Zwischenzeitlich wurde seitlich ein Verkaufsraum eingerichtet, wo der Besucher außer Eintrittskarten auch allerlei Erinnerungsstücke, beschreibende Literatur, Parkpläne und Postkarten erwerben kann. Aus Gründen der besseren Sicht durchschreiten wir den Ehrenhof, nicht ohne die Blicke links und rechts zu wenden und die exquisite Gebäudearchitektur zu würdigen – und beziehen schließlich Stellung mitten in des Schlossmittelbaus höhlenartigem Durchgang zum Parterre mit der brausenden Fontäne.

In unserem Rücken dehnt sich der neugestaltete Schlossplatz mit seinen Brauereien und Cafés, dem rustikalen Bronze-Denkmal für den Schwetzinger Spargel, den schmalen Bäumen und der langen Allee, die vor Zeiten, maulbeerbaumbestanden, als Zentralachse geradenwegs auf Heidelberg zuführte – ein von wahrem Weitblick gekennzeichnetes Unterfangen, markiert der Punkt doch in etwa die Mitte auf der mit dem Lineal gezogenen Verbindungslinie zwischen den beiden höchsten Erhebungen der Region, dem Königstuhl im Kleinen Odenwald und der Kalmit, westlich aus der Silhouette des Pfälzer Waldes emporragend. – Vor uns erblicken wir wie durch ein Fernrohr die Hauptachse des Parks, an dessen Gestaltung so viele Hochbegabte mitgewirkt haben; am Ende dieser Reihe steht von nun an der bereits eingeführte Gartenarchitekt und Spezialist für historische Baukunst Gernot Junker. Für einen Augenblick imaginieren wir sein Denkmal am Horizont.

Es fällt leicht, uns um wenige Jahre zurückzuversetzen, ja, es stellt für uns so recht eigentlich keinen Unterschied dar, wann wir die Geschichte beginnen lassen; für heute kommt es nur auf die Perspektive an. Treten wir noch ein paar Schritte vor, beinahe zur Gänze aus der würdigen Toreinfahrt hinaus, so dass noch ein das Sichtfeld begrenzender oben gerundeter Rahmen bleibt, kann dies für unsere Zwecke einstweilen genügen.

An besagtem Abend – eventuell messen einige der Tatsache Bedeutung bei, dass es sich um den letzten Abend des April handelte – können wir, seltsam genug, just von dieser Stelle aus, die für die meisten Fremden den ersten Blick auf das Gartenkunstwerk eröffnet (die Einheimischen kennen andere Zugangswege), sämtliche Personen ausmachen, die für den Tathergang einer anzunehmenden Entführung oder Gewalttat in Betracht kommen. Wie erwähnt, wir neigen keiner der im folgenden zu schildernden Auffassungen zu; es könnte jedoch für den einen oder anderen von Interesse sein zu erfahren, wer diejenigen waren und welche Gründe sie gehabt haben mögen, den Verschollenen dauerhaft aus Schwetzingen zu entfernen.

Schauen wir uns doch einmal um: Wen haben wir denn da? Dem Betrachter zunächst, gewahren wir an einem der vollerblühten Boskette der Parterres d'angloises den alten Wilhelm Waruzeck, Parkwächter seineszeichens, wie schon sein Vater und dessen Vater. Er ist augenblicklich damit beschäftigt, einige Kaugummipapierchen zwischen den bunten Anpflanzungen herauszufingern. Da er uns noch häufiger begegnen wird – sogar schon im nächsten Kapitel – und wir bei diesen Gelegenheiten mehr über ihn erfahren werden, wollen wir den guten Mann in seinem fleißigen Tun durchaus nicht stören, sondern lassen den Blick über ihn hinweggleiten, zwischen den westlichen Anlagen des Parterres hindurch bis zum Hirschbassin, wo wir den Schwetzinger Bibliothekar Traugott Rübsamen mitsamt seiner Tochter und eine Nichte antreffen.

Soeben hat die Fünfjährige die Frage gestellt, ob der (steinerne) Hund, welcher den flüchtigen weißen (steinernen) Hirschen gestellt hat, selbigen denn auch wieder loslassen werde; wann das arme Tier wohl wieder freikomme und in seine Wälder heimkehren dürfe? Doch die Erwachsenen haben auf diesen drängenden Erkenntniswunsch des Kindes nicht Acht. Mit sorgenvoller Miene erkundet sich Rübsamens Tochter Anne-Sophie über den Fortgang der sonderbaren Forschungen ihres Vaters, von denen die Nichte nichts wissen kann; missmutig und beleidigt plagt die Kleine noch ein wenig, bis sie erkennen muss, dass sie für den Moment nichts auszurichten vermag. Glücklicherweise wird ihre Aufmerksamkeit sogleich von der Gaukelei der Spiegelungen auf den Wellchen gefesselt ..., denn es ist ein sonnenreicher Abend, das schimmernde Gestirn hat sich das Brunnenwasser zum Spielgefährten erkoren, und die Fingerchen plätschern im spritzenden Gold.

Noch weiter hinten, in der Kugelallee auf- und abschreitend, erkennen wir, wenngleich nur noch als Schemen, den Versicherungsmakler Charles Peckinpah Priestley, vor einigen Jahren aufgestiegen zum Adjutanten und Hauptbevollmächtigten des amerikanischen Hotelmoguls Walter Histler. Mitnichten lässt sich das hurtige Auf und Ab des jungen Briten durch Gemütsregungen erklären, die etwa durch Anmut und Herrlichkeit der Parkanlagen hervorgerufen würden; Priestley telefoniert unausgesetzt, klemmt sein Handy bald unters linke, bald unters rechte Ohr, notiert Verschiedenes in sein Merkbuch – und bietet unserem Auge somit den schärfsten Anachronismus zu der ihn umgebenden Idyllenwelt dar. Vielleicht ist er der Einzige aus diesem Kreis, der es in puncto Mode und Eleganz mit Gernot Junker aufnehmen kann.

Aber nein, wie konnten wir so etwas nur behaupten! Haben wir Annabelle Tharau denn vergessen? Unmöglich! Niemand wird sie vergessen können, der je zu ihr in Kontakt getreten ist. Wir dürfen uns allenfalls damit entschuldigen, dass wir ihre Erscheinung von unserer Warte aus kaum noch mit bloßem Auge wahrzunehmen vermögen. Ein schlicht geschnittenes, doch ausgesprochen edel fließendes karmesinrotes langes Kleid ziert am heutigen Abend ihre grazile Gestalt. Wie es sich für eine Dame ziemt, die Vorlieben für den Süden, das Meer und seine Küsten hegt, hat sie am Großen Weiher zum Picknick Platz genommen. Sie befindet sich in Gesellschaft eines Studenten, selbstverständlich aus Heidelberg, wo sie seit zwei Dezennien Französisch, Latein und Ästhetik lehrt. Über den Studenten wissen wir nichts; Neider behaupten, dass die wissbegierigen Begleiter der Annabelle Tharau periodisch wechseln, doch liegen uns hierüber keine beglaubigten Tatsachenberichte vor. So viel allerdings soll gesagt sein: Der junge Mann scheint über Manieren zu verfügen. Begeisterung und Hoffnungsfreude kennzeichnen seine schöne Stirn. Wollen wir für ihn beten, dass sich nicht allzubald tiefe Sorgenfalten darauf abzeichnen werden ...

Wiewohl unter irdischen Bedingungen für unmöglich gehalten, durchdringen wir nunmehr mühelos mit unserem magischen Auge den dichten Bewuchs der Bäume und Büsche; sogar die zarten, reich geschmückten Mauern des Rokokotheaters halten unsere Sehlust nicht auf – und machen in einem Seitengang die Kulturjournalistin Frederike Parkstein-Gysenberg aus. Obschon ohne Begleiter, ist sie nicht allein; nein, nichts träfe weniger zu. Denn heute Abend werden die in alle Welt von einer Radiostation übertragenen Schwetzinger Schlossfestspiele eröffnet, übrigens, da es sich um ein Jubiläum handelt, mit eben jener Oper, die zuallererst vor zweihundertfünfzig Jahren hier aufgeführt wurde. Dass eine Parkstein-Gysenberg dabei nicht fehlen darf, wissen alle auch nur einigermaßen gebildeten Hörerinnen und Hörer des Radio-Senders; dass es zumindest ein weiteres Motiv für ihre Anwesenheit gibt, dürfte nur den wenigsten bekannt sein: Ihre Familie stammt gleich doppelt von Mätressen ab, die der einst so geliebte Monarch Carl Theodor aus der Masse der Willigen mit Gespür ausgewählt hat.

Einer weiteren Dame der Gesellschaft, wenngleich anderthalb Stufen weiter unten anzusiedeln, begegnen wir in der Nähe des „schwarzen Meerle“. Dagmar Hammelspring, in diversen Kursen der Volkshochschule ausgebildete ehrenamtliche Fremdenführerin und Vorsitzende eines örtlichen Bürgervereins, ihrer „Initschiative“, führt eine vielköpfige Seniorenreisegruppe aus Sachsen zur Römischen Ruine. Sonst fallen ihre Erläuterungen zur Wasserbautechnik der Alten deutlich üppiger, anekdotenreicher aus; ihre ungewohnte Eile hat einen bedeutsamen Grund: In kaum einer halben Stunde darf sie der Festgesellschaft den Eröffnungstrunk kredenzen, einen selbstgebrauten Cocktail unter Verwendung einiger Kräuter, die sie im Schlossgarten – ihrem Schlossgarten! – gesammelt hat.

Zuletzt erblicken wir in einem der versteckten Winkel des Parks zwei junge Burschen, gesunde, nach hohen Zielen strebende Gesellen, denen das Schicksal jüngst eine schwere Prüfung auferlegt hat: Die ungleichen Freunde lernten sich in einer Gruppe von Straffälligen kennen, die vom zuständigen Richter statt zu Arrest oder Geldstrafe zum Ableisten zahlreicher Sozialstunden verurteilt wurden. Schon die zugrundeliegenden Delikte geben uns Hinweise auf die einerseits disparaten, zum anderen durchaus wesensähnlichen Charaktere der uns so sympathisch erscheinenden Kerls. In beiden Fällen ging es um Vergeltung: Während der Dunkelhaarige (names Attila Keiler) seinem Arbeitgeber einen Kleintraktor entwedete, welchselbiger (der Traktor, nicht der Arbeitgeber) in einem Tümpel bei Alzey ein jähes Ende fand, beleidigte der Blonde (Jakob Haenschle) einen Büroleiter auf grausame Weise, ohne im mindesten Einsicht in sein Fehlverhalten zu zeigen.

Doch was ist das? Statt abgeschnittene Äste aus dem Wäldchen herauszuziehen und auf einem dafür vorgesehenen Stapel konzentriert zu deponieren, haben die beiden Übeltäter zwei Statuen von ihren Postamenten gehoben und in einem solchen Abstand zueinandergerückt, dass sie in ungefähr zu Pfosten eines Fußballtores taugen. Hoffen wir zusammen mit der ganzen zivilisierten Menschheit, dass keiner der wuchtigen Schüsse mit diesem straff aufgepumpten Kunstlederball die Makellosigkeit der Ceres und der Kalypso, denn diese beiden Gestalten aus dem Reich der Mythologie werden just zu solch profanem Treiben zweckentfremdet, beeinträchtigen wird.

Nachdem wir nunmehr, unter Zuhilfenahme einiger optischer Tricks und Kniffe, einen gewissen Überblick über die Hauptverdächtigen gewonnen haben (so es denn solche überhaupt geben sollte), müssen wir zugeben, dass sich selbstverständlich noch viele andere Gäste zu dieser Stunde im Schlosspark befanden. Jedoch, all jene standen unseres Wissens nach zu keiner Zeit in irgendeinem näheren Verhältnis zu Gernot Junker. – Es läutet. Von allen Seiten nähert sich die Gesellschaft dem entzückenden Theaterchen. Teils mit Vorfreude, teils mit Skepsis erwartet das gebildete Schwetzinger Publikum die Wiederaufführung der Oper von Ignaz Holzbauer: „Der Sohn der Wälder.“ Kurz zuvor hat sich jener Empfang im Schlossrestaurant abgespielt, von dem noch die Rede sein wird. Immer mehr festlich gewandete Gäste streben den Eingängen zu. Doch wie seltsam – einer bahnt sich in umgekehrter Richtung seinen Weg durch die Herandrängenden. Keine Frage, es handelt sich um Gernot Junker. Was ist mit ihm? Wo will er hin? Es wird sieben Kapitel dauern, bis wir hierzu eine einigermaßen zutreffende Antwort zu geben in der Lage sind.

Die Schwermut

Seinen ersten Besuch in Schwetzingen seit gut zwanzig Jahren beginnt Gernot Junker am Bahnhof der ehemaligen Sommerresidenz, die Heidelberg und Mannheim in einem ungleichschenkligen Dreieck geometrisch zueinanderstellt. Bisher ist der Tag nicht so ersprießlich verlaufen, wie sich der Landschafts- und Gartenarchitekt das vorgestellt hat. Da er Fernreisen niemals mit seinem hervorragend in Schuss gehaltenen Landrover unternimmt, sondern in solchen Fällen stets per Bahn fährt, vom Schienennetz nicht erschlossene Ziele mit dem Taxi erreichend, besitzt Junker eine Gesamtnetzkarte, erster Klasse, selbstverständlich. Doch auch der Rückzug in die privilegierten Abteile eines ICE schützt nicht immer vor den Unbilden der Gesellschaft und ihres Verkehrs; schon als er in Fulda zustieg, war der Zug überfüllt, und er musste seinen Reservierungsbeleg vorweisen, um überhaupt einen Sitzplatz zu erlangen. Zu Junkers Ärger leistete der beleibte Mitbürger, den er verscheuchte, eisern Widerstand, behauptete unter einer Gehbehinderung zu leiden und so fort.

Gernot Junker gegenüber kam ein Geschäftsreisender zu sitzen, der unablässig telefonierte, laut und bayerisch, auf diese Weise das Studium der Akten empfindlich störend. Erwartungsgemäß blieb der Expresszug kurz vor Frankfurt stehen. Durchsagen in kurzen Abständen strapazierten zusätzlich. Aus einer Reise, die mit freundlichen Eindrücken zu Sammlung und Entspannung beitragen sollte, war ein Kampf um Konzentration und Selbstbeherrschung geworden. – Die namenlos öde

Strecke zwischen Frankfurt und Mannheim überbrückte Junker damit, dass er seinem Ärger beim Wachsen zusah. Er fühlte sich bedrängt, verletzt, beleidigt von all der Scheußlichkeit zu beiden Seiten. Belanglose Neubausiedlungen, Müllverbrennungsanlagen, Autofriedhöfe, von schlechten oder von gar keinen Archiktekten lieblos hingeworfene Gewerbegebiete, sinnloser, unbewusster Flächenverbrauch allenthalben – so deutlich war ihm lange nicht mehr aufgefallen, was für ein hässliches Land seine Heimat geworden war.

Nur einmal, ein einziges Mal belohnte ein lieblicher Anblick Junkers Beharrlichkeit. Ein Ritual der Ehrerbietung vor diesem letzten Hoheitszeichen des Rheintals, neigte sich der Zug in einer weitgeschwungenen Kurve, und die schöne Kuppe des Melibokus, jener numinosen Kulthöhe vorzeitlicher Heiden, tauchte aus dem Elend auf ... um sogleich von den gähnenden Fabrikhallen eines Reifenhändlers veschlungen zu werden. – In Mannheim verpasste der südwärts Reisende den Anschlusszug um wenige Minuten. Voll war es auf diesem Bahnhof, hektisch, unübersichtlich. Selbst in der mit roten Art-Déco-Sesseln und braun-beige-gestreiftem Parkett nicht einmal übel eingerichteten Lounge fand man keine Ruhe, da beständiges Kommen und Gehen und in kurzen Abständen geplärrte Verspätungsmeldungen die Atmosphäre beeinträchtigten. – Auch den Nahverkehrszug nach Schwetzingen empfand Junker als Zumutung; verklebter Boden, stickige, überheiße Luft – und überall Menschen, Menschen. Wie konnten die das aushalten, Tag für Tag? War deren Konstitution der seinen überlegen – oder waren sie einfach abgestumpft? Kurz nach der Abfahrt fiel ihm ein merkwürdiger Trichter auf, riesenhaft dimensioniert, der seine Öffnung dem leeren Himmel hinhielt. Wozu dieses auffälligste Gewächs unter all diesem jedweden Schönheitssinn verhöhnenden Schrott taugen mochte, war Junker uneinsichtig; doch es verleitete ihn zu einigen Gedanken, die der metaphysischen Unbehaustheit des Menschen unserer Tage galten. Er fragte sich, ob Kurfürst Carl Theodor, Hauptfinanzier des Schwetzinger Parks, noch gläubig gewesen sei; von Freimaurern umgeben, geschult an griechischer wie römischer Antike, Bewunderer von Lessings Versöhnungsdrama Nathan, hatte der Potentat nicht einmal davor zurückgescheut, eine gewaltige Schmuckmoschee in seinem Garten errichten zu lassen. Vermutlich, schloss Junker seinen Gedankengang, neigte der Monarch einer gewissen Privatfrömmigkeit und Vernunftreligion zu, die von okkultem Gedankengut infiziert und insofern anfällig gewesen sein mochte ...

Wie lange das dauerte, bis dieses Mannheim einmal aufhörte! Ein gleichbleibend griesgrämiger, eisgrauer Hochnebel schien jeden Ansatz von Regsamkeit ersticken zu wollen. Neckarau mit seinem brutalistisch vor die Landschaft geklebten Heizkraftwerk, Rheinau, eine lückenlose Aneinanderkettung von Industrieruinen und Siedlungswirrwarr, sodann, nicht weniger deprimierend, Schwetzingens Nordstadt, Reihenhaussiedlung an Reihenhaussiedlung. Warum, warum nur, grübelte Junker, legt der heutige Mensch so großen Wert darauf, weshalb bemüht er sich derart verbissen darum, seine Umgebung so feindlich wie irgend möglich zu gestalten, wieso haust er nur noch und will nicht wohnen, nicht leben, sich seines Erdenwallens partout nicht mehr erfreuen, kein Zeugnis ablegen für Lebensglück und Schöpfungsdankbarkeit? Diese Nachkriegszeit, hat sie denn auch nur einen einzigen Beweis zu erbringen vermocht, dass die Idee der Möglichkeit des Schönen, des von frohen Gedanken getragenen Zueinanders noch am Leben sei? Apeirokalia, der von Plato unter die schlimmsten Sünden gerechnete Hass auf alles Schöne, dürfte die einzige von keiner Umsturzbemühung angetastete Gottheit dieser Epoche geworden sein. Wie machtlos bliebe da der Einzelne, wie ephemer oder zum Verzweifeln vergeblich wäre sein Widerstand ...

Und er, Junker selbst, hat er denn wenigstens in seinem privaten Umkreis, in seinem heimatlichen Gemeinwesen etwas zu einer (von ihm in Permanenz eingeforderten) Enthässlichung beigetragen? Bewahre. Fulda – da ließ sich nichts mehr ausrichten. Die durchaus zahlreichen historischen Relikte, die erfreulichen Zeichen der verflossenen Jahrhunderte waren so umfassend aus dem Zusammenhang gebracht, so rüde durch Neubau und Straßenführung beeinträchtigt, dass jeglicher Versuch einer Rekultivierung vergeblich, ja naiv gewesen wäre. – Nach dem zeitigen Scheitern seiner Ehe überließ Junker das Reihenendhaus in Hünfeld gerne der biederen Gattin und den beiden langweiligen Söhnen und zog für anderthalb Jahre in ein Hotel. Die meiste Zeit verbrachte er sowieso im Büro, gelegen in einem Zweckgebäude ohne Aussicht. Als die finanziellen Mittel zusammenschrumpften, mietete er zwei zusätzliche Räume in jenem schwefelgelben Bürokomplex an, wo er einige seiner privaten Gegenstände unterbrachte, vor allem Fachbücher.

Seither befand sich Gernot Junker vornehmlich auf Reisen. Eine zeitlang hatte er viel in Oberitalien zu tun, was er zu langen Zugfahrten und Übernachtungen in hübschen Hotels und Pensionen nutzte. So sehr diese Art zu leben seinen Überzeugungen entsprach, es war doch nicht zu leugnen, dass seine Kräfte allmählich nachließen. Irgendwann – baldmöglichst – sollte er ein Haus erwerben, in dem er sich wohlfühlen könnte. Allerdings, das stand außer Frage, würde es ein kostspieliges Anwesen sein müssen, möglichst nach eigenen Plänen gebaut, umgeben von einem weitläufigen Garten, einem Privatpark, der seine Ansprüche zufriedenstellte. Hierzu nun bedurfte es eines Großauftrags, einer höchst reputierlichen Unternehmung von internationalem Zuschnitt, woraus ihm, wer weiß so etwas schon, vielleicht eine wohlfeile Gelegenheit erwüchse. Ein Mann von Junkers Format, das ließ sich nicht in Frage stellen, bedurfte eigentlich keines Hauses; eine Art Palais, ein Landsitz mit Auffahrt, dergleichen sollte es schon sein – dazu eine Stadtwohnung, am besten in Frankfurt. München ginge auch.

Eisnebel umgibt Gernot Junker, als er auf den Bahnsteig hinaustritt. Schwetzingen ... Nichts von alledem, was ihm der Klang dieses Namens verheißt, findet der hochgebildete Ästhet auf Anhieb verwirklicht. Vorbei die Zeiten, da es eine Kommune sich angelegen sein ließ, den Gast mit Pomp und Würde zu empfangen; da bereits am Hauptempfangsort einige anregende, bedeutungsvolle Anzeichen der lokalen Kultur, etwa in Form von raffinierten Anspielungen der Bahnhofsarchitektur, in Statuen und Buntglasfenstern Appetit erregten auf jene Herrlichkeiten, die im Ortsinnern der Entdeckung harrten. Wohin ist es gekommen mit diesem Bürgerstolz, mit diesem natürlichen Selbstbewusstsein? Dabei nimmt sich der Schwetzinger Bahnhof mitsamt seinem Vorgelände vergleichsweise hübsch aus. Und siehe da, auf dem Bahnhofsplatz: eine wassergebundene Sanddecke, eine kleine Allee, die zur Hauptstraße hinführt. Einige Beamten-Villchen an der Stirnseite zeugen vom einstigen Bemühen, sich vom renommierten Erbe anregen zu lassen – unterbrochen freilich von einem grobschlächtigen Postgebäude aus den finstersten Zeiten des Niedergangs der Baukultur.

Angeekelt von einem – wiewohl befürchteten – Anblick an der Kreuzung, spannt Junker seinen Doppelschirm auf, weniger um sein Haupthaar, das sich bereits vor Jahren zu einem Halbmond zurückgebildet hat, vor der Feuchtigkeit zu schützen als zur Abwehr dieser optischen Zumutung: „Kaufland“ – welch sprechender Name. Vom Marktstand über den Tante-Emma-Laden zum Supermarkt, zum Hyper-Store – diese Entwicklung sieht er grundiert von einer Kleingeistigkeit, die zur tumben Gigantomanie der Resultate nur scheinbar im Kontrast steht. Sie allein, die schnöde Kurzsichtigkeit der Profitgier, zeichnet dafür verantwortlich, dass nicht nur die liebliche Au, wo sich der Bürger einstens ergehen konnte, sondern inzwischen sogar das gesamte Stadtbild durchschaubaren Investoren hingeopfert wird. Die Shopping-Malls, die Riesenmärkte rücken bedrohlich an die Zentren heran oder machen sich längst darin breit; Junkers Lieblingsfeinde, die Mega-Ketten, deren Konsumhallen sich noch rücksichtsloser ausdehnen als die anderen, nehmen anspruchsvolleren, kleinteiligeren Planungen den Platz ein für alle Mal weg.

Vergeblich hatte sich der Liebhaber erhaltener Landschaftsbilder vor Jahren in Calw, der Geburtsstadt Hermann Hesses, gegen die Totalabriegelung der Altstadt durch eines dieser Kaufland-Zentren engagiert; jetzt muss er auch in Schwetzingen, dem Inbegriff des Ländlichschönen, feststellen, dass man ihm zuvorgekommen ist. Nun gut, offenkundig ein Kompromiss, lässt die Fassade des mächtigsten dieser Marktriesen die zum Schloss führende Hauptroute weitgehend unbeeinträchtigt. Der Eindruck, den die Zugreisenden gewinnen, ist freilich ein anderer. Junker überlegt kurz, ob sich der Mensch tatsächlich im Innersten so sehr geändert habe in diesen zwei Jahrhunderten seit Carl Theodors Dahinscheiden; oder ob unwägbare, kosmische Kräftefelder höherer Ordnung diesen alles umgreifenden Wandel im Bezug zum Optischen bewirkt haben mögen ...

Langsam, aufmerksam auf jedes Detail, schreitet der Fachmann die Straße ab. Klassizistische Überbleibsel behaupten sich neben Gründerzeit-Massenware; dann und wann eine herbe Bausünde – auf den ersten Blick jedoch keine, die nicht zu beheben wäre. Ein geglücktes Experiment aus der Zeit der Industriearchitektur ragt spitzgieblig auf: Brauhaus und Schornstein, in die Vertikale gezogen wie eine Ritterburg auf einem Rheinfelsen. – Im Hintergrund tauchen aus dem Dämmer erhabene Konturen auf. Doch Junker lässt sich Zeit mit seiner Ankunft im Schloss. In der stielgerade auf das ehemalige Jagdschloss zuführenden Hauptstraße existieren noch einige Palais;

die will er sich zuallererst betrachten. Musik soll einst geklungen haben, den ganzen Sommer lang, in den Nächten, wenn die Virtuosen der Hofkapelle, verteilt auf den gesamten Ort, ihre Instrumente erprobten. Jetzt vernimmt Junker vor allem den Lärm des Durchgangsverkehrs. Ginge es nach ihm, man würde die Erlaubnis zum Steuern von Automobilen streng reglementieren. Der Arzt, der Pfarrer, die Polizei; alle anderen möchten sich doch bitteschön in gebotener Demut zu Fuß fortbewegen.

Ach, wie lange ist es her, als er zum letzten Mal in Schwetzingen weilte? Zwanzig Jahre? Lieber nicht nachrechnen. Am Ende sind es doch schon dreißig. Er war nicht alleine, damals. Die Erinnerung an Annabelle bereitet Junker augenblicklich Unbehagen. Nicht etwa, dass sich diese junge Frau ihm gegenüber besonders bösartig verhalten hätte; nein, seine eigene Rolle war alles andere als rühmlich zu nennen. Seine jähzornigen Entgleisungen sind ihm wahrhaftig noch heute peinlich. – Flugs bemüht er sich, die garstigen Eindrücke aus der Vergangenheit zu verscheuchen und konzentriert sich aufs Vorhandene. Der Marstall zeigt sich zufriedenstellend renoviert. Neugierig durchschreitet Junker das Portal – und zuckt sogleich wieder zurück. Nah, sehr nah ist die neueste Zeit an die Überlieferung herangerückt, in diesem Fall vermittels Altglascontainer und Mülltonnen; um den Eindruck von Geschlossenheit zu gewinnen, muss man sich vermutlich mitten im Park aufhalten. – Mit Wohlgefallen studiert der Besucher die vollendete Architektur der ehemaligen Kaserne der Gardereiter, der Palais Rabaliatti und Hirsch, nickend betrachtet er die Auslage einer offensichtlich seit langem etablierten Buchhandlung; sie lesen also noch, die Schwetzinger. Das ist schön. Allmählich verspürt Junker diese ganz bestimmte Art Vorfreude auf Gespräche mit gebildeten Zeitgenossen, welche er in den nächsten Tagen, so steht zu hoffen, en gros kennenlernen wird.

Zum ersten Mal bemächtigt sich Gernot Junkers ein Empfinden von Erhabenheit, als er auf den wohlgegliederten Schlossplatz hinaustritt. Einladende Restaurants und Cafés künden von Lebensart und Gastlichkeit. Er wird sie alle besuchen, der Reihe nach, das Schlossrestaurant zuerst. Wie war das noch beim letzen Mal? Richtig, da war Frühsommer, der Platz belebt von Ausflüglern und Müßiggängern. Nun aber weht es ihm nasskalt entgegen. Junker wechselt die Straßenseite – eine Skulptur hat seine Aufmerksamkeit erregt. Seltsam: ein lebloser Marktstand aus Metall. Figürchen, etwas Gemüse. Muss so etwas öffentlich ausgestellt werden? Das Treiben der Schwetzinger Spargelbauern mag ein durchaus löbliches sein, dies steht außer Frage; ob man ihnen mit solch bronzenen Putzigkeiten allerdings Ehre erweist, wagt der Sachverständige zu bezweifeln. Er will sehen, was sich machen lässt. Jedenfalls wird er in seine Expertise die dringende Empfehlung einschließen, dieses den Anhauch von Hobbykunst verströmende Machwerk in eine der Seitenstraßen zu verbannen.

Den Eintritt in den Schlosspark hat sich Gernot Junker als Erlebnis von aufatmender Beglückung ausgemalt. Leider weicht auch in diesem Moment die Beklemmung nicht von seiner Seele. Kein Blättchen hängt an den Zweigen, nichts Buntes, kein Grün. Es dominiert jenes kalte, karge Graubraun, das ihn während der gesamten Reise begleitet hat.

„Darf ich mal bitte Ihre Eintrittskarte sehen?“

Junker erschrickt beinahe, als er so unvermittelt aus seinen Gedanken gerissen wird. Ein Parkwächter neigt sich ihm erwartungsvoll zu. Doch Gernot Junker besitzt keine Eintrittskarte. Kurz überlegt er, ob er darauf pochen soll, als offiziell Beauftragter freien Eintritt verlangen zu dürfen; doch dann zieht er es vor, einstweilen inkognito zu bleiben. Er lässt sich erklären, wo er eine Karte erwerben kann und betritt den neu eingerichteten Verkaufsraum. Die Präsentation fällt weitgehend zu seiner Zufriedenheit aus – könnte man so lassen, vielleicht.

Als er zu dem betagten Pförtner zurückkehrt, beginnt Junker ein Gespräch, gewissermaßen unabsichtlich. Irgendwie hat er den Eindruck, er müsse diesem Ersten, zu dem er hier in Kontakt tritt, ein paar nette Worte gönnen. Doch der Versuch misslingt.

„Darf ich fragen: Arbeiten Sie schon lange hier?"

„Warum fragen Sie mich das?"

„Nur so, aus Interesse. Ich soll hier eine Bestandsaufnahme machen. Wegen der UNESCO-Bewerbung."

„So. Sollen Sie das. Naja, wenn Sie's unbedingt wissen wollen: Mein ganzes Leben lang."

„Na, das ist aber lange! Wann gehen Sie denn in Pension?"

„Ich hoffe, nie."

„Wie bitte? Irgendwann muss man sich doch einmal darauf freuen, auf seine alten Tage ein wenig der Ruhe zu pflegen!"

„Ich fühle mich nicht alt."

Und so fort. Es gelingt Gernot Junker durchaus nicht mehr, den Wächter für sich zu gewinnen. Er hat ihn beleidigt, unabsichtlich. Der Inspizient fühlt sich unbehaglich; hätte ihm der Mann nicht mit mehr Respekt begegnen sollen? Grußlos lässt er ihn stehen und wendet sich der Betrachtung der Boskette der Großen Parterres zu. Viele der kostbaren Gewächse, fast alle Statuen sind in winterfeste Folie eingehüllt und vertäut. Die Wege, die Beete – alles sauber geharkt, daliegend in makelloser Eisigkeit. Ein Gefühl von Leere überkommt Junker.

„Wenn der Kummer naht,
liegen wüst die Gärten der Seele ..."

Wer hat das noch einmal vertont? Von wem stammt der Text? Irgendetwas Chinesisches, vermutet der einsame Spaziergänger. Kein Wunder, dass der Kurfürst seine Aufenthalte grundsätzlich in den Sommer legte. In Mannheim, im Prunkschloss mit den unendlich langen Gängen und unendlich vielen Sälen, konnte man, von Lustbarkeit zu Lustbarkeit, von Festakt zu Festakt, die Existenz der harten Jahreszeit recht leicht verleugnen. Unterstützt von tausenden Fresken und Wandbildern, die alle miteinander südliche Gefilde schilderten, ließ sich der Eindruck gewinnen, Sonne, Spiel und Milde seien ewig; bei den Einwirkungen der Kälte handle es sich bloß um des Kontrastes wegen aufgebotene Sinnestäuschungen. Grünstes Beispiel der dem Schönwetter-Idyll das Primat zubilligenden Maßnahmen der Mannheimer Baumeister des Barock und Rokoko war die schlossnahe Jesuitenkirche, eine einzige Allegorie des ewigen Frühlings, eine geradezu lüstern das Erwachen der Naturkräfte preisende Theaterkirche, bei deren Betreten man unwillkürlich die Pelerine ablegte. – Ein efeuumrankter Gedenkstein nimmt Junkers Aufmerksamkeit in Anspruch. Er muss sich herniederbeugen, um die auf poliertem schwarzem Granit angebrachte Goldschrift zu lesen:

AM 31. JULI 1870
NAHM
HIER AN DIESER STELLE
KRONPRINZ FRIEDR. WILHELM
NACHMALS
KAISER FRIEDRICH III
ABSCHIED VON SEINER SCHWESTER
GROSSHERZOGIN LOUISE
VON BADEN
VOR SEINEM AUSZUG IN DEN
DEUTSCH-FRANZ. KRIEG

Auch das noch – Abschied! Freilich ist dem Landschaftsarchitkten der alte Brauch der Adligen bekannt, seufzende Erinnerungssteine an höchst persönliche Wehmutsereignisse allüberall aufzustellen, wo man sich eine geziemende Wirkung davon versprach; angesichts der Millionenfältigkeit weniger prominenter Verlusterlebnisse, die auf keine Weise öffentlich gewürdigt wurden – allenfalls in Form von Ehrenmälern für die massenhaft Gefallenen, denn Nicht-Kronprinzen pflegten weitaus seltener von den verordneten Kriegszügen heimzukehren –, erschien ihm diese Sitte doch ein wenig heikel. Andererseits, stand dieser Abschied, zumal in solch empfindsame Form gebracht, die keinerlei Zynismus duldete, nicht für alle Abschiede? Waren die Namen nicht austauschbar? Immerhin, schon Carl Theodors Zeiten hatten diesen Park der rekreativen Nutzung durch die Öffentlichkeit freigegeben ..., was die Neigung zur Identifikation mit den Privilegiertesten mit Sicherheit begünstigte.

Als einziger Gast im Park außer ihm selbst kommt ein rotes Kätzchen auf ihn zugeschnurrt, eine dünne, ein wenig heruntergekommene Erscheinung, die offenbar irgendwo in einer der Bauten ein karges Domizil gefunden hat. Junker verspürt nicht die geringste Neigung, auf die anschmiegsamen Wünsche des verwahrlosten Tieres einzugehen.

„Geh weg!", herrscht er es an.

Doch die Katze nimmt keine Notiz von seiner Grobheit. Bald läuft sie voraus, bald schleicht sie hinter ihm her, bald taucht sie aus zur Seite in langer Linie verlaufenden Hecken auf. Bis zum Ende seines Aufenthalts wird sie den Einsamen verfolgen. Zwar gibt der Mann keinmal recht auf sie Acht, streichelt sie nicht, spricht nicht zu ihr; doch sie wird ihm in Erinnerung bleiben – gleichsam als erstes Lebewesen, den Pförtner ausgenommen, das ihn hier auf so sonderbare, unwillkommene Weise willkommen hieß.

Im Weiterschreiten fällt Junker in Sinnen. Er bedenkt, wie übertragbar die ausgepichte Temperamentenlehre der Gartentheorie doch sei – und zwar auf alle Bereiche des Lebens, auch die außerhalb absichtsvoll gegliederter Gärten liegenden. Wiewohl gewöhnt an die Disziplinierung seiner eigenen Gefühlswelt, sieht er sich hier den unterschiedlichsten Gemütsregungen ausgeliefert. Seit dem frühesten Morgen verspürt er den Anprall von Angst und Beklemmung, Niedergeschlagenheit und Trauer, Zorn und Verachtung – selten nur unterbrochen von Momenteindrücken der Erhabenheit. Geradezu demütigend kommt es ihn an, dass all dies ausgelöst wird durch zufällige Äußerlichkeiten; planten die alten Gartenbauer ihre Anlagen bis ins Detail als geführte, geleitete Sinnesreise durch alle Gemütszustände hindurch, um am Ende ein Grundempfinden der Reinigung, der Beglückung, der Hoffnung zu erzielen, bietet diese außerhalb der Umfriedung gelegene Gegenwelt doch nichts anderes als unwillkommene Erschütterungen, beständige Infragestellungen mühsam aufgebauter Überlebensstrategien. Nicht einmal hier, in diesem Muster-Garten, gelingt es Junker, sich von der Herrschaft des Profanen freizumachen; er fühlt sich gleichsam präformiert von all den Zumutungen und Verletzungen, die er auf der Herreise erdulden musste.

Solchermaßen von Missmut befallen, geht der Gast die Hauptwege ab, gemäß seiner Gewohnheit, sich der naturartigen, wenngleich präzise kalkulierten Wegeführung zu überlassen. Doch seine Hoffnung, auf diese Weise wieder Anteil zu erhalten am erbaulichen Programm der Herren Pigage und Petri und Sckell, erweist sich als trügerisch. Es dauert eine starke halbe Stunde, während er die wichtigsten Partien des Schlossparks abwandert, bis die Erkenntnis dominiert, dass er im Grunde gar nicht belehrt, begeistert, bezaubert werden will; der um Rat gefragte Experte muss sich eingestehen, dass er nur nach dem groben Fehler, nach einem Missverhältnis, das Kenntnislosigkeit verriete, nach einer korrigierbaren Fehlentwicklung Ausschau hält.

Doch da ist nichts dergleichen. Der Park befindet sich in einem nahezu wunschgemäßen Zustand; bis auf all jene Details, die den Hiesigen sowieso bekannt sein dürften, gibt es rein nichts zu bemängeln. Nur die Autostraßen, die eine akustische Zange um die ummauerten Gefilde legen, stören die freie Entfaltung der Sinne. Was um alles in der Welt soll er den Auftraggebern denn sagen, was sie nicht schon wüssten? Wie könnte er immerhin ein wenig Eindruck schinden? Wie Zeit gewinnen? Sich auf die Gesamtanlage des Städtchens zu beziehen, im Bereich zwischen Schloss und Bahnhof Verbesserungen vorzuschlagen, erscheint ihm gar zu wohlfeil, zu unrealistisch. Soll er sagen: Meine Herrschaften, ich danke Ihnen: Alles Menschenmögliche, um dieses Gesamtkunstwerk zu erhalten, haben Sie bereits unternommen? Soll er Komplimente verteilen? Lobhudeln? Sich unter Applaus, den er den andern spendet, retitieren? Unter keinen Umständen. Was geruhte sein alter Lehrmeister, der Landeskonservator Holberich, in solchen Fällen zu empfehlen? „Wo kein Auftrag, da schaff dir einen. Wo kein Faktum, da walte die Phantasie!“ Nun, was bleibt Junker übrig? Genau in dieser Richtung wird er wohl verfahren.

„Eduard – so nennen wir einen reichen Baron im besten Mannesalter – Eduard hatte in seiner Baumschule die schönsten Stunden eines Aprilnachmittags zugebracht, um frisch erhaltene Pfropfreiser auf junge Stämme zu bringen. Sein Geschäft war eben vollendet; er legte die Gerätschaften in das Futteral zusammen und betrachtete seine Arbeit mit Vergnügen, als der Gärtner hinzutrat und sich an dem teilnehmenden Fleiße des Herrn ergetzte.

„Hast du meine Frau nicht gesehen?“ fragte Eduard, indem er sich weiterzugehen anschickte.

„Drüben in den neuen Anlagen“, versetzte der Gärtner. „Die Mooshütte wird heute fertig, die sie an der Felswand, dem Schloss gegenüber, gebaut hat. Alles ist recht schön geworden und muss Euer Gnaden gefallen. Man hat einen vortrefflichen Anblick: unten das Dorf, ein wenig rechter Hand die Kirche, über deren Turmspitze man fast hinwegsieht, gegenüber das Schloss und die Gärten.“

„Ganz recht", versetzte Eduard; „einige Schritte von hier konnte ich die Leute arbeiten sehen."

„Dann", fuhr der Gärtner fort, „öffnet sich rechts das Tal, und man sieht über die reiche Baumwiese in eine heitere Ferne. Der Stieg die Felsen hinauf ist gar hübsch angelegt. Die gnädige Frau versteht es; man arbeitet unter ihr mit Vergnügen."

„Geh zu ihr", sagte Eduard, „und ersuche sie, auf mich zu warten. Sage ihr, ich wünsche die neue Schöpfung zu sehen und mich daran zu erfreuen."

Der Gärtner entfernte sich eilig, und Eduard folgte bald.

Dieser stieg die Terrasse hinunter, musterte im Vorbeigehen Gewächshäuser und Treibebeete, bis er ans Wasser, dann über einen Steg an den Ort kam, wo sich der Pfad nach den neuen Anlagen in zwei Arme teilte. Den einen, der über den Kirchhof ziemlich gerade nach der Felswand hinging, ließ er liegen, um den anderen einzuschlagen, der sich links etwas weiter durch anmutiges Gebüsch sachte hinaufwand; da, wo beide zusammentrafen, setzte er sich für einen Augenblick auf einer wohlangebrachten Bank nieder, betrat sodann den eigentlichen Stieg und sah sich durch allerlei Treppen und Absätze auf dem schmalen, bald mehr, bald weniger steilen Wege endlich zur Mooshütte geleitet ..."

Gernot Junker gibt den Märchenerzähler. Er spricht frei. Den Anfang der „Wahlverwandtschaften" kann er auswendig, seit Jahrzehnten. Das sichere, von zierlichen Gesten begleitete Rezitieren verfehlt seine Wirkung nie; zunächst macht sich meist Heiterkeit breit, zumindest bei einigen. Die Leute sind eben keine Sprache mehr gewöhnt, nur noch Stammellaute. Bald schon hängen sie alle an seinen Lippen – und bestürmen ihn hinterher mit Fragen, alle zugleich, welche Stelle (von gewiss weltliterarischer Bedeutung!) er denn da vorgetragen habe. Über Goethe pflegt Junker wie über einen nahen Verwandten zu parlieren, so, als habe ihn der Geheimrat auf okkultem Wege gewissermaßen persönlich autorisiert: Ihn, Goethes Stellvertreter auf Erden!

Da der Redner nichts, aber auch gar nichts in der Hand hat, was seine Auftraggeber, die „Projektgesellschaft Parkentwicklung Schwetzinger Zukunft" von ihm erhofft, muss er gut balancieren. Einerseits darf von dem Eindruck seiner absoluten Kompetenz, seiner himmelhohen kulturellen Superiorität kein Fitzelchen abblättern; andererseits weiß der geübte Rhetoriker nur zu gut, dass man sich schon im ersten Augenblick die gesamte Zuhörerschaft zu Feinden machen kann, wenn man sie nicht anspricht, mitnimmt, würdigt. Für Antagonismen, welcher Art auch immer, bleibt später ausreichend Zeit. So legt Gernot Junker in seiner Antrittsrede größten Wert darauf, die Leistungen der bislang im Schlosspark wirksamen Planer und Entwickler und Praktiker nicht nur zu loben, sondern als vorbildlich, ja international schier vergleichslos hinzustellen. All dies, was er selber vorhat und anstrebt, beschreibt er als Gemeinschaftswerk, woran alle, jeder Einzelne, gehörig profitieren werde – und sei es in Form von Ruhm und Anerkennung. Mehrmals betont Junker, dass solcherlei Bemerkungen für ihn keine Phrasen seien; wer je mit ihm zusammengearbeitet habe, wisse nur zu gut, wie intensiv es ihm um Kooperation, um die Würdigung des Einzelnen bestellt sei. Dass dies die dreisteste, abgefeimteste aller im Laufe des Tages vorgebrachten Lügen ist, ahnt im Auditorium freilich niemand.

Als Gernot Junker endet, nicht ohne noch einmal seinen Lieblingsautor Goethe zu zitieren („Wär nicht das Auge sonnenhaft ..."), bricht ein Applaus los, der ihn beinahe erschreckt. Um die dreißig Personen mögen es sein, die im kargen Konferenzraum eines Amtsgebäudes aus den sechziger Jahren zusammengekommen sind. In der ersten Reihe erhebt sich Raimund Bäckle zu frenetischem Beifall. Gebärdenreich ermuntert der Projektleiter seine Getreuen, es ihm gleich zu tun und den Redner mit standing ovations zu belohnen. Einige folgen seinem

Beispiel. Beide Hände schüttelt Bäckle dem peinlich berührten Fachmann, will ihn gar umarmen, was der Berührungsscheue eben noch verhindern kann. Kopfschüttelnd, strahlend, geradezu glucksend betritt nun Bäckle selbst das Podium. Seine Miene drückt Hingerissenheit, Begeisterung, Dankbarkeit aus. Letzteres vor allem – denn seine stille Furcht war all die Tage, der Neue, der von außen ins Geschehen Eingreifende, könne seine, Bäckles Leistungen, womöglich abwerten. Dem scheint nicht so, ganz und gar nicht! Die Erleichterung kennt keine Grenzen.

„Mein lieber, sehr verehrter Herr Vorredner, werte Gäste von überall her, meine Damen von der Presse, liebe Kolleginnen und Kollegen“, beginnt der Projektleiter. Und streut eine seiner obligatorischen Pausen ein, viel zu lang, viel zu bedeutungsschwer für diesen Anlass; doch davon weiß er nichts. Noch einmal fixiert er glühenden Auges den soeben erschienenen Erlöser; Junker fühlt sich erröten. Blickt unter sich. Voller Pathos, mitunter mit überschnappender Stimme, preist Bäckle die „fabelhafte, in der Geschichte Schwetzingens und seines Schlossparks epochale Rede“ Gernot Junkers ... und verliert sich schon bald in Betrachtungen seiner eigenen, nunmehr zehnjährigen Wirksamkeit, bisweilen auf sein „vorzüglich zielorientiert arbeitendes Kern-Team“ rekurrierend, um sodann auf Gegenstände von eher allgemein-philosophischer Bedeutung auszuweichen.

„Achtung, gleich kommt wieder die Löwenmasche“, flüstert Stadtplaner Heinz Kipfel seiner Kollegin, der Bauzeichnerin Sabine Lötzsch zu. Die beiden, in der zweiten Reihe, direkt hinter der Presse platziert, heucheln begierige Aufmerksamkeit. Ihre Mienen verraten nichts vom Inhalt ihrer Tuschelei, ein Umstand, der uns gerade darum einen Hinweis gibt, wie es um die Autorität ihres Chefs tatsächlich bestellt ist. Sabine überlagert das Kichern mit einem Grunzen; selbstverständlich hat

Bäckle die kleine Unbotmäßigkeit bemerkt und blickt kurz strafend in die entsprechende Richtung. Darum lässt es die Bauzeichnerin mit einem knappen „Bitte nicht noch so'n Kommentar, ich brech zusammen" bewenden – um sogleich erneut mit dem Lachen zu kämpfen. Ja, um Kampf geht es mittlerweile auch in Bäckles Rede: sein angestammtes Leib- und Magenthema.

„... Und ist es nicht eine Freude, einen in Fragen der Gartenarchitektur einsam an der Spitze regierenden Leitwolf gewonnen zu haben, unter dessen Führung wir sicher sein können, jeden Kampf, der uns noch bevorstehen mag, gewinnen zu können? Die Gegenseite wird Augen machen, das kann ich Ihnen heute schon versprechen! Denn alles, was in der Natur geschieht – und auch den Menschen wollen wir da nicht ausnehmen – ist Kampf und Krieg, meine Damen und Herren, auch wenn dies manch einem nicht recht oder nicht einmal bewusst sein sollte. Der Stärkere, der Löwe, lassen Sie es mich moderner sagen: der Kompetentere trägt den Preis davon, packt die Beute, erreicht seine Ziele – und sei's mit Gewalt!"

Auch Gernot Junker muss etwas Mühe aufbringen, um diese langsam aufsteigende absurde Heiterkeit zu unterdrücken. Wenn er mit allem gerechnet hätte – aber so ein verspäteter Sozialdarwinismus im gepflegten, kultivierten Schwetzingen ist nun doch ein bisschen stark ... Es währt noch eine gute halbe Stunde, bis der von sich selbst enthusiasmierte Redner zum Ende kommt; die wenigen Journalistinnen sind bereits unruhig geworden und fordern die versprochene Parkbegehung. – Aus der nebligen Feuchtigkeit ist ein saftiger, kalter Landregen geworden, als die vielbeinige Gruppe durch den Mittelbau des Schlosses die Anlagen betritt. Bis auf Heinz Kipfel, der den Finger an die Mütze legt, nimmt niemand Notiz von Parkwächter Wilhelm Waruzeck, der darauf gehofft hatte, zum Rundgang eingeladen, womöglich gar zu einigen Details befragt zu werden. Ein paar Schritte begleitet der alte Kämpe den Tross, bevor er verwirrt, enttäuscht, doch dienstbeflissen zum Eingang zurückkehrt.

Das Wenige, was er aus dem Gespräch aufgeschnappt hat, genügt ihm vollauf. Ein Schreck ist ihm in alle Glieder gefahren: Galt der Kommentar dieses Neulings, dieses arroganten Eindringlings tatsächlich ihm? Waruzeck spürt, wie eine Gänsehaut zum Nacken heraufkriecht. Hat ihn dieser Doppelschirm-Träger nicht eben ganz kurz angesehen, als er, zu Raimund Bäckle gewandt, irgendetwas flüsterte, worin die Worte „baldmöglichst ausmustern" enthalten waren? Ohne auf etwaige weitere Besucher zu achten – bei diesem Wetter ohnehin nicht anzunehmen – retiriert sich Wilhelm Waruzeck in sein Büroräumchen. Nimmt zittrig auf seinem Stühlchen am Schreibtisch Platz. Stützt den Kopf in die Hände.

Der Spaziergang indessen nimmt einen unerwartet belanglosen Verlauf. Der teils schon gefrorene Kies knirrt unter den Schuhen, die Blickachsen enden im nassen Grau. Vorerst scheint ja auch alles gesagt; unter den Zeitungsdamen ist nicht eine, die Junker um weitere Stellungnahmen ersucht. Nur eine vorwitzige Praktikantin eines Mannheimer Stadtmagazins will ein paar persönliche Informationen von dem Experten haben.

„Steht alles in der Pressemappe", lautet die nur mäßig charmante Auskunft des renommierten Besuchers.

Dankbar nimmt Raimund Bäckle die Gelegenheit wahr und belehrt die erstaunte junge Frau über allerlei Gefahren, die von jener periodisch zu beschwörenden „Gegenseite" ausgehen. Die Gegenseite: Das sind seiner Meinung nach alle Politiker, alle Einsparer, Geldzusammenhalter, Kleingeister, die von erlauchten Zielen und innovativen Plänen nichts wissen ... und auch nichts wissen können, da ihnen die Voraussetzung, „das Zeug" dazu fehle. Gehorsam schreibt die Praktikantin mit.

Sabine Lötzsch und Heinz Kipfel lassen sich im Pulk zurückfallen. Ihr Ziel: das Kaffeehaus am Schlossplatz, ihr gewöhnlicher Aufenthaltsort, in schönstem Wechsel mit dem Café Journal besucht zu allen Tageszeiten. Ohne weiter aufzufallen, absentieren sich die beiden Richtung Moccaccino mit Buttercroissant. – Auch Gernot Junker ist froh, als ihm Raimund Bäckle das Angebot unterbreitet, gemeinsam mit ihm eine Kleinigkeit speisen zu gehen.

„Wissen Sie, ich kenn' da ein Lokal, ganz in der Nähe, kennt nicht jeder, also wirklich nicht, also das könnte was für Sie sein, kann ich mir vorstellen, wenigstens ..."

Keineswegs ist es Gernot darum zu tun, den bekennenden Vitalisten sich weiter über den Krieg aller gegen alle verbreiten zu hören; Hauptsache ins Warme! Bald wird es dunkel im Park, und in der Fremde ist einem manchmal jede Gesellschaft recht. Außerdem, bei diesem Bäckle dürfte es sich um eine der für das Gesamtvorhaben entscheidenden Personen handeln. So einen muss man sich warm halten, koste es, was es wolle.

Der Projektleiter heißt Junker in seinem nicht mehr ganz neuen schwarzen Porsche Platz nehmen, unter beständigen Versicherungen, wie sehr er sich geehrt fühle, eine solche Zelebrität in seinem „bescheidenen Flitzer" spazieren fahren zu dürfen. – Unterwegs in das mit Schwetzingen und Plankstadt zu einem Siedlungskonglomerat zusammengewucherte Oftersheim schildert Bäckle, sich selber mehrfach unterbrechend, um auf vermeintliche Sehenwürdigkeiten am Wegesrand hinzuweisen, seinen persönlichen Werdegang. Wie er's in jüngsten Jahren zum Projektmanager eines Kulturclubs gebracht habe, um von dort aus eine vergleichsweise furiose Karriere zu starten. „Aus kleinsten Anfängen!", wie er unermüdlich beteuert. Als seinerzeit die ersten Überlegungen ans Licht der Öffentlichkeit drangen, für die Schwetzinger UNESCO-Bewerbung ein eigenes Projektteam zu gründen, sei ihm schnell klar gewesen, da erwarte ihn genau jene Aufgabe, die er immer gesucht habe.

Das Schützenhaus, ein erstaunlich modern und weitläufig gestaltetes Etablissement am grünen Rande Oftersheims, erweist sich als geeignete Wahl. Gernot Junkers Gespür für Ästhetik beschränkt sich keineswegs auf Gartengestaltung und Architektur; während seiner zahlreichen Auslandsreisen hat er es auf dem Gebiet der Kulinarik zu Kenntnissen gebracht, die es ihm durchaus gestatten würden, zur professionellen Gastronomiekritik überzuwechseln. Da Raimund Bäckle partout darauf besteht, ihn einzuladen, verfährt der Gast bei der Weinauswahl nicht allzu bescheiden. Eine große rote Cuvée des Pfälzer Weinguts Knipser erscheint ihm angemessen, um die Variationen vom heimischen Wild mit hausgemachten Kartoffelklößen und Kastanienrotkohl zu begleiten – ein Winteressen, durchaus dazu angetan, einer Erkältung vorzubeugen.

Bäckle wählt bescheidener. Dass sein Jakobsmuschel-Cocktail zu dem üppigen Roten die grellste Disharmonie darstellt, scheint ihm nichts weiter auszumachen. – Nach und nach kommt Gernot Junker ins Plaudern, vielmehr: Er lässt den Projektleiter nicht mehr zu Wort kommen. Skurrile Anekdoten aus seiner oberitalienischen Phase folgen dicht aufeinander; Bäckle hängt an den Lippen des Meisters, schlägt sich auf die Knie, lacht dröhnend. Ab und zu sieht er sich um, so, als handle es sich um Teil zwei der Podiumsveranstaltung – und er wolle sichergehen, dass ausreichend hingebungsvolles Publikum vorhanden sei.

Exakt nach anderthalb Stunden bemerkt Gernot Junker, es sei für ihn an der Zeit, sich ins Hotel zurückzuziehen; der Kalender für den kommenden Tag sei bereits prall gefüllt. Diensteifrig bietet sich Raimund Bäckle an, den noblen Gast seiner noblen Herberge zuzuführen. Der Vorschlag findet Zustimmung. – Auf der Fahrt nach Heidelberg schweigt Junker. Da er zu keinem der abgegriffenen Bonmots seines Fahrers eine Miene verzieht, verstummt auch der Projektleiter beklommen. Als er den verehrten Experten schließlich vor dem Europäischen Hof, angrenzend an die Heidelberger Altstadt, absetzt, klaubt Bäckle die knapp hingeworfenen Höflichkeiten als Zeichen der tiefsten Verbundenheit glückselig auf. Stolz blickt er dem berühmten Mann hinterher; seine Hoffnung, er möge sich noch einmal umdrehen und ihm zuwinken, erfüllt sich nicht. Mit einer Selbstverständlichkeit, die einen neidisch machen könnte, durchschreitet dieser Junker das Portal zu einer der ersten traditionsreichsten Hotel-Adressen der Region.

Zu derselben Stunde sehen wir den Parkwächter Wilhelm Waruzeck noch immer in seinem winzigen Aufenthaltsraum am Schreibtisch sitzen. Der nach alter Gewohnheit um Punkt 16 Uhr aufgegossene Pulverkaffee blieb unberührt. Es hat sich in Waruzecks Innerem so mancherlei verschoben während dieses Nachmittags; war ihm zunächst noch gar zu weh ums Herz, erging er sich in düsteren Zukunftsvisionen, einem von jeglicher Freude abgeschnittenen Altenteil in seiner Mietswohnung entgegenzuwelken – oder, schlimmer noch: abgeschoben in ein staatliches Altersheim – , ohne Kontakt zu „seinen" Gartenbesuchern, ohne den täglichen, überlebensnotwendigen Rundgang durch „seinen" Park, stieg in ihm nach und nach der Wille zum Widerstand auf. Wer war denn dieser dahergelaufene Nichtsnutz, dass er ihm, Parkwächter in dritter Generation, binnen weniger Minuten die schönsten Hoffnungen auf eine beschauliche Beschäftigung bis ans Ende seiner Tage zerstören durfte? Nein, da glomm etwas auf in Wilhelm Waruzeck, was er bis zu diesem Zeitpunkt nicht an sich gekannt hatte: Der Wunsch nach Vergeltung – das Empfinden von Angst.

Die Lebhaftigkeit

Bevor wir uns wieder unserem Helden Gernot Junker zuwenden und ihn auf seinem zweiten auftragsgemäßen Besuch noch Schwetzingen begleiten, sollen ein paar Bemerkungen zum Schlosspark selbst gestattet sein. Keinesfalls beabsichtigen wir einen historischen Abriss, dergleichen gibt es schon die Fülle; was damit gewonnen ist, Personen und Baugeschichte aufzulisten und die hervorstechendsten äußeren Ereignisse mit Jahreszahlen zu versehen, verschließt sich unserer Weisheit. Nein, wir haben den Eindruck gewonnen, ihr Heutigen versteht euch ausgezeichnet aufs Rubrizieren und Faktensammeln, beherrscht auch die Handwerkkünste, die zu einer sachgemäßen Renovierung überkommener Gebäude vonnöten sind, einigermaßen; über die Beweggründe eines Bauherrn aus alter Zeit, über die grundsätzlichen Erwägungen, die vorgewaltet haben, wenn ein die Finanzmittel eines Staates, eines Fürstentums ungemein strapazierendes Unterfangen wie ein Lustschloss samt Gartenanlagen anstand, seid ihr, so will uns scheinen, nicht ausreichend unterrichtet. Manche vielleicht – aber gewiss nicht alle. Darum ersuchen wir um ein wenig Geduld und Einfühlung in folgende knapp zu schildernden Belange.

Immer wieder und mit Nachdruck wird behauptet, die Ablösung des streng geometrischen Barockgärtchens durch den freier komponierten „englischen“ Landschaftsgarten spiegle eine Veränderung im Bewusstsein der Menschen – sprich der Herrschenden – wider, wie sich derlei in der Mitte, mehr noch gegen Ende des 18. Jahrhunderts – zunächst in England – vollzogen habe. Statt Bäume und Büsche in kindische, skurrile, widernatürliche Formen zu zwingen, wie dies typisch gewesen sei für das Selbstverständnis der despotischen, zentralistisch denkenden vormaligen Regenten und ihrer Entourage, habe die aufgeklärte Monarchie dem Gedanken der Würde des Lebewesens und seinem unbeschnittenen Wachstum gehuldigt. Lieblichster Ausdruck dieser menschheitsgeschichtlich zunächst erfreulichen Entwicklung sei – neben dem Theater, vereinzelten Lusthäusern für den sommerlichen Aufenthalt und verschiedenen heute noch belebten öffentlichen Plätzen – eben der romantische, empfindsam kultivierte Landschaftsgarten.

Diese Einschätzungen sind im Grunde nicht von der Hand zu weisen, doch greifen sie entschieden zu kurz, um ein Verständnis der sie bedingenden Vorgänge zu ermöglichen. Es wären da mehrere Bedeutungsebenen zu nennen, die teilweise dem Namen nach noch bekannt sind – zumindest glaubt man das –, teilweise über wissenschaftliche Untersuchungen inzwischen sogar einigermaßen erschlossen wurden. Ob wir sämtliche Tiefenschichten im Folgenden offenbaren werden, behalten wir uns einstweilen vor. Wir glauben jedoch, es sei schlechterdings nicht möglich, den Verwicklungen, in die unser Held Gernot Junker im wahrsten Sinne hineingezogen werden wird, etwas Sinnvolles abzugewinnen, ja auch nur einen einigermaßen belangvollen Einblick zu nehmen, wenn man über die Hintergründe nicht unterrichtet ist. Bedenken wir: Der Glaube an eine vernunftmäßige Erklärbarkeit der Gegenstände unseres Daseins ist historisch jung, überdies beschränkt auf einen einzigen, wenngleich lange Zeit expansiven Kulturraum. Es muss Wunder nehmen, dass ausgerechnet im Herzen der Aufklärung, ohne deren Wirksamkeit in der Tat kein einziger dieser von euch Heutigen bestaunten Gärten geschaffen worden wäre, ein Sinn fürs Übersinnliche wohnt, eine Kenntnis oder doch vielmehr Ahnung von Determinanten, deren Existenz gemeinhin von entgegengesetzten Kräften, sprich spekulativen Theologen oder verfemten Mystikern, behauptet wird.

Wer heute den Schwetzinger Schlosspark durchwandelt, wird sicherlich noch immer – und das ist vielleicht schon das meiste – an gewissen Gemütsregungen teilhaben, von denen er nicht ahnt, dass sie beabsichtigt, gewissermaßen von langer Hand geplant sind. Mehr als einige Ausrufe der mitteilsamen Freude, des Überraschtseins wird er gleichwohl nicht zuwege bringen. Er bescheidet sich mit der Feststellung, dass die Blumen bunt, die Alleen lang und die Bäume alt sind. Über die verschiedentlich im Park hingestreuten Schmuckgebäude wird er bemerken, dass sie sich in einem gutem Zustand befinden; womöglich erfreut es ihn, humorvolle Betrachtungen über das Erbauen von Ruinen anzustellen; der Anblick der ausladend prächtigen Moschee mag ihn dazu anregen, tagespolitische Erwägungen daran zu knüpfen. – Andere mögen sich zuvor leidlich unterrichtet haben; vielleicht führen sie ein Erläuterungsbüchlein mit sich und erfahren daraus, dass dieses oder jenes Tempelchen tatsächlich mit Absicht m Ende einer Blickachse erstellt wurde und dass man dergleichen point de vue nennt.

Was euch Heutigen an Voraussetzungen fehlt, lässt sich nicht leicht durch Erlernbares kompensieren. Seltsam genug – oder gerade eben nicht seltsam: Ältere und Auswärtige, denen die Erfahrung von Krieg und Hunger nicht fremd ist, wissen gemeinhin mehr mit dem Topos des Idylls anzufangen als Zeitgenossen, die wohlgenährt und liebend umsorgt, ohne allzu schlimme Entbehrungen aufgewachsen sind. Ein Idyll ist ein Bildchen – eine anschauliche Verniedlichung des Allergrößten: der Hoffung auf ewigen Frieden. Es will uns durchaus folgerichtig erscheinen, dass nicht nur der erste öffentlich auftretende Widersacher der Folter, Juan Luis Vives, sondern auch der wichtigste Vertreter der Idyllendichtung und -malerei im deutschsprachigen Raum, Salomon Gessner, einer jüdischen

Familie entstammte. Wer selbst permanent Terror und Verfolgung ausgesetzt ist, dem mögen Phantasien über ein goldenes, gewaltloses Arkadien umso üppiger sprießen. Gessner las den alten Schäfer-Theokrit wohl mit wacheren Augen als Zeitgenossen, denen die Bedrohung durch ein missgünstiges, heimtückisches, grausames Außen nicht durch die Jahrhunderte hindurch selbstverständlichste Erfahrung war. Die Oden Tennysons, dessen Einfluss auf den englischen Landschaftsgartenbau nicht überschätzt werden kann, studierte Gessner mit kundigem Gemüt, da ihm einsichtig war, wie sehr die Hoffnung auf Glück mit der Idee verquickt ist, der Schmerz könne einmal nachlassen.

Die Schaffung von Innenräumen, von traumseligen Schutzzonen mag am Anfang aller Schmuckgärten und Lusthöfe gestanden haben. Der hortus conclusus, der abgeschirmte Garten, ward früh zum Sinnbild einer Sehnsucht, die sich gleichermaßen zurück – zum verlorenen Paradiese – als auch nach vorne, auf ein Zeitalter der Erlösungen richtete. Manch einen Gefährten des Kurfürsten Carl Theodor mag es verwundert haben, dass dieser seine Gärten eben nicht abschloss, sondern zu weiten Teilen dem Publikumsverkehr zugänglich machte; es kann kein Zweifel bestehen, dass sich der Kurpfälzer Potentat darüber im Klaren war, wie sehr auf ein kurzes Erdenwallen beschränkt seine eigene Privilegierung war. Krieg und Seuchen kamen immer wieder und bestraften alle; da lag es auf der Hand: Eine Befreiung von den Unbilden und Schrecknissen des äußeren Lebens würde nur für alle – oder eben gar nicht – erlangbar sein. Carl Theodors Schlosspark war als eine Summe lieblicher Andeutungen gedacht, als Sammlung von Anlässen für eine Vorauserfahrung all dessen, was man sich erträumte ... und insofern eine von pädagogischem Geschick gekennzeichnete Anregung, wir möchten sagen: Motivation zur Schulung der Sittlichkeit und Erweckung einer dem Gemeinwohl dienlichen Tatkraft, wohlgemerkt auf der Basis eines heidnisch ins-pirierten, inklusiven Katholizismus.

Worin aber bestand nun dieses Geschick? Nun, vermöge gewisser Einblicke in die menschliche Psyche, ließ man die verschlungenen Wege des Gartens alle bekannten seelischen Entwicklungen und Windungen nachbilden. Diese Entsprechung von innen und außen ist es denn auch, was den Betrachter zu so unmittelbaren Kundgebungen seiner Gefühlsregungen veranlasst. Die Darstellungsweise jener inneren Tatsachen, jene Transposition ins Abbildhafte hinein bediente sich eines für euch Heutige nicht mehr geläufigen Kenntnisreichtums. Kein Blümlein wurde zufällig gepflanzt; wie sich immer noch nachlesen lässt, wussten Gartenbaumeister wie Hirschfeld oder Sckell sehr wohl, welcher Göttin die Rose, welchem Gotte die Eiche heilig war ... und welche Empfindungen sich damit hervorrufen ließen. Eine ungeheure Komplexität galt es zu bewältigen: Nahe verwandt dem Landschaftsmaler, dem Poeten, dem Komponisten, hatte der Gartenkünstler eine unermessliche Detailfülle nicht nur auf den Gesamtentwurf hin abzustimmen, sondern auch untereinander in Bezug zu setzen.

Was ist damit ausgedrückt, wenn ich der Eibe die Zypresse gegenüber pflanze? Welche zu erfühlende, welche durch Wissen zu entschlüsselnde Bedeutung gebe ich, wenn die eine allein auf einem Hügelchen steht, die andere aber in einer Gruppe weiter unten? Wie ist die Umgebung beschaffen, die Geomorphologie? Habe ich auf eine Statue, sagen wir: eine Nymphe Rücksicht zu nehmen, die von hier aus zu sehen ist? Welche Entsprechungen im Seelenleben sind zu bedenken, wenn am Ende eines Nebenweges eine Fratze angebracht wird, wohingegen ein anderer in schier unendliche, heitere Ferne ausläuft? All diese innig aufeinander bezogenen Symbole sind freilich zugleich als Hieroglyphen für unausgesetzte göttliche Einwirkung zu betrachten; was wir hierüber in Erfahrungen gebracht haben, verraten wir nicht. Selbst wenn wir es wollten, wir dürften es nicht. Nur so viel soll noch gesagt sein, dass die der Vernunft schmeichelnde Darstellungsart vermittels Bezugnahme auf im weitesten Sinne humanistische Bildungsgüter nicht ohne eine gewisse therapeutische Absicht geschah; durchstreift der Besucher die wohlkomponierten, kostbaren Anblicke, erkennt er unmittelbar nicht nur seine eigene seelische Bedingtheit, die kategorisch wahre condition humaine wieder, sondern er sieht sich gleichsam geleitet, über Erfahrungen der Freude, des Leides, der Sehnsucht, der Verunsicherung hinweg, nimmt hier etwas Geheimnisvolles auf, lässt sich dort verstören und erschrecken, bis er sich plötzlich im Besitze einer Erkenntnis befindet, die er in Worten nicht auszudrücken vermag – es sei denn, es handelt sich um einen Dichter.

In der Idee, dass wir geführt, geleitet werden, kommt freilich eine im schönsten Sinne kindliche Hoffnung zum Tragen, besser: Vielleicht besteht eine der Hauptleistungen des Gartenarchitekten darin, unter Aufbietung ungeheurer Wissensbestände den Menschen zu befähigen, seine Verpanzerungen nach und nach abzustreifen und dem inneren Kinde, welchem so lange Zeit die Sicht versperrt war, den Blick neu zu öffnen auf unsere schöne, essentielle Seite. Es hat ja durchaus seinen Sinn, dass Mozarts Zauberflöte als Kinderoper angelegt ist; auf solcher Höhe weht der Schleier, der uns die Einsicht verdeckt, ganz von alleine fort. Die verborgenen Pfade, die kultischen Prozesse jedoch, die dorthin führen, folgen wiederum uraltem Überlieferungsgut. Das Abschmelzen der Hülle, das Hinüberschmelzen in begeisterte Bereiche, in den Bezirk der reinen Liebe haben alle Mystiker zu allen Zeiten beschrieben – wobei viele auf die Erkenntnis Wert legen, dass es da nichts zu erkennen gebe; dass auch die Wege und Prüfungen nur Schein sind. Denn tatsächlich haben wir immer Anteil, sind Bestandteil des Göttlichen und können gar nichts dafür tun. (Vielleicht wäre es nicht übertrieben, die Hauptbestrebungen des Erwachsenwerdens zu beschreiben als angestrengte Versuche, sich selber die Sicht für immer zu verbauen.)

Fürs Erste wollen wir es mit diesen wenigen Andeutungen bewenden lassen. Halten wir fest: Es gibt gleich mehrere psychologische Lesarten des klassischen Landschaftsgartens. Unter der Ebene der Darstellung und Beschreibung unserer Befindlichkeiten liegt jene der symbolischen Verflechtungen, darunter wiederum eine Art Gebrauchsplan, der eine via mystica nachzeichnet. Welche Strebungen und Kräfte noch tiefer darunter verborgen liegen, wagen wir an dieser Stelle nicht zu klären. Nur dies sei mitgeteilt, dass es sich, wider alles Erwarten, um einsehbare, leicht verständliche Dinge handelt, um etwas eminent Praktisches, Hochwirksames, jedoch nur von wenigen Personen Beherrschbares. Auf dem vielbesagten Wege zu sich selbst, durch sich selbst hindurch in ein besseres Jenseits, welches sich als das eigentliche Diesseits herausstellen wird, sobald wir es betreten, sind freilich allerlei Fährnisse und Abenteuer zu bestehen, die den von Natur aus Gläubigen, für die Einwirkungen der Gnade Aufgeschlossenen meist weniger hart ankommen als den für die Ideen des Wahren und Schönen und Guten verschlossenen, vernähten Jünger der Wissenschaften des Sichtbaren.

Nun aber schnell zurück zu Gernot Junker und seinem Schwetzinger Abenteuer! Den ersten Aufenthalt, begonnen an jenem eisgrauen Februartag, musste er vorzeitig abbrechen; ein fabelhaft lukrativer, dabei überaus ehrenwerter Auftrag aus seinem geliebten Großbritannien lockte ihn in den Norden. Dies freilich war eine Auszeichnung, die einer Nobilitierung gleichkam: Ein geborener Deutscher wird ins Heimatland der Gartenkünste gerufen, um vor dem ausgewiesenen Fachpublikum des National Trust über die „Follys“, die Bizarrerien in der Gartenkunst des William Kent, zu referieren! Ausgerechnet Kent – Junkers Liebling seit frühesten Studientagen. Fünf köstliche

Wochen in Stowe, Buckinghamshire. Erst gegen Ende der Zeit auf der Insel kam es zu einer Missliebigkeit, einem erbittert geführten Wortgefecht mit einem Kollegen aus Yorkshire. Grund der Auseinandersetzung war doch tatsächlich Schwetzingen: Der nicht weiter bekannte, dafür immerhin aus niederem Adel stammende Kollege hatte sich doch tatsächlich erkühnt zu behaupten, die Moschee im Schlosspark sei auch so ein Folly: ein verrücktes, exzentrisches, von jedweder Sinnbestimmung losgelöstes Detail. O wie konnte da Junker aus dem Vollen schöpfen! Die Beweiskraft seiner Argumentationsführung war denn auch derart überzeugend, dass sein Kontrahent schließlich vor versammeltem Publikum kapitulierte und versprach, sein Konzept noch einmal zu überdenken.

Ja, ja, diese Engländer ... Hatte man sie einmal gepackt, da schwand ihre Hochnäsigkeit vollends dahin, und jeder Einzelne, Mann für Mann, erwies sich als Inbegriff von Fairness und formvollendeter Gastgeberschaft. Eingedenk der kontinentalen, zumal der deutschen Vorliebe für Ruppigkeiten, schlimmer noch: für diese antrainierten, drögen Freundlichkeitsfloskeln, grauste es Junker ein wenig vor seiner Rückkehr. Gerade noch rechtzeitig fiel ihm ein, wo er das letzte Mal Logie genommen hatte. Gewiss, der Europäische Hof zu Heidelberg würde ihm ein trostreiches Domizil sein. Er buchte ein Zimmer, nicht das günstigste – und zwar auf unbestimmte Zeit, wodurch die entspannte Tadellosigkeit des Personals sich selbstredend zu einer stets willkommenheißenden Herzlichkeit gesteigert wurde.

Der Europäische Hof zählt zu jenen rar gewordenen Grand Hotels, wo kein Wunsch des Gastes zu ausgefallen, kein Anspruch zu hochgesteckt sein kann. Seit seinen Tagen auf Sizilien, damals, in den „nasty ninetees“, bevorzugt Gernot Junker das süditalienische Frühstück. Wenn er es nicht bekommt, und das ist oft, begnügt er sich mit einem Espresso. Doch hier, im Europäischen Hof, gar keine Frage, da darf er allmorgendlich die wolkige Brioche in die Granita, jenen bittersüßen, geeisten, starken Kaffee tauchen: Was für eine Reminiszenz an den wahren Süden! Nur so, auf diese einzige Weise, gelingt es Junker, den Gipfel der Morgenfrische zu erstürmen. Unbändiger Tatendrang ist die Folge. Wohin? Ganz gleich – nur hinaus ... etwas anpacken! Und er hat schon etwas vor: Die Universitätsbibliothek ist sein Ziel, genauer, eine ihm bislang unbekannte Dépendance in einem Hinterhof der Altstadt.

Junker kam nicht direkt von England hergereist. Nach einem kurzen Schwenk über Fulda, einem belanglosen Gespräch mit der Ex-Gattin und den öden Söhnen, hatte er einen Umweg über München, seinen Geburtsort, eingeschlagen. Dies freilich aus gutem Grund: Bereits an seinem zweiten Schwetzinger Tag im Februar war ihm aufgefallen, dass es an Originalmaterial aus der Zeit der Parkentstehung fehlte; vor allem die vorhandenen Planzeichnungen befriedigten ihn nicht. Kaum Skizzen, keine Entwürfe ... konnte das sein? Um einen Anhaltspunkt zu gewinnen, woran es überhaupt fehlen könnte, bedurfte man nicht nur der schlussendlich ausgeführten Endfassungen. Schon immer war Gernot Junker ein Freund des ersten Einfalls, des genialisch hingeworfenen Gedankens, gerne gezeichnet auf Stoffservietten, Tischtüchern, Rückseiten von Pergamenten vollkommen fremdartiger Zugehörigkeit. Auf diese Weise, indem er dem Abseitigen nachforschte, sind ihm schon bedeutende Entdeckungen geglückt. Junker liebt es, wenn ihn seine Auftraggeber für seine „Spürnase" loben, für seinen sechsten Sinn, vor allem dort Informationen aufzustöbern, wo vor ihm noch keiner zu forschen wagte.

Für diesmal war München eine Enttäuschung. Nicht die Stadt, durchaus nicht. Mit Balthasar Mecklein, einem befreundeten Steinmetz und Restaurator, der sich auf die Rekonstruktion von Statuen des späten achtzehnten und frühen neunzehnten Jahrhunderts verstand, verbrachte Junker einen gar herrlichen Abend im Biergarten am Chinesischen Turm – mitten im Englischen Garten, wo sonst. Doch selbst der beste Maibock, die röscheste Brezel vermochten Junker nicht glücklich zu stimmen, so lange er in seiner Angelegenheit nicht weiterkam. Im Archiv legte man ihm zwar einige Dokumente vor, die sein Interesse hätten erregen können, darunter auch ein Entwurf zu einem Kirchlein von Rabaliatti, den er noch gar nicht kannte. Die große Entdeckung, der entscheidende Hinweis, das übersehene Detail jedoch blieb unauffindbar.

Allenfalls der Idealplan des Nicolas de Pigage von 1762 war dazu angetan, Junker ein Weilchen zu beschäftigen; es war darauf ein weiterer Garten zu sehen, ein „Jagdpark", dessen Ausführung aus welchen Gründen auch immer unterblieben war. Der Ansatz zu einer Allee, welche Schloss- und Jagdpark miteinander verbinden sollte, ließ sich noch erkennen. Selbst auf Christian Mayers Karte von 1773 war – unweit Oftersheim – so etwas wie ein „Jagdstern" verzeichnet. Selbstverständlich kannte Junker die Gerüchte, es sei ein weiterer, monumentaler Bau eines Schlosses geplant gewesen: zu Jagdzwecken, wie es in den spärlichen Unterlagen hieß. Mehrmals versuchte er, dem mürrischen Archivar zu entlocken, wo man vielleicht noch suchen könne. In Zweibrücken vielleicht? Oder auf Schloss Benrath?

„Alles ausgeräumt. Alles archiviert. Oder verbrannt", war die wenig hilfreiche Information. Erst am zweiten Tag, als der Herr über die Papier gewordene Historie zum Weißwurstfrühstück das Gebäude verließ, gelang es Junker, mit einem Assistenten von durchaus auffälligem Äußeren ein Gespräch anzufangen. Ein solcher Typ, das war unzweifelhaft, konnte nur in einem Archiv arbeiten. Der junge Mann wirkte wie aus der Zeit gefallen, linkisch in seinen Bewegungen, schlaksig, spitznasig, nickelbebrillt, von einer unförmigen Haartolle narrenhaft gekrönt. Vermutlich hatte sich dieser Mensch zeitlebens für nichts anderes interessiert als für längst Vergangenes. Seltsamerweise antwortete er nicht, als Junker ihn befragte, ob es nicht möglich sei, dass andernorts weitere Dokumente existierten, die für seine Arbeit in Schwetzingen von Belang sein könnten. Es war sonderbar: Der Mann schmunzelte nur.

„Was haben Sie denn? War das die falsche Frage?"

„Im Gegenteil. Sie haben davon gehört?"

„Wovon denn? Bitte, klären Sie mich auf."

Wiederum gab der junge Mensch keine Antwort, sondern er stakste davon, wobei er unaufhörlich schmunzelte. Ein Irrer? Gewiss. Es dauerte Minuten, bis er zurückkehrte, nunmehr unablässig nach der Tür ausspähend, ob sein Vorgesetzter nicht zurückkehrte – so, als täte er etwas Unerlaubtes. Bei dem Büchlein, das er vor dem Besucher auf den Tisch legte, handelte es sich um eine handgeschriebene Bestandsliste, ohne Datum, aber aller Wahrscheinlichkeit nach um 1900 erstellt.

„Ist das nicht digitalisiert?"

Wieder dieses Schmunzeln. Der junge Archivar – er roch nicht gut, durchaus nicht – beugte sich über Junker und fuhr mit der Rückseite seines Daumens die auf Sütterlin geschriebene Liste hinunter.

„Sehen Sie, alles vorhanden. Alles noch da. Schloss Schwetzingen, Akten. Komplett. Bis auf das hier."

Er pochte mit dem Daumennagel auf ein bestimmtes, doppelt unterstrichenes Wort.

„Oh, was ist das?"

„Lesen Sie."

„Kladde C.2. – Das ist alles?"

Wenn der noch einmal schmunzelt, dann pack ich ihn an seiner fleckigen Weste und schüttle ihn, dachte Junker. Doch er unterließ es, obgleich das Schmunzeln sogleich erfolgte.

„Würden Sie mir bitte sagen, worum es sich da handelt, wenn Sie's mir schon zeigen?"

„Kann ich nicht."

„Wie?"

„Naja, Sie haben mich nach weiteren Dokumenten gefragt. Alle sind vorrätig, bis auf die Kladde C.2."

„So, ja, prima. Und wo ist die?"

Schmunzeln.

„Man hat wirklich keine Ahnung?" Junker kochte. Musste er sich wirklich von einem Assistenz-Fuzzi verarschen lassen?

Schmunzeln. Faustballen.

„Weder vom Inhalt noch vom Verbleib?"

„Versuchen Sie's doch mal in Heidelberg."

„Ah, wo denn da?"

„Achtung, mein Chef."

Hastig, ganz ohne Schmunzeln packte der junge Gelehrte das Heftchen wieder ein und verließ den Raum. War das zu glauben? Die Leute sind ja doch wohl eigentlich dazu da, um einem den Zugang zur Vergangenheit zu er-, nicht zu verschließen! Gernot Junker erwog, ob er Alarm schlagen sollte. Andererseits, dazu war immer noch Gelegenheit. Den Tipp hatte er ja erhalten. Er würde sich durchfragen. Heidelberg, wie praktisch! Ganz wie vom Schicksal vorgezeichnet ... Ohne Dank und Gruß tauchte der Rechercheur an dem alten, verschwitzt aussehenden Archivar vorbei, so, als habe er etwas gestohlen und müsse es geschwind hinausschmuggeln. Diesmal schmunzelte Junker. Er begab sich zurück ins Gästehaus im Englischen Garten, wo er bei seinen Münchener Aufenthalten stets zu logieren pflegt. Einen Moment lang sah er aus dem Fenster in das machtvoll ergrünende dreidimensionale Landschaftskunstwerk, hörte dem Eisbach beim Rauschen zu ... und sagte seinem Freund Mecklein für den Abend ab. – Auf der Fahrt nach Heidelberg vermochte er nicht zu arbeiten. Halb in Trance observierte er den Sonnenuntergang, eine über Stunden sich erstreckende pompöse Theateraufführung, und grübelte und grübelte über C.2.

Freilich, das war das Klischee der Forschungsarbeit schlechthin: Etwas aufstöbern, ein prähistorisches Fundstück, ein Pergament, eine Inschrift von entscheidender, die Dinge umwertender Bedeutung; etwas Okkultes, nur deshalb im Verborgenen geblieben, weil noch keiner auf den Gedanken gekommen war, an just jener Stelle zu suchen ... Schatzgräberfieber – wie kindisch. Doch keiner seiner Freunde und Kollegen war davor gefeit, niemand, ja, bisweilen schien es Junker, die gesamte Wissenschaft sei ein Bubentraum, weitgehend des Sinnlichen entledigt, jedoch immerdar vom selben Quell gespeist: der schieren Entdeckerlust. – Mehrmals zieh sich der Reisende seiner Phantasien. Umsonst. Immer wieder, wie gegen seinen Widerstand, schoben sich Bilder in sein Hirn und leuchteten es aus. Eine verschollene Schrift Hirschfelds, des Gartenpapstes; eine über zwei Jahrhunderte unbeachtet gebliebene Notiz des Friedrich Ludwig von Sckell; eine unveröffentlichte Skizze von dessen Nachfolger Zeyer – oder gar (nun wurde es völlig abstrus) höchst geheime Dokumente aus dem freimaurerisch geprägten Umkreis des Kurfürsten Carl Theodor? Über diesen Nachtgedanken nickte Junker ein, schockelte gegen die Fensterscheibe – und erwachte eben noch rechtzeitig in Mannheim. Ohne einen der gelben Abfahrtpläne zu beachten, verfügte er sich auf dem Bahnhofsvorplatz und nahm ein Taxi nach Heidelberg, zum Europäischen Hof, wo er gegen halb zwei Uhr nachts eintraf.

Zwei Brioche, zwei Granita di Caffè, zwei Espressi ... und auf zur Uni-Bibliothek! Junker geht zu Fuß, die Plöck hinunter. Schwärme von Studentenfahrrädern umsurren ihn. Es ist kein erbauliches Promenieren möglich; Heidelberg quillt über an diesem Vormittag. Nun kommen auch noch die Touristen dazu. Asiatische Reisegruppen. Familienverbände aus dem Ruhrpott. Erlebnishungrige Jugendliche aus dem Neckar-Odenwald-Kreis ... Nur ein Semester hat er selber seinerzeit zu Heidelberg studiert; er fand die Stadt damals kitschig. Der Hauptgrund für seinen Wegzug nach Berlin lag allerdings auf anderem Gebiet. Annabelle ... Um ein Haar hätte sie ihn eingewickelt. Mit ihr gemeinsam wäre er nie so prachtvoll vorwärts gekommen. Sie war kompliziert. Diskutierwütig. Und auf eine närrische, habsüchtige Weise in ihn verliebt. Ja, wahrscheinlich hatte er zum letzten Mal in ihrer Begleitung in der furiosen Jugendstilbibliothek unweit des Universitätsplatzes geweilt. Nicht zu fassen!

Von Ungeduld getrieben, fragt sich Junker durch, bis er in der kartographischen Abteilung angekommen ist. Er muss warten. Furchtbar: Warten – jetzt! Nervös ruft er auf seinem Handy über die grüne Suchmaschine Ecosia verschiedene Seiten auf, die er aber leider alle schon zur Genüge kennt. – Schließlich wird ihm eine fade, falbe Dame als Spezialistin für seine Sparte angewiesen. Die popelt an einem Jäckchenknöpfchen, blickt seltsam zur Seite, als er sein Anliegen schildert. Hört sie ihm überhaupt zu?

„Verstehen Sie mich? Im Gesamtbestand der Schwetzinger Dokumente fehlt ein Vorgang, ein Aktenkonvolut, eine Mappe – man weiß es nicht. Man weiß auch nicht, wie lange die fehlt. Ich muss diese Papiere aber unbedingt finden; es ist von entscheidender Bedeutung für meine Arbeit. C.2 – sagt Ihnen das nichts."

„Käa Ahnung."

Um Gottes Willen, wie kommt so eine denn hierher? Junker muss tief durchatmen. Wenn er eines nicht vertragen kann, dann ist es lahmarschige Ignoranz – zumal in seinem Kerngebiet.

„Entschuldigung", versucht er es noch einmal, „in München wurde mir mitgeteilt, die gesuchte Kladde sei womöglich in Heidelberg zu finden."

„Jo. Do misst merr dort mol oorufe", gibt die Expertin zurück, ohne Junker auch nur einmal anzusehen.

„Du wirst gleich Oh! rufen – und zwar ganz laut, weil ich dir auf deinen Klumpfuß trete, du Jammerbratze!", flucht der Verzweifelte in sich hinein. Seine Augen zischen Hass. Dem Resignieren nahe, startet er einen letzten Versuch. Mit der Geduld eines Therapeuten in einer geschlossenen Anstalt für tief gefallene Mädchen mit Suizidneigung wispert er auf die Unbeteiligte ein: „Noch einmal: Ich war schon in München. Ich! War! In! München! Gestern. Und da wurde mir gesagt, ich solle doch in Heidelberg weitersuchen."

Was nun geschieht, sprengt den bürgerlichen Contenance-Rahmen Gernot Junkers miteins auseinander. Zum ersten Mal schaut ihn die spillerige, strickjäckchenbehängte Frau unsicher an, das heißt, sie probiert es, denn sie schielt, und die verschmierte Brille sitzt irgendwie schräg über den Pupillen. Und dann: lächelt sie ein Lächeln der vollkommensten Blödigkeit, wobei in der Mitte ihres Mundes die Lippen aneinander kleben bleiben, zu beiden Seiten jedoch kleine, ockerfarbene Zähnchen sichtbar werden. Das Schlimmste aber: Sie zieht die Schultern hoch. Sie zieht sie hoch, einfach so, wie ein Schulmädel, das den Rektor fürchtet. Junker kann nicht mehr. Dergleichen bringt ihn herunter, weit herunter, auf eine Stufe, mit welcher er gewöhnlich nichts zu schaffen hat. Ein proletisches „Boah!" stößt er aus, schnappt sich das grüne Gebäudeverzeichnis der Univerität und hastet dem Ausgang zu.

Ungeachtet der desillusionierenden Erfahrungen dieses Vormittags, entfaltet Junker im Laufe des Tages eine ungeheure Betriebsamkeit. Nach einer kurzen Unterredung mit Raimund Bäckle in dessen schwarzledernem Chefbüro unternimmt er ausführliche Parkbegehungen in wechselnder Gesellschaft. Man muss die Leute beschäftigen, diese Einsicht gehört zu den Grunderkenntissen seines Berufslebens. Den diensteifrigen Heinz Kipfel beauftragt er mit der Beschaffung des Gesamtbestands, wohlgemerkt des Gesamtbestands der Stadtpläne und Landkarten von Schwetzingen der letzten hundertfünfzig Jahre.

„Verstehen Sie mich, auch die dilettantischste Skizze aus irgendeinem blöden Wanderbüchlein von 1880 kann für uns von Bedeutung sein."

„Ja, ja, verstanden."

„Und vergessen Sie nicht, immer dazuzuschreiben, wo sie das Ding aufgetrieben haben!"

„Auf gar keinen Fall."

Mit Sabine Lötzsch, deren Verhalten ebenfalls von übertriebenen Gehorsamkeitsgesten gesteuert ist, begibt sich der Zielstrebige in ein Waldstück nahe Oftersheim, wo noch Reste des einstmaligen „Jagdsterns" zu finden sein sollen. Die Resultate des Ausflugs sind ernüchternd; zum einen geht die Bauzeichnerin kaum auf Junkers – zugegebenermaßen dezente – Flirtversuche ein. Zum andern sind die Zeugnisse, die auf den fürstlichen Plan hindeuten, nur rudimentar als Wegesystem erhalten. Ein Wildgehege, Sportplätze, ein paar Waldwege. Junker seufzt – und muss sich Mühe geben, der jungen Frau gegenüber sich nicht allzu fatalistisch über die Schnödigkeit des Menschen und die Vergeblichkeit seiner Bemühungen im Allgemeinen zu äußern. Immerhin hat hier seinerzeit eine Jagdhütte gestanden, offenbar mit Kaffeeausschank. Nannerl Mozart scheint's gefallen zu haben ... Auf der Rückfahrt erteilt Junker wortkarg die Order, Detailskizzen von sämtlichen im Park vorhandenen Gebäuden anzufertigen. Das ist natürlich viel verlangt.

Sachte wagt sie anzumerken: „Aber, des hän merr ... die haben wir doch alle fotografien lassen, vor ein paar Jahren, von allen Seiten."

„Fotografie!" Junker schüttelt sich. „Meine Liebe, wir haben es mit einer Zeit zu tun, die noch gar keine Ahnung von derlei hatte. Zum Glück! Das visualisierende Denken war ein ganz anderes. Wenn wir vergleichen wollen, was damals die Absicht war und was wir heute haben, müssen wir uns in dieses Denken hinein- und zurückversetzen."

Sabine nickt mechanisch. Es klingt so logisch, was dieser Fremde äußert; aber nachvollziehen kann sie es nicht.

Sogar den Bautrupp knöpft sich Gernot Junker vor. Die Amseln fangen gerade an zu flöten, da begrüßt er jeden einzeln per Handschlag. Es genügt schon, dass ihn einer offenkundig mit

Argwohn verfolgt: Überall im Lauf des Nachmittags, an allen möglichen Stellen, taucht dieser merkwürdige Parkwächter auf – und glupscht ihn an. Junkers Gruß erwidert er nicht. Auf die wohlmeinende Frage nach der zu erwartenden Witterung gibt der Mann keine Antwort. Mit irgendetwas muss er das Kerlchen vergrätzt haben; nun ja, man kann nicht bei allen reüssieren. – Den letzten Termin für diesen Tag hat Gernot Junker für eine Dame von der „Bürgerinitiative unser Schlosspark" reserviert. Dem Treffen sieht er allerdings mit gemischten Gefühlen entgegen. Er weiß das längst: Engagierte Bürger (und vor allem Bürgerinnen) stellen stets eine Gefahr dar. Man muss sie immer frühzeitig einbinden. Doch nicht einmal das gelingt bei allen. Vor einigen Jahren erst hatte er Ärger mit ein paar wildgewordenen Naturschützerinnen, die gegen das Auslichten eines heruntergekommenen, strubbeligen Wäldchens hartnäckig protestierten. Dabei waren die zu entnehmenden Bäumchen zu achtzig Prozent Fichten. Fichten! Das wertloseste Zeug, welches sich erdreistet, in heimischen Wäldern herumzustehen und bedeutenderen Zeitgenossen den Weg zu versperren ...

Dagmar Hammelspring, zweite Vorsitzende der Initiative, kommt allein. Sie besteht darauf, den hohen Gast zu einem leichten Abendessen auf den Schlossplatz einzuladen. Vor dem „Grünen Baum", wo zu dieser lauen Stunde an allen Tischen Plaudernde sich niedergelassen haben, ließ sie die Plätze mit der besten Aussicht bereits am Mittag reservieren. „Damit Sie mal sehe, wie bei uns die Atmosphäre so isch!" Die ersten Minuten vergehen damit, dass Dagmar das Fehlen des ersten Vorsitzenden erklärt. „Sie wisse ja gar net, wie beschäftigt der Mann isch. Do die Kanzlei, hier de Bürgerverein ... un in de Pollitik isser ja aa noch!"

Um Gernot Junker und seine Pläne scheint es an diesem Abend nicht zu gehen. Reines Kontaktmanagement, so hakt er das Stündchen ab, widmet sich dem sehr ordentlich angemachten gemischten Salat mit Maultaschenstreifen und zartnussigem Öl und lässt seine Augen über den Platz flanieren. Südländisch, direkt südländisch, fällt ihm ein. Mit einem solch sommerlichen Leben so früh im Jahr hätte er nicht gerechnet. – Dagmar Hammelspring, diese buntgekleidete Brillenträgerin von überschießendem Temperament, schildert ebenso aufgeregt wie unkoordiniert die zahllosen Aktivitäten der Hiesigen. Die am zweithäufigsten gebrauchte Vokabel ist „Begeischterung".

Junker zuckt ein jedes Mal zusammen. In solchen Momenten fühlt er am deutlichsten, wie sehr er sich daran gewöhnt hat, mit einer vom Rest der Gesellschaft weitgehend abgekapselten Bildungselite umzugehen. Nicht einmal verbindlich zu lächeln vermag er. Es ist so angestrengend, Aufmerksamkeit zu simulieren. Seufzend ordert er noch einen Weißburgunder, ein leichtsinniges Gewächs aus den Kellern von einem dieser vielen Pfälzer Pfaffmanns. Er trinkt hastig. Währenddessen rauscht die wilde Hymne der Dagmar Hammelspring auf Heimat und Freunde und Verwandte und vor allem natürlich auf die Mitglieder in der „Initschiative" (die am häufigsten gebrauchte Vokabel) an seinem Ohr vorbei. In Gedanken schweift er wieder zu dem Erlebnis von heute Morgen zurück. Zu diesen merkwürdigen Archivmenschen in München gestern. Doch plötzlich zwingt ihn eine unvermutete Frage in die Gegenwart zurück.

„Un Sie?"

„Bitte?"

„Haja, i schwätz hier die ganze Zeit. Sie hän ja noch gar nix g'sagt!"

Indessen sich die Aktivistin ihrem Salat mit gebratenen Putenbruststreifen zuwendet („Des ess i hier immer, seit fünfundzwanzig Johr!"), sucht Junker nach einer Thematik, die sein Gegenüber interessieren könnte. Ohne es recht zu wollen, kommt er auf seine Suche nach alten Stichen, Karten, Bildern zu sprechen ... und schildert schließlich sogar die skurrile Begegnung am Vormittag in der Universitätsbibliothek, nicht ohne besagte falbe Dame ein wenig spöttisch zu beschreiben. Dagmar Hammelspring setzt sich gerade. Hört auf zu essen. Fixiert Junker. Um Gottes Willen, was kommt jetzt? Hat er jemanden beleidigt, den seine Tischgenossin kennt? Junker beginnt schon Vergleiche anzustellen, ob vielleicht sogar verwandtschaftliche Ähnlichkeit zu der Falben in der Bibliothek bestehen könnte, als ausgesprochen prononciert, mit allen Anzeichen einer höchst wichtigen Nachricht versehen, die Frage ihn ereilt:

„Ha, hän Sie überhaupt schon mim Traugott g'sproche?"

„Mit wem, bitte?"

„Ha, de Traugott Rübsame, unsern Bibliothekar! Wenn einer sich auskennt mit so was, dann der. Den müsse Sie kennelerne!"

Traugott Rübsamen, welch schicklicher Name für einen Bibliothekar, wundert sich Gernot – und misst dem Vorschlag keinerlei Bedeutung bei. Erst als Dagmar Hammelspring weitschweifig schildert, der emeritierte Heidelberger Professor besitze selbst eine „riesiche Sammlung" uralter Drucke, kenne sich zudem in Schwetzingens Geschichte und in sämtlichen Heidelberger Bibliotheken besser aus als jeder andere, lässt Junker Interesse erkennen.

„Ha, wenn Sie wolle – mir könne gleich nübbergehn."

„Ja, aber ..."

„Der hat eh nix mehr zu tun. Der freut sich über jeden."

Kurz überlegt Junker, ob er terminliche Gebundenheit vorschieben soll. Andererseits, manchmal muss man selbst die dünnste Spur verfolgen. Seine hitzige selbsternannte Fremdenführerin tut es auch nicht anders: „Im Name der Initschiative" besteht sie darauf, Gernot Junker zu dem Abendessen einzuladen ... und mit sich fortzuschleppen, ungeahnten Zielen entgegen.

„Na denn, recht herzlichen Dank. Haben Sie ein Auto? Meins steht noch in Fulda."

„Ha, da steht's gut. Gar net nötig. Komme Se einfach mit. De Traugott wohnt grad zwei Straße weiter."

Keine hundert Schritte vom Schlossplatz entfernt überrascht Junker die ländliche Stille einer Seitenstraße. Das Haus, welches der verwitwete Spezialist für alte Schriften seit einem halben Jahrhundert bewohnt, gehört zu jenen hübschen Beamtenvillchen, die im Umkreis der Universitätsstadt entstanden sind und die sich alle irgendwie ähneln. Vorschriftsmäßig wölbt sich ein Fliederbusch über den niederen Erker, durch dessen Fenster schon von Weitem zu erkennen ist, dass da ein Geistesmensch wohnt. Höflich merkt Junker an, ob es nicht besser gewesen wäre, sich wenigstens anzumelden.

„Ach was", entgegnet Dagmar abwehrend, „der latscht bei uns auch grad in die Küch nei, wenn er was will. Außerdem, sei Dochter is eh schon wieder in Behandlung."

„Nun, wenn das so ist ..."

Das Erste, was auffällt, sind die beringten Wurstfinger des Bibliothekars, die sich Junker entgegenstrecken. Nein, kein ausgemergelter Bücher-Asket öffnet die mit eingelegtem Buntglas verzierte Türe, sondern ein rechter Bacchus, wohl an die achtzig Jahre alt, doch, wie es scheint, noch voll im Safte; ein Typus, so recht das Gegenteil von diesem vogelhaften Münchener Hinweisgeber. Nach einer überschießenden, gackernden Vorstellung durch Dagmar Hammelspring übernimmt der Gastgeber sogleich die Redeführung. Nachdem sie in der Bibliothek in gepolsterten Korbsesseln Platz genommen haben – vermutlich gibt es in diesem Hause nur Bibliotheken –, schneidet Rübsamen der geschwinde von Thema zu Thema Hüpfenden das Wort ab: „Dagmar, du bischt jetzt mal still."

Die Angesprochene scheint's nicht übel zu nehmen. In der Sekunde gilt ihre volle Konzentration Gernot Junker; doch wer weiß, wie lange dieser Zustand angehalten hätte, denn kurz darauf jauchzt ihr Handy auf (es ist tatsächlich ein Jodler, Junker erschrickt ernstlich), und unter entschuldigendem Kichern zieht sie sich zurück, laute Begrüßungsformeln hervorjauchzend.

„Ha, du bisch's! Ha, des isch ja voll der Wahnsinn!"

„Sie scheinen wohl alle eine große Familie zu sein, hier in Schwetzingen", eröffent Junker konziliant.

„Nicht alle", dämpft der Bibliothekar, „durchaus nicht alle. Aber die drin sind, die haben einen – wie sagt man heute? – erfreulich hohen Lebensstandard."

Gernot Junker lächelt still. Er ist froh, wieder unter Seinesgleichen zu sein. Vertrauensvoll fasst er die mit den Schlossgarten-Plänen in Zusammenhang stehenden Ereignisse der letzten beiden Tage zusammen; den tatsächlichen Hintergrund seiner Bemühungen verschweigt er allerdings – was dem verträumt ins Aprilabendlicht schmunzelnden Bibliothekar freilich auffällt. Doch er lässt es mit einem verschmitzten „Sie werden schon wissen, was Sie wollen" bewenden. Das Gespräch dreht sich noch ein Weilchen um die Aktenlage, eine Thematik, worin sich Rübsamen als bestens bewandert zeigt. Als Junker den Besuch schon unter „Kontaktmanagement" abhaken will, reißt ihn eine unvermittelt hervorgestoßene Bemerkung aus der Routine.

„Ihnen geht's um C.2, nicht wahr?"

„Das ... das ist ja ... unglaublich!", stößt der Gast hervor. „Woher wissen Sie das?"

„Im Lauf der Jahrzehnte", lehnt sich Rübsamen zurück, „da kommt es immer mal wieder vor, dass sich einer auf die Suche begibt."

„Sie auch?"

„Nein. Leider nein. Ich bin aber auch kein Abenteurer wie Sie."

Junker schaut auf und begegnet einem feixenden Blick.

„Nein", fährt der Buchwissenschaftler fort, „bis auf diese Notiz, von der Sie offensichtlich immerhin mitbekommen haben, dass die Kladde existiert, habe ich auch niemals weitere Hinweise erhalten."

Gernot bemüht sich um Selbstkontrolle. „Und ... und hätten Sie nicht eine leise Vermutung, wo man weitersuchen könnte? Die Franzosen haben ja alle Akten auf den Marktplatz geschmissen, nach der Eroberung. Das Chaos ist, scheint's, geblieben. In Mannheim hat man mich nach Karlsruhe verwiesen. Im Generallandesarchiv hieß es München."

„Jaja, die Münchener!" Traugott lacht frei heraus. „Was die sich so alles zusammenphantasieren. Wissen Sie was? Wir im Freien Institut, also eine der Nebenstellen der Akademie der Wissenschaften in Heidelberg, wir hatten ja ganze drei Mitarbeiter. Drei Stück! Und täglich kamen neue Lieferungen: Ganze Abteilungen, Haushaltsauflösungen, Spenden – alles historisches Material, teils mit Sicherheit von größtem Wert. Wir haben vielleicht ein Zehntel gesichtet. Wie's mittlerweile läuft, kann ich Ihnen gar nicht sagen. Wahrscheinlich nicht besser."

Wieder einmal muss Gernot Junker gegen die Anfechtungen der Resignation ankämpfen. „So unendlich viele Dokumente, ja?"

„Ja."

„Und die liegen alle über die halbe Universität verstreut?"

„Ach, woher denn. Dafür habe ich schon gesorgt. Kennen Sie das Hellring-Tempelchen?"

„Das was? Nein, nie gehört."

„Ich dachte, wenn Sie hier studiert haben ... Naja. Den meisten fällt es gar nicht auf. Wundert mich also kaum. Nicht weit vom Uniplatz, da geht es in einen Innenhof. Und von dort aus in einen weiteren Innenhof. Da steht das Tempelchen, eigentlich ein Pavillon. Ein oktogonaler Lust-Bau aus dem frühen 19. Jahrhundert."

„Klingt hübsch."

„Ist es auch. Vielmehr: war es. Leider ziemlich verunziert, von irgendwelchen Schmierfinken."

„Und da ..."

„Und da drin haben wir den Hauptteil der Akten gebunkert. Wenn Sie wollen, machen Sie sich an die Arbeit."

„Wie?"

„Tun Sie doch nicht immer so erstaunt. Deswegen hat Sie die Dagmar doch wohl hergeschleppt."

„Aber ..." Junker beginnt zu schwitzen. „Aber, die Beantragungswege! Das dauert doch Wochen, bis ich da eine Genehmigung erhalte."

Ein fröhliches Seniorengrinsen ist die Antwort. Leicht ächzend, beugt sich Rübsamen nach hinten, öffnet eine Schublade, fingert ein wenig darin herum ... und schwingt einen Schlüsselbund vor Junkers Augen hin und her. „Ich habe immer noch Zugang, zu sämtlichen Räumlichkeiten. Betreibe ja auch so meine privaten Forschungen. Aber mehr Fresken, wissen Sie, Zeichnungen von verloren gegangenen Sgraffitis und so. Habe mir damals Duplikate sämtlicher Schlüssel anfertigen lassen, in der letzten Woche meiner Tätigkeit als Staatsdiener. Man weiß ja nie, wie die so sind, die Nachfolger. Also, wann wollen Sie rein?"

„Jetzt."

Einem Taucher gleich, der in der Tiefsee die Krone des Königs von Atlantis aufspürt, streckt Gernot Junker die Greifhand vor. Ohne zu zögern legt Traugott Rübsamen den Schlüssel hinein. In diesem Augenblick der schönsten Hoffnung entfährt dem Beglückten ein vielleicht verhängnisvoller Kommentar: „Großartig! Dacht' ich's mir doch. Unter Männern: Sobald die Schnatterliesen weg sind, kommt man ins Geschäft."

Rübsamen kichert, aber seltsam kühl.

Dagmar Hammelspring, die wenige Sekunden zuvor ihr Telefongespräch beendet hat, fällt im Flur fast das Handy aus der Hand. „Der ist ja so was von hintenrum", flüstert sie sich selber zu. Um ohne Umschweife das Rübsam'sche Anwesen zu verlassen. Gernot Junker fällt nicht einmal auf, dass sie sich ohne Gruß verzogen hat.

Es geht auf Mitternacht zu, da die beiden Männer die Theaterstraße zu Heidelberg hinunterschreiten. Rübsamen hat sich in Anekdoten über seine aktive Zeit verloren. Wie sie des Nachts einmal mitten in der Jesuitenkirche ein Bankett aufgebaut haben; wie sie die Gelder der Deutschen Forschungsgemeinschaft immer wieder geschickt umgeleitet hätten, um Bestellungen beim Hanseatischen Wein- und Sektkontor aufzugeben. Als er auf die Studentinnen der Sechziger zu sprechen kommen will, haben sie ihr Ziel bereits erreicht. Bedauerlich. Hinter dem Hinterhof hinter einem weiteren Hinterhof befindet sich in der Tat nochmals ein zusätzlicher Hinterhof, verschlossen durch ein schmiedeeisernes Tor.

Junker staunt: „Hier war ich wirklich noch nie."

Sonderbar auf Stelzen gebaut, heben sich die schwarzen Konturen eines Pavillons vor dem Dunkelgrau der umliegenden Gebäude ab.

„Es ist nicht aufgeräumt. Auch ziemlich staubig, fürchte ich", bittet der erfahrene Bibliothekar um Nachsicht. „Gehen Sie zur Seite, bitte. Nur ein Stückchen. Es ist ... also manchmal fällt da was runter."

Nachdem er den Schlüssel in eine nach oben führende Klappe gesteckt und herumgedreht hat, wartet Traugott Rübsamen einen Moment lang ab. Entschlossen hebelt er dann die Klappe auf – und ein winziges Büchlein fällt ihm auf den Kopf. Gernot Junker will zu Hilfe eilen, doch der ehemalige Professor wehrt ab: „Vielen Dank, nicht nötig. Das letzte Mal war's die E.T.A Hoffmann-Gesamtausgabe von 1844."

Eine schmale Leiter wird heruntergeklappt, auf der die beiden Männer hinauf ins Dunkel steigen.

„Wo ist denn nur dieser dumme Schalter? Ah, da."

Von einer kahlen Glühbirne erhellt, bietet sich eine Hochalpenlandschaft aus Bücherstapeln und Aktenbergen den blinzelnden Augen Gernot Junkers dar. Es riecht säuerlich und nach Staub. Als er bemerkt, dass ihn Rübsamen von der Seite anblickt, äußert er ehrfürchtig: „Das ist ja ein Lebenswerk!"

„Och", meint der Bibliothekar, „vermutlich reicht's für mehrere Generationen. Muss ja auch noch für die nach uns Kommenden ein paar Arbeitsplätze hergeben."

„Wer arbeitet im Augenblick daran?"

„Sie. Bleiben Sie, so lange Sie wollen. Von mir aus die ganze Woche. Falls Sie wissen wollen, ob es hier irgendeine Ordnung, eine Chronologie gibt: Nein. Wenn Sie fertig sind, besuchen Sie mich bitte zu Hause und erstatten Sie Bericht."

„Selbstverständlich, auf jeden Fall. Also das ... das nennt man wirklich Kollegialität. Vielen Dank."

„Breiten Sie sich nur aus. Ich fahr dann mal nach Hause. Alte Männer gehören um die Zeit längst ins Bett. Toiletten gibt's über den Hof, da drüben, sehen Sie? Da passt der Schlüssel hier."

Erst nachdem sich der hilfsbereite ältere Herr verabschiedet hat und die Stufen hinuntergekeucht ist, fällt Gernot Junker ein, was das für ihn bedeutet, dass dieses Sammelsurium der Jahrhunderte zu einem gehörigen Prozentsatz aus Staub besteht. Seiner Hausstaubmilbenallergie wegen musste er des Öfteren Recherchearbeiten abbrechen. Instinktiv greift er nach dem Aerosol in der Brusttasche. Am Ende der Durchforstung dieses wüstesten Archivs, das sein Auge jemals geschaut hat, dürfte er das Ding leergepustet haben. Vorbeugend nimmt Junker einen ersten Zug, hält die Luft an – und beginnt zu sondern: Wo könnte sich etwas Sachdienliches verborgen halten, wo auf gar keinen Fall? Schon nach Kurzem bemerkt er, dass seine Versuche, die Folianten und Mappen und Landkartenrollen teils riesigen Formats in aller Vorsicht, ohne Staub aufzuwirbeln, auf dem winzigen Schreibtischchen am Fenster abzulegen, vergeblich sind. Um Gernot Junker herum dampft es; er sitzt in einer Gloriole aus Aktenstaub. Im grellen Lampenlicht tanzen die Flöckchen Ringelreihn. Er schaut lieber nicht hin.

Bis der Forscher in eigener Sache die wichtigsten Stapel lokalisiert, die Sammlungen von Plänen und Skizzen von den Büchern und Heften gesondert und sich somit einen allerersten Überblick verschafft hat, ist bereits der Morgen angebrochen. Sämtliche acht Fenster des Pavillons stehen offen. Die Zugluft erweist sich als überlebenswichtig für den Allergiker. Soeben kehrt er von der Toilette zurück. Alle zwei Stunden muss er sich das Gesicht abwaschen, die Haare benetzen, die Nase ausspülen; dann trinkt er aus dem Wasserhahn, wischt den schlimmsten Staub von den Kleidern und von den Schuhen. Seine Lunge rasselt kriminell. – Doch davon bemerkt er gar nichts mehr, sobald er sich den Dokumenten aus vier Jahrhunderten wieder zugewendet hat; es ist ihm vollkommen gleichgültig, dass er eine Nacht im Luxushotel verfallen lässt: Hier, in diesem Pavillon wird er gebraucht, hier findet der Entscheidungskampf statt: zwischen einer verhüllten Vergangenheit und dem Wissensdrang der Gegenwart.

Dass der Gartenarchitekt mit solch manischer Ungeduld vorgeht, hat keinen hinreichenden Grund, den er selbst benennen könnte; in dem Augenblick, als der hilfsbereite Herr Rübsamen ihm die Möglichkeit eröffnete, an einer Stelle zu suchen, wo sonst keiner suchen darf, nach einem papiernen Zeugen, von dessen Existenz die Fachwelt nichts mehr weiß, war es für ihn entschieden: Bis zum physischen Zusammenbruch wird er diese säuerlich müffelnden, sich vermittels Staubwolken-Kanonenschüssen verzweifelt gegen ihre Erschließung wehrenden Papiere durchforsten. Er muss, er wird etwas finden! Wenn schon nicht die geheimnisvoll bemunkelte „Kladde“

C.2, dann wenigstens einen weiteren Hinweis – eine Notiz, auf die er aufbauen, die er vorweisen kann, womit er in Schwetzingen für Furore sorgen wird.

Erst am Abend, nach zwanzig Stunden nahezu ununterbrochener Tätigkeit, fängt Junker an zu gähnen. Er reibt sich die Augen mit den Handflächen, setzt sich auf einen Klappstuhl. Draußen ist es schon wieder still geworden; keine Studenten mehr, keine Hausmeister, keine Amseln. Fünfmal hat er den unterschiedlichsten selbsternannten Kontrolleuren erklären müssen, Traugott Rübsamen habe ihm gestattet, den offenbar im Bewusstsein der Heidelberger Akademiker sakrosankten antiquarischen Tempel zu betreten. Nun aber, nachdem nicht eine einzige der meist auf Latein abgefassten Schriften mit Schwetzingen etwas zu tun haben wollte, kann er die Zweifel nicht mehr verleugnen. Wenn er ganz ehrlich zu sich ist, liegt sein Optimismus ja vor allem in diesem dürren Hinweis dieses dürren Bibliothekars aus München begründet. Dabei, es gibt tausende Plätze weltweit, wo im Verlauf von mehr denn einem Jahrhundert so ein Vorgang, von der keiner weiß, wie er aussieht und was sie beinhaltet, hingeraten sein könnte. Am Ende befindet er sich in Privatbesitz, in einem Tresor in Südamerika! Oder sie ist bei einem Bombenangriff in Flammen aufgegangen. Oder C.2 war ein schlichter Kopierfehler ...

Mit steifen Gliedern steigt Gernot Junker die Leiter hinunter. Schließt die Klappe ab. Wankt über Kopfsteinpflaster, die Plöck hinauf, zum Hotel. Jetzt wird er erst einmal sehr heiß baden. Danach in die Kurfürstenstube hinuntergehen und kurfürstlich speisen, dabei eine Flasche Chablis und eine Flasche Spätburgunder austrinken. Und morgen früh, nach einem abgrundtiefen Schlaf, wird er wissen, wie er weiter verfahren soll.

Die Junker'sche Methodik der Selbstmotivierung durch Zwangspausen, eingeübt in Jahrzehnten hitziger Berufstätigkeit, bewährt sich einmal mehr. Dieser Hochdruck kann nur aufrechterhalten werden, wenn er von sehr intensiv genutzten

Unterbrechungen rhythmisiert wird. Bereits am nächsten Morgen, Punkt 9.45 Uhr, zeitigt Junkers Technik grandiose Wirkungen. Kaum ist er das Leiterchen emporgestiegen, hat die Fenster geöffnet und ein Pappkuvert in Din A1 zur Hand genommen, liest er in Sütterlinschrift eine Ziffer und eine Zahl: C.2.

Junker fühlt sich aufschreien wie ein pubertierendes Mädchen, das kurz davor ist, vor Freude in Ohnmacht zu fallen. Tränen schießen ihm aus den Augen, als er unter Berücksichtigung diffizilster Vorsichtsmaßregeln fünf handgezeichnete Pläne aus der mehrlagigen Sicherheitsverpackung entnimmt. Wahrhaftig, das Ding hatte er schon mehrmals in der Hand, ohne jedoch die verblasste Tintenschrift zu lesen: C.2! – Die ersten drei der handgezeichneten Karten sind von Rabaliatti, das erkennt er sofort – offenbar detaillierte Entwürfe für nicht ausgeführte Projekte in Italien. Der fünfte Plan ist von unbekannter Hand, einen Monopteros darstellend, nicht unähnlich dem bekannten Bau im Münchener Englischen Garten. Behutsam legt Gernot Junker diese Pläne beiseite; den vierten breitet er langsam aus, so gut es unter den beschränkten räumlichen Umständen eben geht. „Chateau Schwetzingen" steht in wunderschöner Kunstschrift im Titel. Die Karte zeigt das Schloss und den Park ungefähr so, wie dies dem heutigen Zustand entspricht. Aber das ist nur ein Drittel des Gesamtentwurfs; was die beiden übrigen Drittel anbetrifft, die er nach und nach entfaltet ... auch eine Geistererscheinung hätte Gernot Junker nicht zu verblüffterem Staunen veranlassen können: Mit kundiger, wenngleich nicht eben meisterlicher Hand sind dort Schloss und Park samt Alleen und Bosketten noch einmal zu sehen, jedoch in verdoppelter Größe. Richtung Ketsch und Oftersheim erstrecken sich die Parkanlagen noch einmal. Als Spiegelachse fungiert der Große Weiher.

Dergleichen hat Junker noch niemals gesehen. So etwas hat es auch noch niemals gegeben! Wer nur hat diese Ungeheuerlichkeit, die alles in den Schatten stellt, was jemals in der Gartenkunst erdacht wurde, gezeichnet? Sckell nicht, das hätte der Spezialist sofort erkannt. Zeyer auch nicht. Petri? Unmöglich. Zittrig wendet Junker das Blatt; sehr häufig ist dieses Papier noch nicht hervorgezogen worden, sonst wäre der Zustand nicht so vortrefflich. Auf der Rückseite steht nicht eben viel. Doch diese wenigen Worte, werden Junker das größte Rätsel aufgeben, mit dem er zeitlebens konfrontiert wurde:

„Mon plus beau Rêve ...“

Mein allerschönster Traum, steht dort zu lesen, säuberlich hingemalt, mit Auf- und Abstrich. Darunter, eindeutig eine andere Handschrift, scheint jemand den Entwurf kommentiert zu haben: „Merveilleux“ – ausgezeichnet. Wer um alles in der Welt hat das geschrieben? Welcher knappe Dialog ist da über zwei Jahrhunderte durch die Tunnels der Geschichte wie ein Kassiber auf Gernot Junker gekommen? Für den Moment gibt es keine Antwort; doch eine noch nie mit solcher Heftigkeit verspürte Heftigkeit reißt den Mann fort: Er ringt die Hände wie ein Betender, fängt an zu hopsen, er wimmert und singt. Und dann rennt Gernot Junker zum Fenster und kreischt wie ein Fußballspieler nach dem entscheidenden Tor, auf dass es über ganz Heidelberg und am besten noch weiter, bis nach Schwetzingen hinüber, erschalle: „Ja!“, schreit Junker, einfach nur „Ja! Ja!“

Als das Publikum schließlich erscheint – und zwar zahlreich, bestehend aus einem besorgten Hausmeister, zwei Studenten und einem Professor der Orientalistik –, ist Junker sein vergleichsloser Gefühlsausbruch bereits peinlich.

Die Anmut

Noch nicht, liebe Freunde, noch nicht dürfen wir gemeinsam mit unserem Helden nach Schwetzingen zurückkehren, wo ihm in seinem neu eingerichteten Büro eine unangenehme, vielleicht sogar gefahrvolle Entdeckung zuteil werden. Zuerst steht nämlich allerlei zu erledigen an: Gewichtige Dinge müssen geklärt werden, weit entfernt, in der österreichischen Hauptstadt Wien. Gernot Junker befindet sich wieder einmal auf Reisen. Dieses Hochgefühl, ausgelöst durch die ungeheure Entdeckung in jenem bis zum Rand mit alten Akten vollgestopften Pavillon, dem Hellring-Tempelchen in einem der hintersten Hinterhöfe der Heidelberger Altstadt, hält seit Tagen an. Traugott Rübsamen gegenüber hat er sich schweigsam gezeigt; einstweilen soll niemand das Geringste von seinen Plänen erfahren. Es wäre nicht unangemessen, wollte man behaupten, Junker griffe nun nach den Sternen. Bevor er jedoch den entscheidenden Vorstoß unternehmen kann, muss festgestellt werden, von wessen Hand der Plan gezeichnet wurde. Sollte Junker mit seiner Vermutung recht behalten, könnte nur eines noch sein Ziel sein: das Unglaubliche zu verkünden; das Sensationelle, das Nie-für-möglich-Gehaltene vorzuschlagen.

Gernot Junker reist mit Bedacht. In seinem Innern toben die Gedanken. Er braucht Zeit, um all das zu ordnen, was seine fliegende Fantasie unaufhörlich hervorbringt. In einem Abteil des Schnellzuges – unbelästigt von Matjesbrötchen kauenden Fremden, Gott sei's gedankt – hat er es sich bequem gemacht, die Schuhe ausgezogen, die Füße auf den Sitz gegenüber gelegt.

Käme einer und betrachtete ihn so, von der Seite, er gewänne den Eindruck, dort läse einer in einem Buch. Den Blick leicht nach unten gerichtet, konzentriert wie ein Klosterbruder, liest Gernot Junker aber nur die inneren Texte, die seine Vorstellungskraft ihm schreibt. Vielleicht ist es dies, was ihn heraushebt aus der Menge der Konkurrenten; fleißige, intelligente, naturwissenschaftlich Begabte gab es im Studium zuhauf – doch die Fähigkeit, sich wie ein Zeitreisender in Vergangenes hineinzuversetzen, war stets nur bei ihm so umfassend ausgeprägt.

Schon als Student vermochte er – frei, ohne Skizzen und Notizen – vor versammelter Studentenschar Referate über ferneliegende Zeiten zu halten, so, als wäre er nicht durch Jahrhunderte von seinem Stoff getrennt. Oft, sehr oft unterbrach den Gang seiner Gedanken die tumbe Frage: „Woher willst'n du das überhaupt wissen?" Wenn er über Motivationen, Gefühlslagen, Zielvorstellungen der Heroen aus der großen Zeit der Gartenarchitektur sprach, verstieg er sich gern zu Hypothesen, die selbst den Professoren allzu weit hergeholt erschienen; immer aber und immer häufiger gelang es dem jungen Mann, vermittels einer unerwarteten Volte, das Uneinsichtige als offenbar, das Widersprüchliche als folgerichtig darzustellen. – Es war wohl diese Gabe des Fantasierens der Vernunft, die ihn auch für die wenigen Studentinnen, welche sich in das Orchideenfach verloren, als potenziellen Partner so attraktiv machten. Annabelle liebte es ebenfalls, ihn reden zu hören. Mit Geschick fachte sie Gernots Fabulierlust stets von Neuem an und veranlasste ihn zu genialischen Höhenflügen, an denen sie beglückt teilnahm.

Auf dieser Reise nach Süden nimmt sich Gernot Junker alle Zeit der Welt. Ohne Not verlässt er in München den Zug; es reizt ihn, wenigstens dem jungen, sonderbaren Archivar seinen Fund zu zeigen. Zu Fuß macht er sich auf den Weg – doch schon nach wenigen hundert Metern kommen ihm Zweifel.

Sollte er jetzt schon irgendeinem, von dessen Redlichkeit er nichts wissen kann, sein Geheimnis offenlegen? Andererseits, es wäre wundervoll, mit einem Gleichgesinnten Betrachtungen über Herkunft und Alter des Entwurfs anzustellen. Gedankenverloren spaziert Junker am Stachus entlang, als ihn ein echter bayerischer Hunger überbefällt. Es ist warm, Anfang Juni. Auch ein guter Trunk käme jetzt gelegen! Kurzentschlossen tritt Junker in das Stammhaus der bierbrauenden Augustinermönche ein und lässt sich an einem Tischchen im Muschelsaal nieder. Nur wenige Einheimische sitzen verstreut in diesem nach oben von einer verzierten Glasdecke geschützten, manieristisch ausgeschmückten Schankraum; die Touristen bevölkern den Innenhof, gierig nach Sonne.

Wie immer, wenn er nach Bayern kommt, bestellt sich der Reisende ein saures Lüngerl mit Semmelknödeln, ein beinahe überall ausgestorbenes Gericht von graubrauner Färbung und schlieriger Konsistenz. Erfreut stellt der Connaisseur fest, dass der Maibock noch nicht ausgetrunken ist; eine Maß muss es schon sein, Junker wird nie betrunken davon, aber zugleich angeregt und besänftigt – genau das Richtige zu dieser Stunde! Er träumt sich hinweg, der Speise und dem Bier ganz hingegeben, zufrieden lächelnd ... Plötzlich schreckt er hoch. Um den nächsten Zug nach Wien zu erreichen, muss er sich eilen. Hastig drückt er dem Kellner ein beachtliches Trinkgeld in die Hand und stürzt aus dem schummerigen Bierhaus auf die grelle Kaufinger Straße hinaus. Der altmodische Reisekoffer, das für die Jahreszeit zu dicht gewebte Jackett, die Aktenmappe, all dies behindert seinen Eilmarsch zum Bahnhof. Knapp vor der Abfahrt kommt er auf dem Bahnsteig an, reichlich verschwitzt. Kaum hat er im Abteil das Gepäck verstaut, die Schuhe ausgezogen, die Füße hochgelegt, schläft er schon ein.

Erst bei Traunstein kommt Gernot wieder zu sich. Im Halbschlaf sieht er die Ausläufer der Alpen besonnt aufragen. Schläfriges Wohlgefühl breitet sich in ihm aus. Nichts und niemand wird ihn heute mehr unter Druck setzen. Kein Zweifel, Junker hat einen Schatz dabei; dies verleiht ihm Souveränität und Erhabenheit. Ohne Anlass, aus purer Reiselust, entschließt er sich, in Salzburg eine weitere Zwischenstation einzulegen. Die vielgepriesene Graphologin Helga Matuschka im Wiener dritten Bezirk wird er erst morgen aufsuchen. Im Moment benötigt er Entspannung; tags darauf werden sich die Kräfte umso leichter bündeln lassen. Zuerst will er Salzburg erobern, dann Wien. Und dann Schwetzingen!

Zu seiner Freude findet der Österreich-Liebhaber ein Zimmer im Hotel The Pitter, nicht direkt an der Salzach, doch nahe dem Bahnhof und mit Blick auf die Festung und ein Stückchen vom Mirabellgarten. – Jackett und Mantel lässt er im Schrank, als er sich zu einem gemächlichen Nachmittagsspaziergang aufmacht. Eine Knöpfweste mag als Schutz gegen den Bergwind genügen. Ohne Hast promeniert Junker am Ufer entlang, rhythmisch den Stockschirm schwingend. Er betritt die Altstadt über den schmiedeeisernen Mozart-Steg. Nicht einmal die rottenweise durch die Gassen huschenden Touristen vermögen ihn heute zu stören, nein, diese kostbare, beseligende Stimmung verleitet ihn zu einer echten Kinderei: Am Dom besteigt er eine Droschke und lässt sich durch die Stadt fahren. Wahrhaftig, zum letzten Mal hat er das als Kind erleben dürfen. Schmunzelnd begegnet er dem Schmunzeln der Passanten. Es ist lange her, dass er die Menschen als solche zum letzten Mal so erträglich fand ...

Am Abend, stundenlang auf der Terrasse des Stiglbräu-Kellers in Gedanken versinkend, versteht der Beglückte endlich den wahren Grund für diese von Einverständnis gekennzeichnete Heiterkeit – wo ihm doch so oft Missfallen und Ärger über die Dummheit der Artgenossen die Stimmung verfinstern! Es ist der Auftrag, aus weiter Ferne an ihn ergangen, von dessen Würde er durchströmt ist. Nicht anders vermag er das zu begreifen; mitten aus der Epoche der Aufklärung, in der die besten

Talente und die schönsten Hoffungen der Menschheit zueinanderfanden, einzigartig in der Weltgeschichte, ist an ihn, Gernot Junker höchstselbst, die Weisung ergangen, Kunde von den schönsten Möglichkeiten des Menschen zu geben und seine eigene Zeit, die nur noch Kleinmütigkeit, Furcht und Auflösung kennt, zu erhellen. – Kaum bekommt der Begeisterte mit, wie er Bier um Bier bestellt, schließlich zu Heurigem übergeht, Kasnocken mit brauner Butter und geriebenem Bergkäse in großen Portionen ... und für die Schar der Kellnerinnen allmählich zum Gesprächsthema wird.

Als er sich schließlich erhebt, um den Biergarten zu verlassen, liegt Salzburg vor ihm, wie er es liebt: leer, mondbeschienen, vibrierend vor Magie. Sogar in der Getreidegasse trifft er nur vereinzelt auf Nachtschwärmer. Über der Salzach, die gleißend unter ihm hindurchrennt, bleibt er noch einmal stehen. „Mondne Kühle ...“ Das hat Trakl einst gedichtet. In der Tat, so etwas konnte nur einem Salzburger einfallen. Wie unter Eis schimmern der Dom, die Kollegienkirche, die gotischen Bürgerhäuser und Palais. Lange nicht war Gernot Junker derart durchdrungen von der Idee der Schönen; nein, sein Erdenwallen wird ganz bestimmt nicht sinnlos bleiben; er wird etwas von dem zurückerstatten, was ihm in überbordender Fülle zubedacht ward. Ungeachtet des an allen Enden spürbaren Niedergangs wird er seine Umwelt überwältigen mit einer Anlage von so grandioser optischer Wucht, dass man vielleicht sogar beginnen wird nachzudenken; wie konnte man nur so lange Zeit verabsäumen, der tiefsten Bestimmung des Menschengeschlechts nachzukommen: sich selbst zu ordnen und den Kosmos zu schmücken.

Im Pitter angekommen, seinem Salzburger Lieblingshotel seit gut und gerne einem Vierteljahrhundert, drängt es Gernot durchaus noch nicht, sich zu Bett zu begeben. Auf eine feine Zigarre, eine Juan Clemente, ausgezeichnet gelagert und aufs Vollkommenste gereift, lässt er sich in der Lounge nieder, nimmt sogar – auf Englisch – an einem Gespräch zweier Geschäftsreisender über die österreichische Küche teil.

„Do you know Beuscherl?", versucht er für das alpenländische Lungengericht Reklame zu machen, leider ohne Erfolg. Als er den Herren erklärt, worum es sich dabei handelt, ziehen sie verstört die Brauen hoch. – Am Kamin, den Blick auf das Schauspiel des Flammentanzes geheftet, leert er noch ein Fläschchen Morillon aus der Steiermark, bevor er endlich bereit ist, den Weg auf sein Zimmer zu suchen. Ein fabelhafter Tag. Junker wird fantastisch schlafen. Und morgen geht's nach Wien!

Warten – das war noch niemals Junkers Stärke. Nicht einmal Wiens Innenstadt mit ihrer an warmen Junitagen so erquickenden Stimmung vermag ihn zu beschäftigen oder abzulenken. Vom Bräunerhof ins Café Frauenhuber und wieder zurück reißt ihn seit anderthalb Tagen die nackte Ungeduld hin und her. Längst hat er alle nationalen und internationalen Zeitungen ausgelesen; die vielen kleinen und großen Braunen bewirken allgemach einen chronifizierten Koffeinschock. Unter Aufbietung äußerster Selbstdisziplin gelingt es ihm, nur alle zwei Stunden anzurufen. Helga Matuschka geht sowieso nicht mehr selbst ans Telefon. Gut und gerne sechsunddreißig Stunden verbringt sie nun schon mit der Untersuchung historischer Autographen. Über fünfzig verschiedene Schriftproben hat ihr Gernot Junker mitgebracht; hinzu kommen mehrere hundert weitere fragliche handschriftliche Zeugnisse, die der Reihe nach abgeglichen werden müssen, größtenteils elektronisch.

Begonnen hatte die Zusammenarbeit mit einem Schreck.

„Und Sie sind sich sicher, dass der Plan echt ist."

Junker hatte nur ein verstörtes „Wie?" herausgebracht. Wer sollte so etwas denn fälschen – und dann verstecken? Aus welchem Grund? Vollkommen undenkbar. Dennoch, die Frage hat ihn beruhigt, bis nach Ablauf eines halben Tages die telefonische Nachricht eintraf, nein, da könne kein Zweifel bestehen, das Dokument sei echt. Seither kam gar keine Nachricht mehr. Als er die Graphologin zum letzten Mal an die Leitung bekam, hörte er sie nur noch erbost zischen: „Jetzt lassen Sie mich endlich in Ruhe meine Arbeit tun! Sie verzögern ja selbst den Ablauf, Herr Junker!"

So war sie schon früher. Seit mehr denn zwei Dezennien arbeitet Gernot Junker mit der hochspezialisierten, inzwischen recht betagten Wissenschaftlerin zusammen. Ihre Expertisen sind grundsätzlich fehlerfrei, anerkannt in der Fachwelt. Oberste Liga, sozusagen. So lange wie diesmal hat sie aber noch nie gebraucht. Nicht einmal eine Tendenz, keine Andeutung ist ihr zu entlocken. Was kann das nur bedeuten ... Ab dem Nachmittag hält es der Ungeduldige nicht mehr aus. Wie viele Male hat er nun schon den Volksgarten am Burgtheater umrundet? Wie oft ist er die Herrengasse auf und ab spaziert? Er muss hinaus, ins Freie! Zum Kahlenberg, in den Wald. Oder wenigstens nach Nussdorf. Oder Heiligenstadt. Nach wenigen Minuten kommt die Linie D vor das Parlament gezuckelt. Hastig löst Junker eine Fahrkarte. Während der altmodisch schockelnden Reise in die Außenberzirke muss er schon bald Unangenehmes bemerken: Wie so viele Städte, die trotz erheblicher Kriegseinwirkung ihr Gesicht bewahrt haben, London etwa oder Paris, beginnt nun auch Wien, grobianischer, entstellender Architektur zu huldigen. Bald wird die ganze Ebene vermüllt sein, verschandelt von pompöser Leere. Parkhäuser, Ausfallstraßen, Shopping Malls mit Riesenparkplätzen ... Allüberall sieht Junker das Auto, den grimmigen Feind der Schönheit, siegreich und süchtig nach Vermehrung, optische wie akustische Dominanz gewinnen.

Beethovens Bach, an dessen Ufer dem Meister der Überlieferung nach die Hauptthemen der Sechsten eingegeben wurden, findet Junker zunächst gar nicht wieder. Erst nach langem

Suchen gelingt es ihm eine Stelle auszumachen, wo der Gefesselte für einige Meter ans Licht darf. Der Abend ist schwül, überall fauchen ihn diese Autoungetüme an. Erst in einem Heurigenhof, eingerichtet unterhalb einer der überaus zahlreichen Wohnungen aus Beethovens Wiener Zeit, kommt Gernot Junker ein wenig zur Ruhe. Die Mauern sind hoch genug; Gläserklirren und Geplauder, das sind die einzigen Geräusche, die hier zu vernehmen sind. Junker lässt sich ein Viertel Rotgipfler kommen, sucht sich am Buffet ein paar Salate aus, dazu zwei Scheiben vom gebackenen Schweinsbraten mit Kren. Während der Mahlzeit liest er in einem Hausprospekt, worin einige Briefstellen aus der Feder des Komponisten zitiert sind.

Ausgerechnet in diesem ersten annähernd friedlichen Augenblick seit der Abreise von Salzburg ist es Junker selbst, der verantwortlich für eine Ruhestörung zeichnet. Sein Handy jault drauflos, sehr zum Unmut der stillen Trinker am Nachbartisch. Entschuldigend lächelt der Angerufene ins Rund, spricht gedämpft seinen Namen und eilt vor die Türe.

„Bitte? Herr Junker? Ich verstehe Sie so schlecht. Wo sind Sie denn?“

„In ... Heiligenstadt.“

„So. Können Sie herkommen?“

„Sofort, Frau Matuschek, natürlich.“

„In zwanzig Minuten?“

„Ich rufe sofort ein Taxi!“

An die Fahrt zurück von Heiligenstadt ins Zentrum wird Gernot Junker keinerlei Erinnerungen verbinden. Er hängt im Sitz, sein Mund ist halb geöffnet. Ab und an stößt er Seufzer aus, als litte er unter einer zehrenden Krankeit. Auf das Genuschel des Taxifahrers gibt er nicht Acht; es wäre sowieso unmöglich, den ineinandergerutschten Vokalen einen Sinn zu entlocken. In einer solchen Stimmung hat er sich bislang immer nur befunden, wenn Examina abzuleisten waren oder Todesfälle zu erwarten standen. Immer wieder schaut er auf seine

Armbanduhr, ohne auch nur ein einziges Mal realisieren zu können, was die Zeit ist. Wie lange dauert die Fahrt? Eine Stunde? Eine Woche?

Die übernächtigte, etwas zerzauste grauhaarige Dame begrüßt ihn überrascht: „Das ging aber schnell."

„Was haben Sie herausgefunden?"

„Gott, was ist denn mit Ihnen los? Setzen Sie sich erst mal. Ein Glas Wasser?"

„Haben Sie Cognak?"

„Gute Idee."

Helga Matuschek deutet auf einen Lehnsessel. Aus einem mit Intarsien verzierten Eckschränkchen holt sie eine Flasche und zwei Gläschen. Nichts in ihrer Wohnung deutet darauf hin, das einundzwanzigste Jahrhundert sei inzwischen angebrochen. Wenige Spuren hinterließ das zwanzigste. Samtportieren in Bordeauxrot, Doppelfenster, großblättrige Pflanzen, ein kolossaler Kornleuchter tragen zu dem Eindruck einer unerschütterlichen Kontinuitat bei. Was einmal war, hier ist es nicht vergangen. Die Graphologin: eine Mittlerin zwischen den Zeiten, zwischen Lebenden und Toten – mit eindeutiger Vorliebe.

Nachdem sie vorsichtig eingeschenkt hat, presst Junker rauh hervor: „Ich bitte Sie, ich bin sehr nervös. Spannen Sie mich nicht auf die Folter."

„Ja, ja, kann ich mir denken. Das kenn ich." Der Wiener Tonfall ist bei der Dame schwächer ausgeprägt als bei den meisten Hiesigen. Dennoch, diese stockende, gedehnte Redeweise kostet Junker eine Unsumme Nerven. „Es hängt für Sie ja wohl einiges von dieser Sache ab, das hab ich längst bemerkt. Wie gesagt, die Nachforschungen waren sehr schwierig, sehr aufwändig; ich sollte mich auf derartige Parforceritte gar nicht mehr einlassen."

„Ich lege gerne noch etwas drauf."

„Das wird auch nötig sein."

„Können Sie ...“

„Hören Sie zu. Nachdem ich eine Weile in die Irre gegangen bin, kam ich durch ein winziges Detail auf die richtige Spur: Ein charakteristisches Häkchen am kleinen „z“. Ich kann nunmehr mit Bestimmtheit sagen: Der Entwurf, den Sie mir vorgelegt haben, der Gartenplan samt Schlosszeichnung, stammt zweifelsfrei von Kurfürst Carl Theodor persönlich. Es ist seine Handschrift, en detail. Mon plus beau rêve, das hat er geschrieben. Auch bei diesem lobenden Kommentar, merveilleux, Sie erinnern sich ... ?“

„Aber natürlich!“

„ ... kann kein Zweifel bestehen: Es ist die Handschrift seines Gartenarchitekten, Friedrich Ludwig von Sckell.“ Helga Matuschek trinkt ihr Glas leer. Mit Befremden stellt sie eine Veränderung in Gernot Junkers Antlitz fest, eine Verzerrung ins Grimassenhafte. „Ist Ihnen was? Jetzt sagen Sie doch! Sind Sie enttäuscht?“

„Enttäuscht?“ Junker starrt sie ausdruckslos an.

„Ja, hatten Sie eine andere Auskunft erwartet?“

„Im Gegenteil. Ich hatte es gehofft. Vielmehr: Ich hatte es nicht zu hoffen gewagt.“

Die betagte Graphologin gießt zuerst sich selber, sodann ihrem Gast nach. Es ist ihr immer wieder peinlich, wenn die Kundschaft dermaßen emotional auf ihre Botschaften reagiert. Kurz fixiert sie die glasigen Augen ihres Gegenübers. Dann nimmt sie noch einen Schluck Cognac und holt die Rechnung aus einem Kuvert. Junker setzt seine Lesebrille auf. Die Summe ist hoch. Sehr hoch. Doch er verzieht keine Miene. Aus seiner Geldbörse zieht er ein Bündel grüne Scheine. Als das Honorar ausbezahlt ist, greift er noch einmal in seine Jackentasche und fingert einen Fünfhundert-Euro-Schein heraus.

„Ich hoffe, Sie nehmen das kleine Trinkgeld an.“

„Damit habe ich nicht die geringsten Schwierigkeiten“, schmunzelt Helga Matuschek und rafft das Geld zusammen.

„Sie wissen nicht, wie glücklich Sie mich machen."
„Doch. Ich glaube schon."

Was um alles in der Welt soll man von einem Menschen erwarten, der auf einem Schlosse namens Drogenbusch zur Welt kommt? Carl IV Philipp Theodor Pfalzgraf bei Rhein, des Heiligen Römischen Reiches Erztruchseß und Kurfürst in Bayern, Jülich, Cleve und Berg, Fürst zu Moers, Marquis zu Bergen op Zoom, Graf zu Veldenz, Sponheim, der Mark und Ravensberg, Herr zu Ravenstein – es sei gestattet, einige Hinweise zu seiner Person und Wirkung an dieser Stelle einzustreuen, wobei wir sogleich um Nachsicht ersuchen möchten, dass wir ein eher wohlwollendes Bild des Potentaten zu zeichnen geneigt sind. Es verbinden ja seine ausgedehntesten Besitztümer, die Pfalz und Bayern, bis heute höchst unterschiedliche, geradezu gegensätzliche Erinnerungen an diesen unter Tausenden hervorstechenden Mann des achtzehnten Jahrhunderts, dessen frühe und mittlere Jahre von Aufbruchsstreben und Kulturblüte gekennzeichnet waren, indessen die letzte Phase seiner Herrschaft überschattet wurde von mehreren Schlaganfällen und daraus folgenden Sprechstörungen und Mattigkeiten, den Ränkespielen obskurantistischer Berater, von glücklosen ökonomischen Unternehmungen, außenpolitischer Verstrickung und allerlei kaum mehr verständlichen, von vielen als widersprüchlich wahrgenommenen Entscheidungen.

Wir kommen nicht umhin zu postulieren, bei Carl Theodor habe es sich um eine Persönlichkeit von höchstem intellektuellen Format gehandelt; der Vergleich mit Zeitgenossen drängt sich auf: Joseph II. von Österreich etwa oder Friedrich der Zweite von Preußen, den alle, die vom Grauen der Feldschlacht nichts wissen, noch immer den Großen nennen. Auf dem soeben angedeuteten Gebiete scheint, in der Rückschau, sogar eine Überlegenheit im Humanen vorzuliegen – denn Carl Theodor hat das Militär verabscheut –, wäre da nicht jene heute seltsam anmutende Leidenschaft für die Parforcejagd, ein Überbleibsel aristokratischer Freizeitkultur, das Friedrich II. bereits als barbarisch ablehnte.

Carl Theodors nachdrücklichste Unternehmungen galten der Förderung der Künste und der Wissenschaften: in einem solchen Maße, dass er die Staatsverschuldung, die zu bekämpfen er angetreten war, vorübergehend bis zur Gefahr des Bankrotts erhöhte. Als Voltaire von seinem einstigen Gönner, dem bereits erwähnten König Friedrich von Preußen verfolgt wurde, nahm sich der Pfälzische Kurfürst des Philosophen an und ließ vier Theaterstücke aus dessen Feder mit solch überbordendem Aufwand auf die Bühne bringen, dass er den Verfasser später um Rückerstattung eines Teils der Summe bitten musste. Noch in seinen letzten Tagen sehnte sich der Franzose „heim" nach Schwetzingen: in den Park, dessen Ausdruckswelten ihm offenbar waren wie sonst kaum einem.

Wollen wir uns einem gewissen Verständnis der Erscheinung Carl Theodors annähern, so müssen wir den Tod als ein Hauptthema seines Lebens durchaus anerkennen. Zahlreiche Tode waren nötig, damit der Siebzehnjährige überhaupt zur Regentschaft gelangen konnte. Der Tod seines einzigen ehelichen Kindes nach nur einem Tag am Licht der Sonne muss als Zäsur betrachtet werden, als ein Ereignis, das manches zuvor Geglaubte zu nivellieren angetan war und den Verzweifelten nach anderen, wenig begangenen Wegen forschen ließ. In der Folge zerbrach die Ehe mit seiner Kusine Elisabeth Auguste an eben diesem Kummer. Franz Ludwig Joseph starb am 29. Juni 1762. Vier Jahre später übergab Carl Theodor eine Hebammenschule samt Entbindungsheim ihrer Bestimmung – eine in dieser Zeit nahezu einzigartige Unternehmung.

Ungeachtet der seinerzeit üblichen Gebräuche, heiratete der Kurfürst erst wieder nach dem Tode seiner ersten Frau. Die Unstimmigkeiten zwischen den Eheleuten betrafen nahezu sämtliche Bereiche der Lebensführung; sogar bei der Jagd pflegte man sehr unterschiedliche Vorgehensweisen. Indessen Carl Theodor, solange es ihm möglich war, das Rotwild parforce durch die Wälder hetzte, bevorzugte die Gemahlin bis ins Alter bequemere Methoden. Gern schoss sie in die Menge der zuckenden Tiere hinein, die von den Treibern in geräumige Wasserbecken gejagt wurden; unter ihre bevorzugten Freizeitvergnügungen rechnet man auch das sogenannte Fuchsprellen – eine aufwändige Angelegenheit, die nur auf dem Marktplatz zu Mannheim stattfinden konnte, da dieser gepflastert war. Man sperrte das Gelände ab; Elisabeth Auguste und ihre Freundinnen nahmen große Tücher in die Hand. Sodann warfen die Bediensteten allerlei Kleinwild – Füchse, Hasen, Iltisse – in die Tücher, und die Damen ergötzten sich an den ulkigen Bewegungen der vielmals in die Luft geschleuderten Tierchen, bevor sie endlich auf dem Kopfsteinpflaster zerplatzten.

Als Carl Theodor sich neu vermählte, zählte er bereits siebzig Lenze; die neue Gattin, Maria Leopoldine von Österreich-Este, war mehr denn ein halbes Jahrhundert jünger. Die junge Erzherzogin ließ den Greis alsbald wissen, dass sie unter keinen Umständen gewillt sei, die Ehe mit ihm zu vollziehen; viel lieber beschäftigte sie sich mit zahlreichen Liebhabern – und wartete gelassen auf den Tod Carl Theodors. Als dies schließlich geschah, im letzten Jahr des Jahrhunderts der Aufklärung, sorgte Maria Leopoldine umgehend dafür, dass die Nachfolge in ihrem Sinne geregelt wurde. Ein energischer Schnitt – denn damit beendete sie höchstpersönlich die Regentschaft des einen Fürstenhauses und inthronisierte ein neues. Nicht vielen Frauen war es zu dieser Zeit vergönnt, so weitreichend ins Politische einzugreifen ...

Immerhin, für die zahlreichen außerehelichen Nachkommen, vorwiegend aus den Verbindungen mit der französischen Schauspielerin Francoise Després-Verneuil und der reizenden

Maria Josepha Seyfert, hatte der letzte Regent des Hauses Pfalz-Sulzbach üppig vorgesorgt: Alle erhielten sie Apanagen und Schlösschen nebst Adelsprädikat. – Seit dem unerträglichen Verlust von 1762 sehen wir den Fürsten zweierlei Wege beschreiten, die, wenn wir so sagen dürfen, im Laufe der Zeit immer weiter auseinanderstreben. Dennoch gehören sie im Inneren zusammen. Sein äußeres Dasein blieb glanzvoll; wie keinem anderen Potentaten gelang es Carl Theodor, sein Land aus bewaffneten Konflikten – so weit als möglich – herauszuhalten; Schlösser und Gärten wurden im neuesten Stil erbaut, Akademien und Theater gegründet, die deutsche Oper aus der Taufe gehoben, das erste professionelle Orchester neueren Zuschnitts zu Mannheim und Schwetzingen versammelt. Mozart kam und spielte vor. – Dennoch, all diese Unternehmungen waren nur Ausdruck, besser: bewahrte Form. Erfüllt waren sie von Inhalten, die nur den wenigsten bekannt wurden. Es blieb nämlich in alledem für den ohne Erbe Gebliebenen die Grundfrage, ob denn die Grenze zwischen Leben und Tod tatsächlich so unverrückbar sei, wie uns die Tradition dies lehrt. Die wahre Leidenschaft des Übersensiblen, von den Künsten Ergriffenen, galt der Erforschung sämtlicher Möglichkeiten und Techniken der Überschreitung – der wissenschaftlichen wie der wahnhaften, der ekstatischen wie der mystischen. Inwieweit seine Schlaganfall-Erkrankung hierbei eine Rolle spielte, lassen wir dahingestellt sein.

Welche Funktion im Zusammenhang mit genannter Beschäftigung all den mehr oder minder im Geheimen operierenden Logen zukam, welche wechselnden Einflüsse die Berater hatten, darunter immerhin Voltaires ehemaliger Sekretär Collini, der Reformator des Staatswesens Graf Rumford, der Regierungspräsident der Pfalz Franz Xaver von Zwack oder gar der Illuminaten-Obere Karl Gotthelf von Hund, können und wollen wir an dieser Stelle nur andeuten. Es war dies ein sonderbares Ineinander vernunftmäßig-aufklärerischer Impulse, kirchlich-dogmatischer Überlieferungen und okkult-transzendenter Theologumena. In jedem Falle entzieht es sich der Kenntnis der Nachkommen, warum ein den Freimaurern so nahestehender Monarch wie Carl Theodor sich an der Verfolgung der Freimaurer überhaupt beteiligte, weshalb er, umgeben und inspiriert von freimaurerisch beeinflussten Illuminaten, ausgerechnet diesen Orden bei Todesstrafe verbieten ließ, ja, aus welchem Grunde all die auf jesuitischen Schulen ausgebildeten Männer einander so herbe befehdeten anstatt auf ihren humanistischen Auftrag zu rekurrieren und gemeinsam zu wirken.

Vielfach ist bemerkt worden – und noch immer macht sich manch einer auf die Suche –, wie sehr im Schwetzinger Schlosspark die Vielzahl eindeutiger Symbole ins Auge falle. Gern weist die Wissenschaft darauf hin, es habe sich hierbei um schlichte Modesignale gehandelt, mit keinerlei Inhalten verbunden, blanker Zierrat, bloßer Schmuck; dabei übersieht der schlichte Rationalismus, wie so oft, dass einige tatsächlich gewillt waren, Ernst zu machen – und nicht einmal die schlechtesten. So ist es richtig, dass zumal der Minerva-Kult damals hoch im Kurs stand. Von Goethe, ebenfalls Freimaurer, stammen – neben Hegel – die geistreichsten Bemerkungen zu diesem Thema. Im Tempel der Minerva sehen viele ein klares Bekenntnis, da doch die Eule, der Göttin heilig, das Hauptkennzeichen der Illuminaten war. Pyramiden und allsehende Augen finden sich überall in Carl Theodors Gärten – doch wissen die Spätergeborenen dadurch wirklich mehr über das Selbstverständnis des alternden Potentaten?

Vielleicht genügt die Erwähnung der Tatsache, dass die altgnostische Ideenwelt, in unseren Kulturraum hineinvermittelt über Dionysos Areopagita, Plotin und die Neuplatoniker, an allen Höfen eifrig, gar mit Hingabe rezipiert wurde. Die Licht- und Sonnensymbolik, die Lehren des Hermes Trismegistos, alchimistische und nackt heidnische Gedankensplitter beschäftigten zur fraglichen Zeit die Gebildeten. Welche Lehren die Einzelnen daraus zogen, steht auf einem anderen Blatt; für uns mag einstweilen eine leicht zu fassende Erkenntnis genügen: All diese Vorstellungen von einer sinnhaft und als Prozess sich vollziehenden Ontologie verbindet die Wahrnehmung eines inneren Wesenskerns göttlichen Ursprungs im Menschen, des „lumen naturale“ – gleichermaßen befähigend zu progressiven Leistungen der Vernunft wie auch rückbindend an den Urgrund einer letzten Endes gnädigen Gottheit. Einfacher: Die Hoffnung auf einen Sinn, so wähnte man, kann doch nicht unbegründet in die Welt gekommen sein; jedem Einzelnen in jedem Zeitalter bleibt immer neu die Entscheidung überlassen, ob er dem nachspüren will oder sich darin bescheidet, klaglos sein täglich Brot zu schlucken und seine Tage ohne nagenden Zweifel zu fristen. Aus den bislang gehörten Andeutungen dürfte zu schließen sein, dass ein Carl Theodor derartigen Lehren gegenüber nicht nur Offenheit bezeigte, sondern gar selbsttätigen, inbrünstigen Forscherdrang entwickelte.

Annabelle Tharau hat ihr schönstes Kleid angelegt. Es rieselt geradezu an ihr herunter, sein deutlich in die Augen fallendes, doch zart-angenehmes, liebliches Rot durchschimmert das Blattwerk im Park, so dass Passanten beiderlei Geschlechts immer wieder darauf aufmerksam werden und an Wegkreuzungen stehen bleiben, bis sie sehen dürfen, worum es sich bei dieser schwebenden Erscheinung handelt. Annabelles hüftlange braune Haare schmiegen sich in die luftigen Bewegungen des Stoffes. Sie schreitet langsam dahin, aber von innen her beschwingt, voller Vorfreude. Unvermittelt geht ihr Lächeln auf die Gesichter aller Menschen über, denen sie zu dieser Nachmittagsstunde auf den Gartenwegen begegnet. – In den meisten Fällen, wenn solch augenfällige äußere Schönheit mit überragenden geistigen Gaben zusammenkommt, zudem, wenn es um gesellschaftliche Herkunft, Bildung und Vermögen zum

Besten bestellt ist, entwickelt sich bei Erdenbürgerinnen notgedrungen eine gewisse Überheblichkeit, die allerdings von Nutzen ist, wenn es darum geht, allzu aufdringliche Bewunderer auf Abstand zu halten.

Bei Annabelle liegen die Dinge anders. Vielleicht behaupten wir nicht zu viel, wenn wir sagen: Alle Dinge liegen bei ihr anders als dies in herkömmlichen Biographien zu sein pflegt. Statt arrogant und siegesgewiss die ihr zur bloßen Zierde oder als Publikum mitgegebene Umwelt zu analysieren, hat sie eine Mitleidsgabe entwickelt, wie man dies allenfalls in lange verklungenen Jahrhunderten an späterhin seliggesprochenen Klosterfrauen wahrgenommen hat. Kein Hund, kein Vogel, kein Insekt, kein Kind, gleich welcher Gattung, entgeht ihrer Aufmerksamkeit. Wenn irgendein Lebewesen in Not gerät (und sei es ein Gänseblümchen an einer viel befahrenen Straße), kann es von Glück sagen, wenn Annabelle Tharau des Weges kommt. – Peinlich berührt zeigten sich oftmals ihre Klassenkameraden, wenn die Verzweifelte bei einem Bootsausflug versuchte, sämtliche in den See gefallenen Marienkäfer zu retten ... und schreiend und mahnend und fluchend den Abzug der anderen verhindern wollte, bis nicht alle Tierchen an Land gebracht waren. Wenn dann die meisten der aus den Fluten gefischten Flügeltiere, kaum getrocknet, als erste Maßnahme ihres neu geschenkten Lebens sogleich wieder auf die Wasserfläche hinausflogen und sich linkisch ins feindliche Element zurückbegaben, mussten ihre Freundinnen die wütende Annabelle mit vielen Armen festhalten, damit sie es den Käferchen nicht gleichtat.

Wie oft verließ sie den Pulk der Gleichaltrigen, um in einem Ladengeschäft nach etwas Wasser zu fragen – nicht für sich, was Wasser anbetrifft, war Annabelle stets genügsam – , sondern um ein Pflänzchen zu gießen, das irgendwo aus den Ritzen des Bürgersteigs entspross oder um ein durstig ausschauendes Hündchen zu tränken, das irgendwo angebunden war und fiepend auf den säumigen Besitzer wartete. Man ließ sie gewähren; ihre Lieblichkeit, ihre Anmut besänftigten noch den Hartherzigsten, und obgleich sie es sich selber oft, oft sehr schwer machte, fand sie doch ihren eigenen Weg, durch Schulzeit und Studium hindurchzukommen. Die Verwunderung bei Lehrern, Freunden und vor allem bei ihren zuweilen bis über alle Geduld strapazierten Eltern, weshalb ein derart bis zur Selbstgefährdung übersensibles Wesen nicht längst gescheitert war und zu lebenslänglicher Betreuung in eine Spezialeinrichtung verwiesen ward, hätte nicht größer sein können.

Einmal wäre es beinahe so weit gewesen. Bis zu ihrem siebzehnten Jahre hatte Annabelle sich nie verliebt – dazu war sie viel zu beschäftigt mit all den Dingen und Pflanzen und Tieren, bisweilen sogar mit einigen Menschen, die sie umgaben und die sie in ihrer Armseligkeit und Gefallenheit beschützen musste. Dann aber lernte sie Gernot Junker kennen. Anlässlich eines Vortrags über das Ökosystem Wald hatte man den Experten ins St.-Hildegard-Gymnasium in Annabelles verdösten Heimatort eingeladen. Während die Mitschülerinnen den schmucken jungen Wissenschaftler rückhaltlos zu bewundern schienen, machte sich Annabelle schweigsam Notizen. Bei der Fragerunde am Ende, als sonst nur willfährige Kommentare und Lobhudeleien zu hören waren, tat sich das Mädchen plötzlich mit überaus scharfsinnigen, in einem gewissen Sinne sogar bösartigen Rückfragen hervor, so dass der stets auf Harmonie bedachte Klassenlehrer bereits eingreifen wollte.

Aber Junker, das sah man an seinem versonnenen Lächeln, fand augenblicklich Gefallen an diesem regen Geist, dem eine so geschmackvolle Verpackung beigegeben war. Er konterte Annabelles Kritik, die ihm vorwarf, wie er sich als ein Geschöpf unter anderen überhaupt herausnehmen könne, über das Fortbestehen ihm wesensfremder Pflanzen zu entscheiden, übler noch, deren Wert vermeintlich zu beurteilen, auf ungewöhnliche, feinfühlige Weise. Mitnichten redete er sich auf die Königsformel heraus, wonach er als Mensch die Krone der

Schöpfung darstelle und folglich befugt, gar beauftragt sei zu herrschen, nein, keineswegs; Junker malte ein Panorama der verzweifelten Ausweglosigkeiten, die das Leben, wenn man es schon einmal als heikles Geschenk anzunehmen wage, dem empfindenden Gemüt in unendlicher Folge sowieso immerzu darbiete. Kein Ausweg, nirgends – und dennoch sollen wir leben! So ungefähr Gernot Junkers These. Das Streitgespräch zwischen der Schülerin und dem vierzehn Jahre älteren Dozenten ging ungefähr unentschieden aus.

Schon der Nachmittag sah Annabelle an ihrem Lieblingsplatz unter einer Weide, auf einer Holzbank mit unverstelltem Blick über ein Wiesental. Dort schrieb sie dem fremden Mann einen dreiunddreißig Seiten langen Brief, worin sie, neben zahlreichen dogmatischen Anmerkungen zu Mensch, Natur und dem Dasein als solchem, dem Adressaten zu verstehen gab, sie habe eine auf Erden nicht für möglich gehaltene Seelenverwandtschaft zwischen sich und ihm festgestellt – mit dem beträchtlichen Unterschied jedoch, dass er seine Gaben und Kenntnisse sämtlich ins Praktische (und somit Schuldhafte) gewandelt habe, während sie, die Jüngere, auf der wahren Reinform beharre ... und überdies der Meinung sei, er, der Ältere, könne jede Menge von ihr lernen. – Die Antwort ließ nicht lange auf sich warten. Auf edlem Papier, bereits mit einem persönlichen Kopfbogen versehen, antwortete Junker in gestochener Schrift. Es waren nur fünf Seiten, allerdings schrieb er ernsthaft, um Präzision bemüht und durchaus nicht wie man einem Kinde schreibt.

Der Briefwechsel zog sich über den Sommer hin. Es gab allerhand Auseinandersetzungen über Detailfragen, an jeder Untereinheit einer Fragestellung konnte sich der Disput entzünden. Doch eines Morgens beschloss Annabelle Tharau die Schule zu schwänzen. Ohne ihren Eltern ein Wort zu sagen, hüpfte sie zum Bahnhof und kaufte eine Fahrkarte nach Bamberg, wo der junge Mann zu dieser Zeit an einem Rekonstruktionsprojekt mitwirkte. Bamberg war weiter weg als gedacht; erst in der Nacht kehrte Annabelle nach Hause zurück, was eine unerfreuliche Unterredung mit ihrem Vater, einem konservativen, doch im Grunde überaus gütigen Landrat nach sich zog. Annabelle blieb fest. Sie log nicht, sie wiegelte nicht ab. Vielmehr setzte sie den schmunzelnden Erziehungsberechtigten schlicht in Kenntnis, dass sie sich mit Eintritt ihrer Volljährigkeit zu verehelichen gedenke. Der lautstarke Streit, welcher sich aufgrund unterschiedlicher Vorstellungen bezüglich des zeitlichen Ablaufs anschloss, konnte von der herbeieilenden Mutter zwar abgemildert, jedoch nicht vollends beigelegt werden. Was immer der Vater auch unternahm, es genügte nicht. Über den Winter wurden Gernot Junker und Annabelle Tharau ein Liebespaar. Das hatte sie so bestimmt.

Zunächst ließ sich der aufstrebende Wissenschaftler zu keinerlei Versprechen überreden. Dennoch, eine Frühlingsfahrt sollte die beiden in den Süden führen. Ja, das mochte angehen: Über Heppenheim, Weinheim, Heidelberg, Schwetzingen, so hatte Annabelle vorgeschlagen, wollten sie nach dem Bodensee reisen. Von dort aus würde man weitersehen; eventuell ließe sich der Aufenthalt ja verlängern. So ein Schulquartal, das konnte man leicht aufholen. Denn schließlich, auf der anderen Seite der Alpen gab es ja immer noch Italien! – Vermittels einiger Notlügen und unter Hinzuziehung mehrerer Freundinnen gelang es Annaballe, kurz vor Ostern samt Köfferchen sich davonzuschleichen. Reisefertig traf sie bei Gernot ein. Sie fuhren mit einem altmodischen Buckelvolvo, einem schwarzen Ungetüm, das die Schülerin unendlich begeisterte. Auf diese Weise kam Gernot Junker zum ersten Mal nach Schwetzingen. Zwei Tage blieben sie in einem Hotel, dessen nobler, gleichwohl romantischer Ruf den jungen Mann bewogen hatte, mehr Geld zu investieren als er zunächst geplant hatte. Innige Spaziergänge führten die beiden in sämtliche Nischen des Parks.

Doch – bereits auf der Hinreise hatte sich das angedeutet – Annabelles überaus insistentes Wesen, ihre Unfähigkeit, in Nebendingen auch nur ein klein wenig nachzugeben, ihr an jeder Nichtigkeit sich entzündendes herrschsüchtiges Temperament zermürbten Gernot, der sich der Zuwendungen des bezaubernden Mädchens zwar erfreute, jedoch im Grunde nicht daran dachte, sein Leben nur noch der Liebe zu weihen. Da gab es ja durchaus noch andere Pläne – und just auf diese richtete sich Annabelles permanente Eifersucht, wie dies ihrem Ungestüm allemal entsprach. Kurzum, der Bodensee wurde nicht erreicht; mit den Nerven am Ende, fuhr Gernot Junker die beständig Tobende so schnell als möglich wieder nach Hause, floh ohne zu winken in die Nacht hinaus und verfügte sich zurück nach Bamberg.

Nicht, dass er kühl gewesen wäre; Gernot litt tatsächlich eine ganze Weile unter dieser Geschichte. Er vermisste das genialische, bis zur Rabiatheit zärtliche Fräulein. Als der Ältere fühlte er auch eine gewisse Schuld. Doch nach Ablauf einiger Tage vermochte er sich wieder auf seine Arbeit zu konzentrieren. Und schon bald funktionierte sein Berufsalltag gerade so gut wie zuvor. – Ganz anders Annabelle. Nachdem sie sich tagelang in ihrem Zimmer eingeschlossen hatte, ließ der Vater sie in eine Klinik abtransportieren. Seelisch war das Mädchen so zerrüttet, dass man einen Kuraufenthalt anschließen musste. Annabelle verlor ein ganzes Jahr. Nicht im Wesen, doch im Verhalten verändert, kehrte sie an ihre Schule zurück, bewegte sich in der neuen Klasse jedoch unsicher. Sie schien abwesend. Zwar gelang es mit elterlicher Hilfe, ein passables Abiturzeugnis zu erringen, doch die rechte Freude war bei alledem nicht mehr dabei. Als sie Vater und Mutter schließlich eröffnete, in Heidelberg Philosophie und Romanistik studieren zu wollen, schöpften die beiden Hoffnung. Was sie nicht wussten: Die junge Frau hatte den Studienort allein aufgrund der Nähe zu Schwetzingen gewählt, wo sie, ihrer Meinung nach, die wichtigsten Stunden ihres Lebens zugebracht hatte. Das Studium würde sie gewissermaßen nebenher betreiben; vor allem nämlich gedachte sie einem penibel ausgearbeiteten Trauerkult zu huldigen, der häufige einsame Fahrten in die Heidelberg vorgelagerte Sommerresidenz vorsah, allwo sie sämtliche gemeinsam aufgesuchte Orte jahrzehntelangen Weihehandlungen zu unterziehen plante.

Es entspricht dem in jeder Hinsicht außergewöhnlichen Charakter der Annabelle Tharau, dass sie nahezu sämtliche ihrer Jugendpläne kompromisslos in die Tat umsetzte. Auf der Universität, wo sie ordentliche, wenngleich keineswegs ihrem Intellekt entsprechende Leistungen erbrachte, galt sie als Preziose, als von niemandem zu erobernder Sonderling. Zu allem Überfluss sah man die wie von beständigem Meeresleuchten umschimmerte Nymphengestalt stets geschmückt von einer purpurnen Rummelplatzrose, welche sie an einer Bude einst für Gernot geschossen, ihm aber später wieder weggenommen hatte. Zahllose verliebten sich in sie schmerzlich. Wenige wagten sie anzusprechen. Kaum einem folgte sie auf einen Spaziergang oder in ein Café. Niemanden küsste sie. – Nach Abschluss des Studiums erhielt Annabelle wie von selbst, worum andere sich jahrelang vergeblich bemühen: eine feste Anstellung an der Ruperto Carola. Nach und nach verdrehten sich nun die Vorzeichen; in Kollegenkreisen begann man über die unnahbare Schönheit zu munkeln. Doch, ja, es stimmte: Von Zeit zu Zeit, immer um Ostern herum, nahm sie einen aus der Schar der Studenten, die sie anhimmelten, mit zu einem kleinen Ausflug nach Schwetzingen. Ob sich bei solchen Anlässen Vertraulichkeiten entwickelten, soll uns nicht interessieren.

Die Purpurrose hat Annabelle lange nicht mehr getragen. Jetzt wackelt das seltsamerweise über all die Jahre unversehrt gebliebene Plastik-Unterpfand fröhlich über dem Kleid, befestigt mit einer keltisch anmutenden Spange. Den Besuch hat sie nicht geplant. Freilich, schon vor Monaten las sie ungläubig den Namen Gernot Junker auf einem Einladungsschreiben der Universität zu einer Veranstaltung der Schwetzinger Festspiele – zum ersten Mal nach einer solchen Zeitspanne! Nicht lange nach der Trennung war ein letzter Brief bei ihr eingegangen. Der Vater hatte ihn in die Kurklinik mitgebracht; womöglich war der Ärmste, der sich um seine Tochter schier zu Tode grämte, sogar daran beteiligt, mutmaßte sie später, dass Gernot so grob, so mitleidlos eindeutig geschrieben hatte. Von da an war nichts mehr zu hoffen gewesen.

„... und ich ersuche Dich, mich von nun an und für alle Zeiten in Ruhe zu lassen. Gernot Junker." Das war das Ende. Oder eben doch nicht. Es erfreut Annabelle auf eine verzwickte Weise, dass sie nun doch den Gehorsam verweigert – wenngleich mit erheblicher Zeitverzögerung. Von dem Überfall auf Junkers Büro verspricht sie sich nichts. Sie ist nicht einmal neugierig, wie sich der ehemalige Geliebte äußerlich verändert hat. Sie will nur kurz bei ihm sein. Das genügt. – Als Annabelle Tharau an diesem eigens für Gernot Junker eingerichteten Büro in Schlossnähe eintrifft, zögert sie nicht, sondern klopft schnell hintereinander mehrmals an.

Der Überraschte hat mit einer doppelten Verwirrung zu kämpfen; denn kaum eine halbe Stunde zuvor, als er selbst den kahl-weißen Zweckraum betrat, fand er ein DIN A5-Kuvert auf seinem Schreibtisch, das außer einem linierten Zettel nichts beinhaltete. Allerdings stand in Druckbuchstaben etwas zutiefst Unerfreuliches, ja Bodenloses dort zu lesen:

BEIM NÄCHSTEN UMSCHLAG FLIEGST DU IN DIE LUFT!

Obschon an mancherlei Anfeindungen gewöhnt, konnte Junker ein leichtes Zittern seiner Hände nicht unterdrücken. Die Form des primitiven Drohbriefs war denn doch etwas ganz anderes als hektisch hingekeifte Beschwerden. Zwar bemühte er sich sogleich, solch tumben Unsinn unbeachtet zu lassen und sich auf gar keinen Fall in Sorgen zu verlieren, wer um alles in der Welt so etwas geschrieben haben könnte ... doch schweifte er selbst während zweier brisanter Telefonate in Gedanken immer wieder zu dieser Aggression zurück.

Selbstverständlich vermeint Annabelle die offenbare Verwirrung des Mannes hinter dem Schreibtisch ganz für sich und ihren Auftritt verbuchen zu müssen; dabei ist Gernot von dem vorangegangenen Ereignis zunächst viel zu sehr in Beschlag genommen, um zu verstehen, wer ihm da soeben in sein neues Arbeitszimmer geschneit kommt. Annabelles Vermutung, er habe sie auf der Stelle erkannt, erweist sich als falsch, da ihr ein anonymes, schnoddriges „Einen Augenblick!“ entgegentönt.

Kaum zwei Wimpernschläge später reißt es den Mitfünfziger mit dem wenig attraktiven Haarkranz vom Sitz.

„Annabelle! Nein!“

Junker eilt um den Schreibtisch herum. Unbedacht, Opfer eines Impulses, will er die Frau im langen Kleid umarmen, fest an sich drücken. Sie reicht ihm aber nur die Rechte und schaut ihn unverwandt an. Nicht zärtlich, das keineswegs; aber auch nicht unfreundlich. Junker reißt sich zusammen, räuspert sich ein paar Mal energisch. Murmelt eine Entschuldigung; alles, aber auch alles scheint sich zu dieser Stunde gegen ihn verbündet zu haben! Er ist nervös, er ist nicht parfümiert, er ist unrasiert ... und er sieht um dreißig Jahre älter aus als sein Besuch.

Nun, es entschlüpfen ihm einige Floskeln, die ihm schnell peinlich sind: „Das kann ja gar nicht wahr sein: Annabelle! Du siehst ja genauso aus wie früher! Wie machst du das? Und woher weißt du ...?“

„Ich hab schon im Februar gelesen, dass du herkommst.“

„Wie: herkommst? Sag bloß, du wohnst in Schwetzingen?“

„Heidelberg.“

„Da sieh einer an ...“

Es wird eine merkwürdige Stunde in diesem frischgetünchten Büroraum, eine karge Kulisse für Annabelles herzerwärmende Erscheinung – und für Gernots ungelenken Tanz von Überraschung zu Überraschung. Zwar antwortet sein Besuch meist nur knapp, doch genügen die spärlichen Informationen, ihn jeweils aus der Fassung zu bringen.

„Was? Du bist gleich nach der Schule hier an die Uni?" – „Wie: Du hast Heidelberg nie verlassen?" – „Das kann doch nicht angehn: Jede Woche kommst du in den Schlosspark? Warum nur?"

Annabelle antwortet wahrheitsgemäß. Nur einmal zögert sie – und untersagt Gernot schließlich, danach zu fragen, warum sie damals erst ein Jahr später als beabsichtigt die Schule verlassen hat. – Als er damit rechnet, sie wolle aufbrechen, fragt ihn Annabelle plötzlich zu seinem abermaligen Erstaunen, ob er mit ihr zu Abend essen möchte. Sofort sagt er zu, dankbar, dieses vom Essigreiniger gebeizte Büro endlich verlassen zu dürfen. Gemeinsam durchqueren sie den Park bis zum Hinterausgang, wo Annabelle ihr Auto stets abzustellen pflegt.

„Also, das ist merkwürdig", beginnt Junker plötzlich und berührt sie kurz am Arm, „hier draußen war ich heute den ganzen Tag."

„Aha. Und wieso?"

Es kommt einfach keine Wärme in ihre Stimme. Was ist nur los mit ihr? Ist sie denn immer noch beleidigt? Warum kommt sie dann zu ihm? Junker verhält sich nun seinerseits immer zurückhaltender. Während sie in ihr rotes Mercedescoupé einsteigen, berichtet er pflichtgemäß, ein wenig stockend, von seiner Arbeit. Selbstverständlich erwähnt er den Sensationsfund nicht. Doch immerhin lässt er sie wissen, just auf diesem Gelände plane er so etwas wie eine Erweiterung der Parkanlagen.

„Du machst Sachen ..."

Annabelle lässt den Motor an. Während der ganzen Fahrt schaut sie unverwandt nach vorne. Es liegt eine ungewöhnliche Mischung aus Vertrautheit und Kälte in ihrer Art. Früher war sie ihm ganz und gar zugewandt; nach und nach fallen Gernot immer mehr Details von damals ein. Herrje, an all diese Dinge hat er lange nicht gedacht ... Doch, einmal, vor ein paar Monaten, als er zum ersten Mal wieder in den Park kam, da erhob sich ein Schemen in seiner Erinnerung. – Es fällt schwer, ein richtiges Gespräch, wie es wohl angemessen wäre, zu beginnen; soll man sich entschuldigen, nach so langer Zeit? Das passt nicht, das käme ihm kitschig vor. Außerdem wäre es gelogen: Denn da ist nichts, wofür er sich entschuldigen müsste. Und doch ... Dieses unnennbare Arom, wovon Annabelle Tharau umflort ist, scheint zu einem gewissen Teil aus erkaltetem Vorwurf zu bestehen. Warum ist er nur mitgefahren! Plant sie ein Verhör?

„Wo bringst du mich eigentlich hin?"

„Zum Grenzhof."

„Ist das ... ein besonderer Ort?"

„Man isst da gut."

Fast zwanzig Minuten muss sich Junker gedulden. Während sich Annabelle mit Lenken und Gasgeben beschäftigt zeigt, streut Gernot, nur um nicht zu verstummen, allerlei Bemerkungen über die fatale Hässlichkeit der Landschaft ein. Welch trübselige Folge von Tankstellen, verkümmerten Baumgrüppchen, Altmetallsammelstellen, Strommasten, gesichtslosen Siedlungen, Eisenbahntrassen. Eine verhärmte Gegend ...

„Ist das alles grässlich hier! Das ganze Rheintal – man sollte es fluten."

„Ja."

„Außer Schwetzingen natürlich."

Keine Antwort.

Von der Autobahn biegt der Mercedes auf eine Schnellstraße ab, sodann auf eine Bundesstraße, eine Landstraße, einen nur für Forst- und Landwirtschaft freigegebenen Fahrweg, um schließlich über eine staubige, leblose Piste zu hoppeln.

„Sag mal, führst du mich in die Wildnis? Man könnte ja glatt Angst bekommen."

„Findest du?"

Tatsächlich, als Junker schon glaubt, seine Chauffeurin habe sich verfahren, macht er ein hübsch renoviertes Gehöft aus, der Anlage nach offenkundig eine uralte Ansiedlung mit einem prachtvollen Hof inmitten. An der Frontseite: ein mit großen Blumenkübeln geschmücktes Gasthaus.

„So was! Da hast du aber was Nettes ausgesucht. Ich war noch nie hier. Ehrlich."

„Dann schau dich mal ein bisschen um."

Dies soll der längste und freundlichste Satz für heute bleiben. – Für Gernot Junker wird es ein anstrengender Abend. Zwar, das Innenhöfchen, wo Annabelle reserviert hat, könnte anheimelnder nicht sein; unausgesetzt lobt der Gast den schönen Sandstein, die großzügige Dekoration, die Speisenauswahl, die Weinkarte – und Annabelle stimmt ihm ein jedes Mal knapp zu. Doch ergreift sie selber nie die Initiative. Einige dürre Tatsachen kann er in Erfahrung bringen, vornehmlich über Annabelles Arbeit. Es scheint nicht ihr Traumberuf zu sein.

„Aber die Arbeit mit jungen Menschen, das ist doch immer wieder ..."

„Es ist vor allem anstrengend. Auch für uns Ältere. Auch jung sein ist anstrengend."

Endlich, nach einem Fläschchen frühlingshaften Weißburgunders von der Bergstraße, einem Burgunder von der Côte de Nuits, allerlei feinen Vorspeisen mit Kräutern, Variationen vom Schwetzinger Spargel und einem Lammkarrée mit fabelhafter Jus, getraut sich der Gast direkt zu fragen:

„Annabelle, sag mal: Was planst du hier eigentlich? Was hast du vor? Es ist ja nett, dass du mich an diesen wirklich ganz besonders aparten Ort ausführst – aber warum?"

Seine Tischgenossin zuckt zurück. Kurz zieht sie die Schultern hoch, blickt zur Seite, beschäftigt sich mit ihrem Weinglas. Da erst fällt Gernot auf, dass diese Frau traurig ist. Ja, ein Kokon aus Trauer scheint sich um ihren Leib herum gebildet zu haben – vielleicht ein Grund dafür, weshalb keinerlei Alterserscheinungen an ihr wahrzunehmen sind. Andererseits, ob Depression wirklich konserviert? Unwahrscheinlich. Es geschieht selten, dass Gernot Junker etwas unmittelbar rührt; jetzt aber sieht er sich veranlasst aufzustehen, um den Tisch herumzustreifen und mit dem Ausdruck tiefer Bekümmernis vor der Frau auszuharren. Gar zu gerne würde er ihre Hände in die seinen nehmen. Etwas Liebes zu ihr sagen. Wahrhaftig, ein Hauch aus der Gefühlswelt von einst weht auf einmal zu ihm herüber; er wäre jetzt zu vielem bereit. Doch Annabelle lässt ihn stehen. Verzieht keine Miene.

Als sich Gernot dazu durchringt, noch einmal das Wort an sie zu richten, kommt leider wieder nur eine Phrase heraus: „Du, kann das sein, dir geht es nicht gut?"

„Setz dich wieder. Nimmst du ein Dessert?"

Junker verzichtet. Er bestellt sich noch einen Zibartenbrand aus einer berühmten Schwarzwälder Destillerie, blickt auf sein Handy, dann empor zum Himmel. Die Streifenwölkchen treten deutlicher hervor, da sich das Blassblau des Hintergrunds ins Türkisene, schließlich ins Kobaltblaue verfärbt. Diese süddeutschen Abendhimmel! Junker ist dergleichen nicht mehr gewohnt. Er muss sich zusammenreißen. Da Annabelle heute nicht mehr zu beabsichtigen scheint, noch einmal ins Gespräch einzutreten, schlägt er vor zu bezahlen. Als der Kellner erscheint, verbittet sich Annabelle energisch, eingeladen zu werden. Sie zahlen getrennt. Als Gernot im Auto, mit verhaltenem Ärger, noch einmal nachfragt, weshalb um alles in der Welt er nicht habe bezahlen dürfen, wendet sie sich ihm ruckhaft zu.

„Weil ich mich von keinem einladen lasse, den ich seit Jahrzehnten hassen muss!"

Sie hat den Satz geschrieen, ohne Vorwarnung, aus dem Nichts heraus, aber so überzeugend, als wäre ein tagelanger

Streit vorausgegangen. Junker sinkt in seinen Sitz zurück, verharrt regungslos. Aber nicht lange. Wenige Kilometer vom Grenzhof entfernt, mitten in einer Agrarbrache, hält Annabelle plötzlich an.

„Steig aus."

„Was? Annabelle, ich bitte dich!"

„Du sollst aussteigen!"

„Annabelle, das kann nicht sein, doch nicht nach so vielen Jahren, dass du mir immer noch ..."

„Steig! Endlich! Aus!"

Die letzten Worte brüllt die Frau so laut sie kann. Bei jeder Silbe schlägt sie mit beiden Fäusten aufs Lenkrad. Erschrocken folgt Gernot Junker der Anweisung.

„Du kannst mich doch hier nicht aussetzen wie einen Hund!"

„Einen Hund würde ich nie aussetzen."

Kaum hat er den Fuß auf den Boden gebracht, fährt sie schon an. Kein Zweifel, es muss eine psychische Störung vorliegen. Schlimm! Junker schüttelt den Kopf. War ihm gar nicht gleich aufgefallen. Wie konnte er nur so leichtsinnig sein? So ein verdorbener Abend. Hätte er denn nicht genug zu tun gehabt? Aber gewiss. Erst dieser vermaledeite Umschlag – dann auch noch das hier. – „Kein Netz", liest er auf dem Handy-Display. Verdammt noch eins! Um sich äugend, macht sich Junker auf in die Dunkelheit.

Lange muss er wandern, bis sich ein gnädiges Pünktchen zeigt, das Empfangsbereitschaft signalisiert. Doch halt – wenn er jetzt ein Taxi ruft, wohin soll er es bestellen? Es wird ihm immer unbehaglicher zumute, hier draußen, ganz allein. Der Feldweg, den er zur Abkürzung auf eine Lichteransammlung zu gewählt hat, endet in einem Rübenacker. Seine Füße sinken in die frisch geharkte Erde. Staubiger Wind kommt auf, wie vor einem Landregen. Irgendwo piepst es sonderbar. Eine dauerhaft befahrene Straße ist zu hören, doch Scheinwerfer sind nirgendwo zu entdecken. Bald stellt sich heraus, dass die Lichter zu einem Umspannwerk gehören. Kein Mensch in der Nähe. Kein Straßenschild. Überhaupt kein Anhaltspunkt.

Wieder macht er sich auf, diesmal auf einem schmalen Asphaltweg, immer geradeaus. Nur nicht die Richtung wechseln. – Diese vermaledeite Annabelle; sie war schon damals so verrückt. Ein Glück, dass er rechtzeitig Reißaus vor dieser kleinen Wahnsinnigen genommen hat. Ist sie wirklich immer noch in ihn verliebt? Ihm verfallen gar? So etwas sollte einem ja schmeicheln; dergleichen kommt beileibe nicht mehr häufig vor. Doch nein, Junker fühlt sich gedemütigt. Er ist hereingefallen, da gibt es nichts zu beschönigen. – Wenn er doch nur endlich dieser merkwürdigen Ebene entkäme. Wie lange wandert er schon hier herum? Der Wind hat sich wieder gelegt. Es ist stickig. Es riecht nach Sand. Junker fällt ein, dass ganz in der Nähe einstmals die deutschen Soldaten für Einsätze in südlichen Kolonien gedrillt wurden. Vielleicht ist das immer noch so? Aber Junker ist kein Soldat. Er marschiert nicht gerne. Schon gar nicht nachts in unbekanntem Gelände. Und vor allem nicht dann, wenn der Weg schon wieder endet und mitten in die Wellenstruktur eines Spargelackers mündet.

Ohne Rücksicht auf sein Schuhwerk durcheilt Gernot Junker die Furchen. Auf den meisten Feldern steht hoch das Spargelgras. Ein jedes Mal erschrickt er, wenn das weiche Zeug ihn ihm Gesicht kitzelt. – Erst nach Ablauf einer schlimmen halben Stunde gelingt es dem nächtlichen Wanderer, zu einer Siedlung vorzudringen. Er ist wieder beim Grenzhof angekommen. Der Kellner steht vor der Tür, eine Zigarette in der Hand. Seine Rechte beschreibt eine fragende Geste. Übel. Immerhin weiß Junker jetzt, wo er sich befindet. Er winkt den Angestellten zu sich und lässt ein Taxi nach Heidelberg bestellen.

Der Traum heute Nacht wird verworren sein.

Das Heroische

Es lassen sich, meine lieben Freunde, zu bestimmten Gelegenheiten innerhalb kürzester Frist mehr Kenntnisse über einen Menschen gewinnen als dies sonst während vieler Jahre möglich wäre. Ja, häufig genügt eine winzige Geste, eine Bemerkung, ein Signal der Aufmerksamkeit, schon haben wir einen Einblick gewonnen, der uns das Entscheidende berichtet. Welches diese Gelegenheiten sind, lässt sich nicht ohne Weiteres aufführen; jedoch haben sich gewisse Anlässe wie Schicksalsschläge, aber auch landschaftliche Besonderheiten oder Kunsterlebnisse als vorzüglich geeignet für ein solches Unterfangen erwiesen. „Erwachen heiterer Gefühle bei der Ankunft auf dem Lande ..." Erklingen, ganz gleich an welchem Orte, die ersten Takte aus Beethovens Sechster, und es zeichnet sich kein Lächeln auf dem Anlitz des Betreffenden ab, so wissen wir mit einiger Sicherheit, dass wir auf einen weiteren Umgang mit einem solchen seelischen Grobholz durchaus verzichten können. Von einem derartigen Menschen, da werdet ihr mir zustimmen, ist schlechterdings nichts zu erwarten. Es ist dies nämlich eine Musik von allgemeingültiger Art; dergleichen gelingt höchst selten – den meisten Künstlern bleibt diese Hochebene zeitlebens unzugänglich.

Unser Held Gernot Junker weiß natürlich darum ... und wählte eben deshalb, nicht zur bloßen Illustration, die Pastorale aus, um die erste Präsentation seines eigenen neuen Werkes einzuleiten: Wir befinden uns in der Orangerie des Schwetzinger Schlosses. Junker hat das Publikum selber handverlesen;

in persönlichen Einladungen, von seiner Unterschrift geziert, betonte er die herausragende Bedeutung dieses Tages – ohne im Mindesten zu erwähnen, was den Besuchern bevorstehe. Prominenz aus Wirtschaft, Kultur und Politik verteilt sich über das annähernd hundertköpfige Auditorium. Machen wir die Probe aufs Exempel: Wer lacht, wer lächelt, wer schmunzelt? Wer verzieht das Gesicht, wer blickt ausdruckslos, wer zeigt sich anderweitig beschäftigt?

Maestro Junker nehmen wir selbstverständlich aus; längst wissen wir, dass Beethovens Musik zu den zentralen Bestandteilen seines seelischen Apparats gehört. Still steht er neben der Leinwand, den Zeigestab nach Art der Gartenarchitekten schräg hinter sich geschoben. Über den eines Programmkinos würdigen Bildschirm flimmern Impressionen aus dem Schwetzinger Schlosspark, teils durch Computertechnologie verfremdet, teils naturalistisch wiedergegeben. Bisweilen huschen Schriftzüge vorüber, mehr assoziativ denn informativ, in Typographie und Farbgebung mit Feinsinn abgestimmt. Zwei Monate, Tag und Nacht, hat Gernot Junker diesem multimedialen Panorama des Bestehenden wie des Kommenden gewidmet; immer wieder meinte er daran feilen zu müssen: mit dem einzigen Ziel, die Wirkung noch zu erhöhen, den ästhetischen Überfall unwiderstehlich zu gestalten.

Blicken wir ins Rund, so gewinnen wir den Eindruck, Junkers Absicht verwirkliche sich vom ersten Augenblick an. Projektleiter Bäckle lächelt nicht; neben Junker soll er der Einzige bleiben, dem wir das nicht übel nehmen wollen. Sein leidenschaftliches, zur Unbedingtheit, auch zur unbedingten Unterwerfung neigendes Temperament lässt keine weitere Regung zu als das reine Staunen. Von Zeit zu Zeit zuckt sein Auge sekundenschnell über die Stuhlreihen hin, einerseits um Gleichgesinntheit festzustellen, andererseits, um noch mehr Hingabe einzufordern. Die technische Perfektion, die durch Bildung und Kultur beglaubigte kurze Einleitung des Redners, aber auch die von weither tönende Musik üben eine überwältigende Macht auf den Verfechter darwinistischer Härte und schicksalsmäßig vorgezeichneter Hierarchien aus. Für Bäckle, da bestand von Beginn an kein Zweifel, ist Gernot Junker ein Auserwählter, dessen Glanz desto wirkungsvoller auf seine Jünger abstrahlt, je zeitiger und inniger Jüngerschaft bekundet wird.

Einem, von dem wir nichts anderes erwartet haben, steht das Lächeln ins Gesicht geschrieben: Traugott Rübsamen hat sich in seinem Sitz zurückgelehnt. Die Augen hält er halb geschlossen – das geht bei ihm nicht anders. Denn gleichgültig, welches Spektakel die Leinwand zu bieten hat, muss doch alles nichtig erscheinen, sobald Beethovens Musik erklingt. Halten wir uns mit Rübsamen nicht auf, stören wir ihn nicht länger, sondern überlassen wir ihn ganz seinen frommen Empfindungen. – Zwei Reihen hinter ihm hat Frederike Parkstein-Gysenberg Platz genommen. Sie, deren Familie, wie wir sagten, in doppelter Linie morganatisch von Kurfürst Carl Theodor abstammt, ist heute in doppelter Funktion zugegen, einmal als Kolumnistin einer regionalen Tageszeitung, zum anderen als Vertreterin jenes Hörfunksenders, der sich Schwetzingen zu einer seiner Heimaten erkoren hat. Frau Parkstein-Gysenberg lauscht nicht. Sie schreibt. Durch ihre randlose Brille verfolgt sie die Multimedia-Präsentation, notiert Auffälligkeiten, Fragen, Bonmots.

Sabine Lötzsch und Heinz Kipfel, zu Raimund Bäckles Stab gehörend, in Reihe vier positioniert, werden eben aus ihrem Getuschel aufgeschreckt. Mit dem Crescendo der Musik ändert sich auch die Farbgebung auf dem Schirm. Es wird heller. Die Dramatik entspricht dem Kalkül. Gernot Junker zeigt keine Regung; doch aus dem Augenwinkel bekommt er sehr genau mit, wie das Publikum den Bewegungen der Kamera folgt. Von einem befreundeten Schauspieler hat er einige Passagen aus Briefen Carl Theodors einlesen lassen. Die Stimme schiebt sich gewissermaßen von unten her in die Musik hinein – es geht um Natur, um Gefühl, um die großen Pläne eines jungen Fürsten. Zugleich weitet sich der Blick ins Monumentale. Die Kamera fährt hoch. Der Betrachter erkennt das Schwetzinger Schloss, den wohlvertrauten Park, von schräg oben. Doch was ist das? Die seit zwei Jahrhunderten gültige Grenzmarkierung ist nicht mehr zu erkennen; der Park geht einfach weiter, computertechnisch perfekt simuliert. Ins Weite, ins Offene wird der Blick geführt, über Rosenrabatten hin, über liebliche Baumgrüppchen, Tempel, Hecken ...

Verwirrung macht sich breit. Manch einer blickt sich wie hilfesuchend um – und da geschieht es. Die Laute des Erstaunens ballen sich zu einem Aufschrei. Am Ende einer Folge von Alleen und Brunnen, die seltsam vertraut anmuten, nur irgendwie größer, erhebt sich, geheimnisvoll beleuchtet, ein weiterer Palast. Es ist das Schwetzinger Schloss, fürwahr, jedoch in verdoppelter Ausdehnung: Der Zirkel, der Mittelbau, alles ist vorhanden; Türmchen und Giebel zeichnen sich gegen den wolkenlosen Himmel ab. Zur Untermalung dient Beethovens Gewitter – kein unbedingt origineller Einfall, dafür umso wirkungsvoller. Über den virtuellen Schlosskomplex schiebt sich die Originalhandschrift Carl Theodors:

Mon plus beau rêve ...

Noch weiter nach oben, so, als wolle sie die himmlische Perspektive imitieren, jagt nun die Kamera, wir sehen das gesamte Objekt aus der Vogelperspektive. Und langsam, langsam, während das Dankgebet der Hirten nach dem Gewitter Empfindungen der Rührung und des Einverständnisses freisetzt, verstehen auch die Letzten im Publikum, worum es sich bei dem virtuellen Augenschmaus handelt. Einige blicken einander an, ungläubig, verstört.

Indessen das Kamera-Auge wieder hinuntertaucht und, vom großen Weiher aus, die noch unbekannten, nie geschauten und doch so bekannten Parkanlagen durchwandert, erläutert die Schauspielerstimme das spektakuläre Vorhaben.

„Schwetzingen – ein Torso? Es mag uns wundernehmen, dies zu hören. Dachten wir doch, uns im Besitz eines Wunders der Gartenarchitektur zu befinden, dessen Vollkommenheit sprichwörtlich ist. Unser großer Kurfürst sah das anders; für ihn, einen Mann der Geniezeit, der mit Mozart und Voltaire verkehrte, war das Werk nur halb vollendet. Mon plus beau rêve – mein schönster Traum: das ist die Komplettierung, der Abschluss der Arbeit, ins Große, ins Erhabene gewandt. Dort, wo wir gewohnt sind, mit Bedauern die Grenze des Märchenreichs wahrzunehmen, gegen Ketsch und Oftersheim zu, entzündet sich die Phantasie eines Hochbegabten auf dem Thron. Wie neueste Forschungen zeigen, haben nur Kriegswirren, politische Verschiebungen und finanzielle Schwierigkeiten die Ausführung verhindert. Es bleibt nun uns überlassen, ob wir das Erbe antreten wollen."

Als Gernot Junker das Podium besteigt, vermag er seine Miene nur mit Mühe zu zügeln. Denn gar zu auffahrend-ekstatisch haben die Zuhörer reagiert; ja, noch immer schauen sie einander ins Gesicht, amüsiert, begeistert, ein wenig irre, suchen nach Augenkontakt mit Bekannten und Vertrauten, die weiter weg sitzen, zucken mit den Schultern, fahren sich durch die Haare. Und immer wieder: Kopfschütteln. – Am dramatischsten verfährt natürlich Raimund Bäckle. Weit nach vorn hat er sich gebeugt, die Ellenbogen auf die Knie gestützt, das Gesicht in den Händen vergraben. Es scheint, als ob er weine.

„Verehrtes Publikum", umgeht Junker die hierarchische Anrede (seine Stimme ist weniger fest als er dies von sich selber gewohnt ist), „ich danke Ihnen für Ihre Aufmerksamkeit. Wie ich bemerke, stellt das Ergebnis meiner Bemühungen des vergangenen dreiviertel Jahres für die meisten eine Überraschung dar. Ich darf Ihnen verraten: Es erging mir nicht anders. Als ich die verschollenen Dokumente, die eindeutig besagen, was mit Schwetzingen ursprünglich geplant war, glücklicherweise aufspüren konnte, befiel mich ebenfalls zunächst Unglauben. Ich gebe zu, es dauerte Wochen, bis ich den Tatsachen ins Auge zu sehen vermochte. Meine Damen und Herren, ich kann nicht anders, ich muss Ihnen die große Lösung präsentieren. Denn keine andere hat Schwetzingen verdient."

Eine starke halbe Stunde lang malt der Redner den gebannt Lauschenden aus, welche Chance für Schwetzingen und die Region, ja für Europas Mitte sich auf einmal aufgetan habe. Ein Projekt von überragender Bedeutung könne weltweit Aufmerksamkeit erregen. Und sei es nicht so, dass er, Gernot Junker, die Ehre habe, im Kleinen nachzuzeichnen, was der Kommune im Großen bevorsteht? Angetreten mit dem schlichten Auftrag einer Expertise, befinde er sich unversehens in der Situation, werben zu müssen: für die Verwirklichungen des schönsten Traumes, den der spiritus rector, der pfälzische Apoll, der Kurfürst der Pfalz und Bayerns je geträumt habe.

Mit einer rhetorischen Volte von ausgesuchter Eleganz gelingt es Junker die Frage der Finanzierung anzusprechen. Nachdem er dem hehren Streben nach Vollendung die Schnödigkeit des Mammons gegenübergestellt hat, überrascht er mit einer zugespitzten Formulierung.

„Einerseits, meine Damen und Herren, Carl Theodor hatte damals mit derselben Problematik zu kämpfen wie unsereins heute: Knappheit des Geldes. Andererseits, wie von selbst taten sich immer wieder Möglichkeiten auf, so, als wäre ein übergeordneter Wille zur Schönheit am Werk. Und ich darf Ihnen jetzt schon verraten: In unserem Falle verhält es sich nicht anders."

Wiederum höchstes Erstaunen im Publikum – zumal die Vertreter der politischen Kaste, denen bislang zumindest teilweise der Schrecken aufs Anlitz geschrieben stand, beginnen ein wenig in die Runde zu feixen. – Gewürzt mit Anekdoten, die sein persönliches Ausgeliefertsein an die unergründlichen

Wirkmächte des Fatums ironisieren, berichtet Junker von einer Reise, die ihn kürzlich in die Vereinigten Staaten geführt habe. Durch einen Freund aus Studientagen sei er mit einem Handlungsbevollmächtigten des Hotel-Konzern-Inhabers Walter Hilster in Kontakt gekommen. Bereits nach wenigen Tagen habe ein vorläufiges Angebot auf dem Tisch gelegen, dessen Großzügigkeit den Kulturmenschen hinter dem Geschäftsmann erkennen lasse. Walter Hilster sei nicht nur bereit, die Kosten für den späterhin als Hotel der Top-Kategorie nutzbaren neuen Schlosskomplex zu tragen, sondern auch die Parkanlagen, deren Flächenmaß, man beachte dies, die Grundfläche des bisherigen Parks um das Dreifache übersteige, vollkommen risikofrei für Stadt und Land zu finanzieren. – Junker wartet ab, bis sich die erneuten Schockwellen im Publikum gelegt haben. Dann leitet er über zu einem Appell an die Verantwortlichen, das Geschilderte mit Mut und Gottvertrauen pfleglichst zu überdenken; er selbst stehe zu Rat und Tat allzeit bereit.

Noch einmal schlägt der begnadete Rhetoriker den Bogen zurück zu den Anfängen des Gartenbaus, der Künste überhaupt. Junker weiß das: Um die letzten Ressentiments zu atomisieren, bedarf es noch einer wohlgezirkelten Rückbindung – und dafür eignen sich lateinische Zitate immer am besten. So gibt er zu bedenken, dass hier, in Schwetzingen, die Idee des hortus conclusus, des nach außen abgeschirmten Paradies-Gartens auf der einen Seite von Carl Theodor zur extremsten Form weiter- und zu Ende gedacht wurde; auf der anderen Seite aber beinhalte diese geschlossene Struktur ein Höchstmaß an Öffnung und Freiheit. „Sie kennen, meine Damen und Herren, ganz gewiss die eingängig-schlichte, vergleichlos schöne Motette von Anton Bruckner: Locus iste a deo factus est, inaestimabile sacramentum, irreprehensibilis est – diesen Ort hat Gott gemacht, unschätzbares Geheimnis, ganz ohne Fehl ist er geraten ... Sehen Sie, komponiert hat der Begnadete den Satz in der Nähe von

Linz; ich bin aber der Auffassung, er muss eigentlich Schwetzingen gemeint haben!“

Den letzten Satz formuliert Junker wie einen Pfeil mit Widerhaken, der sich allen tief ins Gemüt bohren muss: „ … und bedenken Sie, meine Damen und Herren: Es handelt sich nicht einmal um ein Generationenprojekt. Schon in sieben, acht Jahren könnten Sie mit mir gemeinsam hier hinausgehen, die Hauptallee entlangpromenieren, auf einem wunderschönen, übrigens ursprünglich von Rabaliatti konzipierten Brückchen den Großen Weiher überqueren, um auf der anderen Seite ein für unsere Zeit einzigartiges Gesamtkunstwerk zu besuchen, an dessen Zustandekommen Sie Anteil haben werden – wofür Ihnen Ihre Enkel und Urenkel noch dankbar sein müssen. Vielen Dank.“

Rasch will sich Gernot Junker auf seinen Platz zurückbegeben. Doch Raimund Bäckle ist aufgesprungen. Er hält ihn fest. Während im Publikum immer mehr Menschen aufstehen und der Applaus über Minuten noch weiter anschwillt, strahlt Bäckle mit sich selber um die Wette. Immer wieder erhebt er selbst seine Hände über den Kopf und patscht sie wuchtig ineinander. Ein jedes Mal versucht Junker zu entkommen, doch stets erneut wird er von Bäckles starker Rechter eingefangen. Wie der Moderator einer Fernsehsendung hebt und senkt der Projektleiter die Arme, um endlich, endlich selber zu Wort zu kommen. Als dies nicht gelingen will, da sich die Leute in einen Rausch hineinklatschen, wagt er das Fürchterliche: Bevor er dem Redner den Rückzug gestattet, umarmt er ihn fest und linkisch, wobei ihm die Brille verrutscht und schließlich zu Boden fällt. Gernot flüchtet zu seinem Sitz, und sein Peiniger betritt das Podium.

Lange, viel zu lange schaut Bäckle nach unten, ins Leere. Nicht anders mögen in früheren Zeiten die Jünger eines neuen Religionsstifters dreingeblickt haben: feurig, zerschmolzen, in feinste Bestandteile aufgelöst, um von dem Meister neu zusammengesetzt zu werden. „Schauen Sie mir in die Augen."

Dies sind die ersten Worte. In Reihe vier kneift Heinz Kipfel seiner Kollegin ins Knie, im Vollgenuss der Peinlichkeit.

Und noch einmal: „Schauen Sie mir in die Augen! Was sehen Sie? Einen Mann, der geweint hat. Ja, ich darf das, ich muss das so sagen. Mein lieber Herr Junker, verzeihen Sie, wenn ich Sie eben so überstürzt umarmt habe. Ich musste es tun. Es blieb mir keine Wahl. Noch nie, niemals, meine sehr verehrten Herrschaften, hat mich irgendetwas auch nur annähernd so beeindruckt wie diese Präsentation eines Genies, das aller Genies, die früher hier in Schwetzingen gewirkt haben, würdig ist. Das darf man wohl sagen. Mehr noch, mir kommt es vor, als sei Kurfürst Carl Theodor leibhaftig von den Toten auferstanden, um zu uns zu sprechen. Wir alle, meine Damen und Herren, dürfen, nein müssen stolz sein, hier und heute dabei zu sein. Es ist schier unglaublich, was wir da gehört haben. Ja, ich weiß und ich glaube: Dieser Tag wird unser Leben verändern. Dass es einem Einzelnen gelingt, nicht nur alles, was wir zu wissen glaubten, binnen Kurzem über den Haufen zu werfen und durch etwas alle Vorstellungskraft Übersteigendes zu ersetzen – nein, dieser Mann ist so kühn, sogar noch die Finanzierung eines solchen Projekts gleich mitzubringen, um uns auf der Silberplatte zu präsentieren: das neue Schwetzingen, wovon mit allem Recht behauptet werden kann, dass es das wahre ist."

Über eine Viertelstunde lang ergeht sich Raimund Bäckle in Superlativen, Aneinanderreihungen von Klischees der Lobpreisung und eifrigen Bekundungen, sich mitsamt all seiner Kraft und – dessen sei er sich sicher! – dem Engagement seiner Mitarbeiter in den Dienst dieser heiligen Sache stellen zu wollen. – Zwar fällt der Applaus bei Weitem weniger orgiastisch aus als nach Gernot Junkers Rede, doch immerhin einen einzelnen Begeisterten macht Bäckle im Publikum aus, den es vom Sitz gerissen hat. Dass Heinz Kipfel diese ungestüme Zustimmungsgeste als Persiflage meint, um seine Kollegin Sabine zu ergötzen, kann der Chef nicht ahnen; tief befriedigt nickt er seinem braven Untergebenen zu.

Indessen nunmehr nach und nach die offiziellen Vertreter nach vorne drängen, um mit Gernot Junker noch vor Beginn der Fragerunde einige Worte von gewiss weitreichender Bedeutung zu wechseln, verhalten sich drei Personen im Auditorium merkwürdig still. An einer Säule, nahe dem Ausgang, lehnt Wilhelm Waruzeck, der betagte Pförtner. Bis zuletzt hatte er gehofft, man werde diesen Eindringling ausbuhen und hinauswerfen. Da wäre er mit von der Partie gewesen! Da nun aber das Gegenteil eingetreten ist, blickt er verdattert unter sich, beständig murmelnd: „Na sowas, na sowas aber auch ..." Würde man ihn fragen, der Parkwächter wüsste nicht zu sagen, an welchem Ort er sich gerade befindet.

Auch Dagmar Hammelspring, die umtriebige Lautsprecherin der Bürgerinitiative, hängt schweren Gedanken nach. Dieser Junker hat sie zutiefst beleidigt. Das ist nun doppelt schlimm, da sie jedes Wort, das er gesprochen hat, hingebungsvoll aufsaugen musste, ja, sie erwischte sich dabei, dass sie einige der einprägsamsten Sentenzen sogar mitzusprechen versuchte ... vor allem das Locus iste, vom Kirchenchor her seit Langem der Hobbysängerin bekannt. Es herrscht ein grandioses Missverhältnis, daran kann kein Zweifel sein: Sie, Dagmar Hammelspring, wird verachtet von einem Menschen, den sie selbst bewundert. Schrecklich ist das! So etwas kann nicht ohne Auswirkungen bleiben auf ihr persönliches Engagement; soll sie überhaupt die „Initschiative" mobilisieren, damit dieser Geck noch eitler einherstolziere? Aber mitnichten! Sie wird ihm zu schaffen machen, dessen kann er sich sicher sein.

Just zwei Pätze weiter spielt sich die Geschichte einer weiteren Enttäuschung ab. Traugott Rübsamen, der hochgebildete Bibliothekar, wirkt wie angeschossen. Konsterniert, fassungslos, ausgehebelt, bringt er nur ein einziges Wort über die Lippen: „Aber ...“

Vom ersten Augenblick an, ja bereits auf dem Herweg hatte ihn eine heiße Vorfreude erfüllt: Irgendwie werde er selbst heute coram publico ausgezeichnet werden. Gernot Junker, nachdem er ihm an jenem Abend den Schlüssel zum Pavillon ausgehändigt hatte, war nach Ablauf einiger Tage offenbar intensivster Forschungen bei Traugott vorbeigekommen, hatte den Schlüsselbund wieder abgegeben und auf Nachfrage erklärt, er, Rübsamen, könne sich auf eine Überraschung freuen. Eine Überraschung – also hatte der fremde Experte gefunden, was er suchte! Rübsamens Finderlohn freilich würde auf dem Gebiet wissenschaftlichen Entdeckerruhms liegen, war er doch der Auslöser, der Wegbereiter und Stichwortgeber dieser Entwicklungen. Je länger der Vortrag dauerte, desto heißer rührte sich in Traugott Rübsamen das Anerkennungsbedürfnis; gleich, ja gleich würde Junker ins Publikum fragen: „Und wem haben wir das alles zu verdanken? Wer hat mich, selbstlos wie nur irgendeiner, in einem Paradebeispiel der Amtshilfe, auf die rechte Fährte gesetzt?“ Doch dies geschah nicht. Erst beim Schlussbeifall, woran sich der Bibliothekar zunächst noch eifrig beteiligt hatte, fiel ihm auf, dass er gar nicht genannt worden war. Rübsamen erstarrte – und blieb so sitzen. Nach einer Weile wurde seine Tochter aufmerksam und reichte Erfrischungstücher.

Junker selbst, gelassen in der Menge der Bewunderer treibend, genießt den überwältigenden Erfolg mit Zurückhaltung; beinahe könnte man auf Bescheidenheit schließen. Doch heute Abend, in der Kurfürstenstube des Europäischen Hofes, wird er sich selber eine Feier geben. Es ist sein größter Triumph: Nie zuvor in seiner langen beruflichen Biographie ist ihm etwas Vergleichbares gelungen. Die vergangenen Monate: eine lückenlose Abfolge motivierender Ereignisse, deren Kraft und

Intensität etwas Naturhaftes eignete. Nachdem die fabelhafte Entdeckung getätigt, beglaubigt und in eine präsentable Form gegossen war, ging sich der letzte Schritt gewissermaßen von alleine. Selbstverständlich hatte Junker schon auf der Heimfahrt von Wien hin und her überlegt – Carl Theodors Entwurf und die Expertise der Graphologin, geschützt in einer ledernen Aktenmappe, hielt er ununterbrochen zärtlich an sich gedrückt – , wie sich mit einem solchen Pfunde wuchern lassen könnte, was zur Realisierung des Monumentalen nötig sein würde. Kaum nach Fulda zurückgekehrt, hatte er seinen ehemaligen Kommilitonen Bernwart angerufen, einen Studienabbrecher, der sich zu seinem eigenen Vorteil Richtung Finanzwesen abgesetzt hatte und in London, New York und Dubai hervorragend beleumundete Büros unterhielt.

Bernwart hatte zwar wie immer überhaupt keine Zeit, sprudelte nur ein gehetztes: „Mach hin, Gernot, ich krieg Besuch!" hervor, doch sein auf die Schnelle gegebener Tipp erwies sich umgehend als außerordentlich brauchbar.

„Das hört sich doch ganz nach einem Investitionsprojekt für den Hilster an. Der sucht gerade was in Europa, möglichst zentral, Flughafen muss in der Nähe sein. Is'n Fan von abendländischer Geschichte. Komischer Kauz. Ruf mal seinen Famulus an. Gruß von mir."

Jener „Famulus" namens Samuel Peckinpah Priestley benahm sich am Telefon zunächst äußerst kühl, geradezu befremdet. Doch seit Langem weiß Junker die Art der Engländer richtig einzuschätzen; er nötigte Priestley einen Termin ab und flog nach London. Dort mietete er eben jenen Vortragsraum, in welchem er einige Monate zuvor schon einmal geglänzt hatte und betrachtete sich gemeinsam mit dem Agenten die Schwetzinger Präsentation. Während dieser zwanzig Minuten übersetzte er die wesentlichen Details, unter permanenter Hervorhebung der Tatsache, welch einzigartige, so bestimmt nie wiederkehrende Gelegenheit auf höchster Reputationstufe sich dem Investor an dieser Stelle darbiete.

So vorsichtig sich Priestley zunächst gezeigt hatte, so entschlossen ging er von nun an zu Werke. Junker flog nicht zurück nach Hause, sondern bereits einen Tag später, in Begleitung Samuel Peckinpah Priestleys, nach Houston weiter, wo Walter Hilster vorübergehend in einem seiner vielen Hotels weilte. (Es ging die Rede, Hilster habe kein Zuhause; wohl gehöre ihm immer noch jener neoviktorianische Komplex im Staate Maine, welchen er einst für sich selber errichten ließ. Doch schon nach wenigen Jahren habe er die Stille nicht mehr ausgehalten, und das schlossartige Gebäude schleunigst zu einem Hotel umbauen lassen.) Umhuscht von zahlreichen Anwälten und Beratern, nahmen die Männer in einem Besprechungsraum im Obergeschoss Platz. Es gab weder Kaffee noch Wasser. Es wurde auch nichts vorbereitet. Der Hotel-Investor, an die siebzig Lenze mochte er zählen, erschien erst, als Junker den Startknopf schon betätigt hatte. Nur ein einziges Mal ließ sich Hilster zu einer Bemerkung hinreißen, als nämlich der Gast anfangen wollte zu übersetzen.

„Lassen Sie das. Ich verstehe ganz gut Ihnen Ihre Sprache."

Noch während des Nachspanns war Walter Hilster aufgestanden. Priestley bedeutete Junker zu schweigen. Auch die übrigen Versammelten redeten kein Wort. Sie warteten. Kurze Zeit später erschien Walter Hilster abermals, in Begleitung eines Dutzends von Baufachleuten, Historikern, Architekten, persönlichen Beratern – und Caterern. Innerhalb von Minuten stand ein exquisites Buffet im Raum, es gab Truthahn, Roastbeef und Gemüse, Chardonnay aus Califonien, Pinot Noir aus Oregon sowie – ein Tribut an den Gast – Riesling von der Mosel. Doch erst nach Ablauf einer hitzigen Stunde voller Detailfragen, hartnäckig postulierter Verhandlungsdetails, erregter Diskussionen und finanzieller Abwägungen eröffnete der Senior das Buffet. Mit Junker sprach er nur stark dialektgefärbtes Englisch, kein Wort deutsch. Er war entschlossen zu investieren – eine solche Entscheidung sei bei ihm grundsätzlich eine Sache von Minuten. Ob es zu einer Realisierung komme, obliege der Prüfungskommission. Entscheidend sei ferner, welche Vorarbeit Gernot Junker in Schwetzingen zu leisten imstande sei.

„Now it's your turn, mein Herr!"

Freilich, auf glattem Parkett kennt sich Gernot Junker aus; in solche Dimensionen jedoch ist er noch niemals auch nur annähernd vorgestoßen. Nur am Rande bekam er in Houston mit, bis zu welcher Summe Hilster zu investieren bereit sei.

„Für eine halbe Milliarde muss das doch zu machen sein", so ungefähr hatte er den Tycoon einem seiner Berater, offensichtlich seinem Schwiegersohn, zuflüstern hören; allerdings, der Betrag war so gut vernehmlich gezischelt worden, dass Junker zu der Auffassung gelangte, die Botschaft sei auch für ihn bestimmt gewesen. – Kaum war er nach Deutschland heimgekehrt, da gaben sich in seinem Fuldaer Büro die Besucher die Klinke in die Hand. Es gab kein Krümelchen, das nicht aufgelesen, verpackt und unters Mikroskop geschoben worden wäre. Die Prüfung der Akten erfolgte mit höchster Präzision. Während zahlreicher Videokonferenzen musste Gernot Junker eine schier unendliche Folge von Rückfragen beantworten. Das kostete Kraft, immens viel Kraft, ja, es häuften sich die Momente, da er, allein in einem Restaurant oder in seinem Büro, nach einem Sechzehn-Stunden-Arbeitstag, darüber zu grübeln begann, ob das Unternehmen Schwetzingen nicht eine Nummer zu groß für ihn gerate.

Oh, wie schrecklich hätte er sich nun aber blamiert, wenn ihm nicht gelungen wäre, was heute wie eine Fingerübung von der Hand zu gehen scheint: einmütig steht das Auditorium hinter ihm. Auch während der Fragerunde taucht nicht einmal ein Ansatz von Negativkritik auf. Zarte Verständnisfragen, Bekräftigungen, Glückwünsche – darum geht es im Wesentlichen.

Selbst Frederike Parkstein-Gysenberg wagt zunächst keine journalistische Intervention; erst als sie nach dem Leumund des Investors fragt, erlebt sie Gernot Junker von seiner arrogantesten Seite.

„Sie können sich ja wohl denken, dass ich für den Schwetzinger Schlosspark keinen Hallodri vorschlage, oder? Also bitte, was ist das denn für eine Frage, Frau Parkstein-Gysenberg!"

Die Kulturjournalistin schluckt den Ärger hinunter – Berufsroutine. Doch von nun an wird sie aufmerksam bleiben. Klar steht ihr vor Augen, worum es dem Gartenarchitekten in erster Linie zu tun ist: Der arbeitet hier an seinem Imageprojekt Nr. 1! Allerdings, wenn die Sache schief ginge, wenn Frederike Wind bekäme von Unebenheiten und krummer Planung, dann wäre das für sie die Chance auf einen Enthüllungsartikel, an dem auch überregionale Zeitungen interessiert sein müssten ...

Als Raimund Bäckle die Veranstaltung schließen will, erhebt sich plötzlich ein junger Mensch im Publikum. Unwillig, Übles ahnend, äußert der Beauftragte der Projektgesellschaft: „Eigentlich haben wir die Frageliste schon geschlossen, Herr Haenschle."

Doch Junker, der ein Faible hegt für die Gedanken der Jugend, bittet darum, diese eine Frage noch zuzulassen. Man merkt dem etwa zwanzigjährigen Blondschopf mit dem Seitenscheitel die Aufregung an; reden vor Publikum scheint er noch nicht gewöhnt zu sein. So muss er denn die Frage auch wiederholen, da ihn Junker zunächst nicht zu verstehen vermag.

„Ich wollte wissen", beginnt der Junge in seltsam gereiztem Ton, „was mit den Bäumen passiert, die zurzeit noch auf dem Gelände stehen, wo Sie Ihr neues Schloss bauen wollen."

Gernot Junker schmunzelt. Aha, ein Umwelt-Früchtchen – hätte er sich eigentlich denken können. Überfreundlich gibt er zur Antwort: „Es ist natürlich nicht mein Schloss, mein junger Freund. Es wird unser aller Schloss sein, wenn wir alle zusammen anpacken! Die Bäume, die Sie ansprechen, versuchen wir natürlich, so weit wie möglich, in unsere Pläne zu integrieren."

„Und was ist mit der Professor-Dilsberg-Linde?" Die Stimme des jungen Mannes zittert ein wenig; offenkundig weiß er recht gut, was er da vorbringt.

„Ich sehe", nickt Gernot Junker, „Sie gehören zu den Spezialisten, die sich im Schlosspark auskennen. Ja, da haben Sie allerdings recht: Die Linde steht genau in der Blickachse zwischen der neuen und der alten Hauptallee. Im Zweifelsfalle wird sie zu entnehmen sein."

„Glauben Sie. Und unsere Freizeitstätte? Die liegt doch auch auf dem in Frage kommenden Gelände?"

Junker schaut auf die Uhr. „Nun, ich denke, auch für diesen Fall von sicherlich weitreichender Bedeutung wird sich sicher eine Lösung finden lassen."

Während sich der Blonde langsam und sichtlich irritiert auf seinem Sitz niederlässt, Unverständliches zischend, steht neben ihm ein Dunkelhaariger auf, robuster gebaut, bekleidet mit einem Holzfällerhemd. Ohne auf Bäckle zu achten, der nochmals darauf drängt, die Veranstaltung endlich zu beenden („Herr Keiler, setzen Sie sich bitte wieder hin!"), äußert sich der junge Mann selbstbewusst, in einem beinahe groben Ton.

„Ja, dann können Sie Ihr Schlösschen halt nicht bauen, Herr Junker."

„Ich bitte Sie ..." Gernot Junker bemüht sich, weiterhin zu lächeln, doch für Unverschämtheiten solcher Kategorie bringt er wenig Geduld auf.

„Sie haben das sehr wohl verstanden", bekräftigt der Dunkle. „Wenn Sie die Linde fällen wollen, können Sie Ihr Projekt vergessen. Die steht unter unserem Schutz."

Im Raum hebt ein Grummeln an, das dem Gartenarchitekten äußerst zuwider ist; kein Schatten soll auf diesen Tag fallen – vor allem nicht die Schatten zweier völlig unbedeutender Unbekannter, die, aus welchen Gründen auch immer, sich Zugang zur Präsentation zu verschaffen vermochten.

Spitz gibt Junker zurück: „So? Wer gibt Ihnen denn da die Sicherheit, junger Mann?"

„Ich mir selbst", antwortet der Bursche. „Das Ding steht da seit zweihundert Jahren. Und Ihre Idee ..."

„Entschuldigung", unterbricht Junker, „es werden noch sehr viel mehr Bäume fallen müssen, wenn es in die Umsetzungsphase geht!"

„Sag ich ja", kommt die Replik so spontan wie treffend, „dann fällt sie eben aus, Ihre Umsetzungsphase."

An dieser Stelle müssen wir einige Bemerkungen einschalten, die zum Verständnis der folgenden Geschehnisse notwendig sind. Aufmerksame werden bemerkt haben, dass es sich bei den beiden mutigen jungen Leuten um die eingangs erwähnten, zur Ableistung von Sozialstunden verurteilten Probanden Attila Keiler und Jakob Haenschle handelt. In der Flut angepasster und überangepasster junger Menschen, die heute ins Berufsleben eintreten, stellen die beiden durchaus Sonderfälle dar – ein jeder auf seine Weise. Es verhält sich nicht etwa so, dass sie grundsätzlich respektlos wären, im Gegenteil, da sind eine Menge Überlieferungsgüter, denen sie Achtung, gar Verehrung zollen – zum Beispiel alte Linden. Keiler wie Haenschle hegen jedoch Gefühle der Ablehnung gewissen Entwicklungen gegenüber, die ihrer Meinung nach ihre Umwelt kennzeichnen: Kleingeistigkeit, aber auch Aufgeblasenheit; Dumpfheit, aber auch intellektuelle Überheblichkeit; Imitation, aber auch falsche, von keinem Wert getragene Originalität.

Jakob Haenschle lernte Attila Keiler kennen, als jener, bei laufendem Motor auf einem Traktor sitzend, in die Lektüre eines Hölderlin-Bandes vertieft war. Dieses Bild prägte sich unmittelbar ein; Jakob, der sein Leben den schönen Künsten, zumal der abendländischen Lyrik zu weihen gedachte, erfuhr bereits in diesem Moment eine kolossale Erweiterung seiner Wahrnehmungskompetenzen. Verwöhnt, verzärtelt durch städtisches Leben, waren ihm Maschinen, welcher Art auch immer, stets suspekt. Ein Auto war dazu da, Menschen zu überfahren. Eine Säge, Bäume abzumurksen. Ja, sogar Haushaltsmaschinen lehnte er ab, seit die Mutter eines Klassenkameraden umgekommen war, als ihre Halskette in die Mixstäbe eines Rührgeräts geriet und die Ärmste sekundenschnell erdrosselte. Wenn es aber galt, dass man Hölderlin, den reinsten, den anbetungswürdigsten aller Dichter, auf einem Traktor lesen konnte, so musste es auch mit dem Traktor mehr auf sich haben als Jakob zunächst gedacht hatte. Es überkam ihn eine Ahnung, da könne eine schicksalsmäßige Verflechtung mit jenem anderen auf dem virbrierenden Treckersitz vorliegen, dazu angetan, beider Biographien im schönsten Sinne zu bereichern und zu durchdringen.

Das nächste Bild, das wir uns von den beiden zum Widerstand berufenen jungen Männern betrachten wollen, zeigt einen Acker in der Nähe eines Teichs. In hohem Tempo nähert sich ein alter blauer Mercedes dem Wasser, der Kofferraumdeckel steht offen, in den Kofferraum eingepfercht: der um Hilfe schreiende Jakob Haenschle. Am Steuer: niemand anderer als Attila Keiler. Letzterer erleidet soeben einen seiner im Lande berüchtigten Lachanfälle, ein geradezu archaisches Geschehen, das in seiner Wildheit an vorzeitliches Kriegsgeschrei gemahnt. Was hat er vor? Will er Selbstmord begehen? Den armen Kerl im Rückraum in den See schleudern? Nicht ganz. Indessen Attila die Musik noch lauter dreht (meistens läuft „Smoke on the water“ von Deep Purple), vollführt er eine Art Q-Wende auf dem schweren Boden, wobei, gehorsam den Fliehkräften, Teile von Jakob Haenschle aus dem Kofferraum herausgeschleudert werden; allerdings gelingt es diesem, sich mit den Händen irgendwo festzukrallen, sodass sein Rumpf im nächsten Moment brachial gegen den Ersatzreifen geschleudert wird. Das Auto hat sich inzwischen in den Grund gebohrt. – Wiederum ist es Haenschle, der nun unter Aufbietung aller seiner Kräfte das grausam schwere Gefährt anschieben muss, während ein erneuter Lacher des Fahrers den stummen Morgen grell durchschneidet.

Es sei die Frage gestattet: Was tun die beiden da? Das ist leicht zu beantworten: Sie machen Blödsinn. Wann auch immer ihnen die Gelegenheit gegeben ist, aus einem Nichts eine Situation zu schaffen, aus scheinbarer Ordnung tosendes Chaos, aus Drögheit Anarchie, so sind sie mit den Herzen dabei. Es ist etwas Wüstes um sie, das beständig nach Betätigungsfeldern sucht – und findet, vor allem dort, wo keine vorgesehen waren. – Bereits nach den ersten Tagen gemeinsamen Arbeitens unter Aufsicht eines staatlich bestallten Grünflächenpflegers war sämtlichen Beteiligten klar, dass man diese Burschen nicht werde kontrollieren können. Der Beauftragte erstattete Bericht und wies darauf hin, es sei seiner Kolonne nicht zuzumuten, solche gegenüber jedweder Belehrung taube Gesellen länger mitzuschleppen. Selbstverständlich dauerte es Wochen, bis die Bewährungshilfe reagierte. Zudem war aufgrund der Uneinsichtigkeit der Probanden die abzuleistende Stundenzahl bei beiden ungewöhlich hoch – was ihnen Respekt bei den anderen Männern verschaffte, die mit dem Wegräumen von Bauschutt, dem Aufschaufeln von Wällen oder dem Schreddern unübersehbarer Mengen von Ästen und Stämmen beschäftigt werden sollten. Man sympathisierte offen mit den eigenartigen Jungs.

Attila Keiler, aufgewachsen in schier unzugänglichen Höhenregionen des Hunsrück, war nicht allein mit Sachverstand für Motorentechnik ausgestattet, durchaus nicht; er verfügte auch über Heldenkräfte, wie sie seit mytischen Tagen nicht mehr gesehen worden waren. Als nun eines Morgens eine Planierraupe für den Wegebau ausfiel und die Mitglieder der „Sozialstundenkolonne Schwetzinger Schlosspark“ infolgedessen ohne Arbeit herumstanden, war es Attila, der sich zunächst um den Motor kümmerte, um sodann die versammelte Mannschaft dazu aufzufordern, das schwere Ding anzuschieben. Es tat sich nichts, trotz mühevollsten Zerrens und Drückens. Seufzend stieg Attila ab und schob nun seinerseits das gewaltige Gefährt an, wohlgemerkt mit einer Hand, da die andere droben im Führerhaus am Zündschlüssel drehte. Der Schrei, den der Bursche während dieser herkulischen Verrichtung ausstieß, wird allen Beteiligten für immer im Ohre bleiben. Es währte noch einige bange Sekunden – da lief die Maschine wieder, und die Arbeit konnte fortgesetzt werden. Über den Gesichtsausdruck des Vorarbeiters während dieser Aktion hat Jakob später ein kompliziertes Gedicht geschrieben.

Attila, darauf deutet schon der martialische Vorname hin, entstammte einer Familie radikalen Gepräges – radikal zumindest in dem Sinne, was die Absolutheit der Einstellungen und der Lebensweise anbetraf. Angewidert vom Weltgetriebe, hatten sich seine Eltern gewissermaßen auf die Rückseite der Kultur begeben, um in der Abgeschiedenheit des kaum besiedelten Mittelgebirges ein ihnen gemäßes, jedwedem Kompromiss abholdes Dasein zu fristen. Indessen Attilas Geschwister den Künsten und der Philosophie zuneigten, erstreckten sich seine Gaben auf sämtliche Gebiete der menschlichen Kräfteentfaltung. Es gab schlechterdings nichts, worin er sich ein Versagen hätte vorstellen können. Binnen kurzem vermochte es sein reger Geist, sich die fremdartigsten Sachgebiete anzueignen; sein, wie gesehen, bis zum Heroentum leistungskräftiger Körper folgte willig nach. Nun war es allerdings so um ihn bestellt, dass er, hierin dem Jakob Haenschle überaus ähnlich, Aufträge oder gar Kommandos von vermeintlich übergeordneten Instanzen wie Lehrkräften als vernachlässigbar erachtete; folglich endete seine Schulkarrie zunächst ohne Abschluss – was ihn selber wiederum am allerwenigsten verdross, da er doch wusste, dass er alles, was von ihm verlangt sein würde, vom Hauptschulabschluss bis zum Summa cum laude, ohne Weiteres jederzeit erzielen könnte.

Jakob Haenschle hatte andere Formen des Widerstands entwickelt. Einer Kleinbürgerfamilie entsprossen, seit Generationen angesiedelt in einem der weniger bevorzugten Viertel einer Großstadt, nutzte er die Schulzeit vorwiegend, um seine Feindschaft, die er allen Autoritäten gegenüber hegte, ausgiebig zu pflegen. Opfer seiner vom Hybris der Jugend und vom Zynismus der Frühreife gespeisten Attacken waren Lehrkräfte beiderlei Geschlechts. Der Opportunismus seiner Mitschüler, der süße Gehorsam der Mitschülerinnen waren ihm grässlich zuwider. Zwar lag gar nichts vor, wodurch sich Jakob auf literarischem Gebiet hervorgetan hatte – das Wenige, was er von Zeit zu Zeit in konvulsivischen Nächten zu Papier brachte, hielt vor seinem eigenen Urteil nicht stand – , doch glaubte er sich gottgegeben im Recht, da er sich unter keinen Umständen kompromittieren ließ; im Gegensatz zu den beweglichen Karikaturen in der Schule, die für ihn nichts weiter waren als diensteifrige Nachfahren jener Soldaten, welche in den ersten Zeiten der Schulpflicht für den Lehrdienst abkommandiert worden waren. Dass Haenschles Notendurchschnitt unter den permanenten Auseinandersetzungen mit einem entnervten Lehrkörper litt, muss nicht weiter belegt werden. Jakob pfiff sich eins, ja, bei guten Zensuren, auch das kam vor, fragte er sich ein jedesmal, ob er bereits weich geworden sei.

Attila, der die Schule abgebrochen hatte, machte sich selbstständig und wurde Gärtner. Auf diesem Gebiete gelang ihm aufgrund seiner Tatkraft, Phantasie und Planungskompetenz innerhalb weniger Jahre ein ungeheurer Aufstieg. Nach und nach wurde bei den Gut- und Besserverdienenden der Umgegend bekannt, dass da ein junger Mann mit Schippe und Schubkarre die öden Hausgärten in Pflanzenensembles von gediegener Pracht umzugestalten vermochte. Man bezahlte ausreichend, man bezahlte pünktlich – und Attila, der für sich selber wenig brauchte, wurde, ohne es recht zu bemerken, reich. – Indessen hielt sich Jakob mit Gelegenheitsnebentätigkeiten auf Märkten und in Büros über Wasser. Nachdem er mit mäßigem Abitur die Schule verlassen hatte, begann er ein sprunghaftes Studium mehrerer Disziplinen, allerdings ohne jede Aussicht auf berufsrelevante Abschlüsse. Gleichzeitig gründete er eine Literaturzeitschrift mit dem sprechenden Namen „Das Entsetzen“, die sich schlecht beziehungsweise gar nicht verkaufte ... aber dies war für ihn ja der beste Beweis für die Nichtswürdigkeit seiner Zeitgenossen und die Aussichtslosigkeit aller Bemühungen um das Wohl der Welt.

Über Monate würden die Freunde wohl damit beschäftigt sein, ihre Sozialstunden abzuleisten. Schon bald sprach sich ihr Ruf bis zu Projektleiter Bäckle herum. Stets ein Anhänger ungewöhnlicher Charaktereigenschaften, ließ der Chef die beiden zu sich kommen, prüfte sie – und stattete sie mit zahlreichen Privilegien aus; offen gab er ihnen zu verstehen, er wisse sehr wohl, dass sämtliche Kontrollversuche bei ihnen ins Leere laufen würden. Bäckle war klug genug, Keiler und Haenschle ein Betätigungsfeld zu eröffnen, wo sie frei schalten konnten. Den Ruhm ihres Treibens gedachte er selbst zu ernten. Die Sache war wohlgeplant: Auf einem Abraumgelände unweit des Schlossparks sollte eine Freizeitanlage für Kinder und Jugendliche entstehen, mit dem Schwerpunkt Umwelterziehung. Jakob und Attila verstanden; innerhalb von zwei Wochen war das Gelände besenrein, Entwürfe lagen vor, die notwendigen Gerätschaften waren besorgt. Bäckle strahlte! Aber nicht lange. Denn statt nun mit dem Aufbau anzufangen und das Begonnene umzusetzen, verlegten sich die schwer Erziehbaren aufs Blaumachen.

Tagelang waren sie nicht mehr zu sehen – das heißt, zu sehen waren sie schon, allerdings nur von Platzwarten der Fußballvereine im Rund, da, wie eingangs angedeutet, das kraftvolle

Bolzen buntlackierter Lederbälle auf Fußballtore zu den sonderbaren Leidenschaften unserer zwei Gesellen gehörte.

Es gab – meistens – nur eine einzige Gelegenheit am Tage, die beiden anzutreffen: und zwar beim Morgenkaffee, in dem Büroraum unterm Dach, den Bäckle ihnen angewiesen hatte. Dabei kamen ihnen die schönsten Einfälle, nicht immer, sogar immer seltener auf das ihnen zubedachte Sachgebiet bezogen, jedoch meist von hohem Unterhaltungs- und Bildungswert. Die Schreiben des Chefs bearbeitet meist Attila Keiler, will sagen, er zerriss sie. Motiviert von dieser Raschheit des Entschlusses, unterbreitete sodann meist Jakob Haenschle seine Vorschläge zur Tagesplanung. Häufig waren ausgedehnte Wälder mit urtümlichen Ausflugsschenken das Ziel. Attila war daran gewöhnt, zweifache bis dreifache Portionen zu vertilgen, was ihm einen vorzüglichen Ruf zumal bei den für alles Kräftige schwärmenden Wirtinnen auf dem Lande einbrachte. Ganze Schnitzelplatten (für vier bis sechs Personen gedacht) wanderten ohne Schwierigkeiten in seinen Schlund. „Ich arbeite körperlich", pflegte er zu sagen, wenn er den verblüfften Blicken begegnete. Falls er überhaupt etwas äußerte. – Bisweilen besuchte man auch die sehenswertesten Schlösser oder Kirchen im Rund, „legte Kultur hin", wie sie das nannten, um spät am Nachmittag noch einmal kurz im Büro aufzutauchen und sich nach Hause abzumelden.

Bäckle kochte. Er wollte Ergebnisse vorzeigen. Sollte es seiner Führungskraft nicht vergönnt sein, die außer Zweifel stehenden Begabungen dieser beiden zu operationalisieren? Schließlich setzte er die Burschen unter Druck und verständigte deren Bewährungshelfer. Noch bevor die Mahnschreiben eintrafen, war die ökologisch orientierte Freizeitstätte vollendet. Innerhalb einer Woche hatten Keiler und Haenschle einen Schwimmteich ausgehoben, ein Amphitheater aus Bruchsteinen erbaut, Wege angelegt, Bäume und Sträucher gepflanzt, ein Holzhüttchen gebastelt, ein Waldklassenzimmer mit berankter Pergola eingerichtet, einen Klettergarten mit Pfeilern und Tauen bestückt und ein Eingangstor errichtet, das sie an anderer Stelle, wenige Kilometer hinter Plankstadt, dreisterweise abgebaut hatten. Bei den unangenehmeren Arbeiten hatten sie sich auf den Rest der Kolonne verlassen können; sie genossen ja Kultstatus. – Den vorgesehenen Etat hatten sie übrigens nicht einmal zur Hälte ausgeschöpft. Als Raimund Bäckle das neue Vorzeigeprojekt – begleitet von einem achtzigseitigen Konzept aus Haenschles Feder – der Presse übergab, barst er vor Stolz auf seine beiden Sonderbegabten.

Dass von dieser Stunde an nicht mehr viel von ihnen zu erwarten sein würde, hätte er sich denken können. Nur noch sporadisch waren sie anzutreffen, etwa wenn es galt, den Kameraden beim Schreddern und Schaufeln oder Schleppen dicker Äste zu helfen. – Den Schlosspark liebten Attila und Jakob in all seinen Facetten. Die Arbeit dortselbst schätzten sie sogar bisweilen als Unterbrechung ihres vitalen Freizeitalltags. Als nun Jakob Haenschle davon Wind bekam, ein neuer Fachmann solle in Schwetzingen reformerisch tätig werden, wurde er sogleich skeptisch. Als hingebungsvoller Liebhaber naturbelassener Bereiche, alter Bäume zumal, war ihm die deutsche Verfahrensweise äußerst suspekt. Zwar schützte man da und dort größere Flächen vor Rodung, doch schnitt und säbelte man mit Akribie an jedem Pflänzchen herum, das sich erkühnte, älter als zwanzig Jahre zu werden. Was konnte man von einem auswärtigen Experten schon erwarten? Er würde sich wichtig machen. Und keine Rücksicht nehmen auf gewachsene Strukturen. Jakob und Attila würden wachsam sein. Und nötigenfalls Maßnahmen ergreifen.

Schon auf dem Weg zum Parkplatz hat Gernot Junker den merkwürdigen Zwischenfall vergessen. Was hat er mit zwei straffällig Gewordenen zu tun, die sich vor Publikum aufspielen? Kurz nach der Veranstaltung hatte ihn Raimund Bäckle aufgeklärt, das seien „zwei Spezis“ von ihm, außergewöhnliche Naturen, die man zu nehmen wissen müsse. – Es ist schon fast zur Tradition geworden, dass sich der Gartenarchitekt vom Projektleiter nach Heidelberg kutschieren lässt. Bislang ist ihm der Mann ab einem gewissen Zeitpunkt auf die Nerven gegangen; heute verhält sich das anders. Während sie durch die Rheinebene auf die Erhebung des Kleinen Odenwaldes zusteuern, schwärmt Bäckle immerzu von der heutigen Präsentation, vergisst auch nicht zu betonen, dass dieser Tag „wie geschaffen“ sei, ein solches Ereignis zu bescheinen ...

Gernot Junker fährt sich über die Augen. Nach und nach schwindet die Anspannung. Sein Blick fällt auf die entfernten Waldberge, die vor Herbstkraft glühen. Bäckle hat recht: Einen solch strahlenden Tag der Reife hat man lange nicht erlebt. Unter gelbgoldenen Alleebäumen vor tiefblauem Frühabendhimmel sausen sie dahin, zunehmend begeistert von der üppigen Naturschönheit. Anstatt Bäckle schwärmen zu lassen, wie üblich, beteiligt sich Junker heute am Gespräch. Nach und nach kommen sie überein, die Zeit der Herbstfülle sei allen anderen vorzuziehen, selbst der lieblichste Frühling komme da nicht mit. Während Gernot sich über das Farbenspiel verbreitet, wie es ein William Kent in einigen Gärten Englands eigens für solche Herbsttage komponiert habe, all die Abschattungen des Welkens vom gleißenden Hellgelb bis zur Goldbronze berücksichtigend, redet sich Raimund einmal wieder zum Lobpreis der Jagd empor. Dies sei doch wie nichts anderes dem Menschen gemäß: listiges Auflauern, gelenkiges Hervorschnellen, zielsicheres Erlegen. Und dann, welch hohe Lust: die Freuden der Jagdfeier!

Normalerweise würde Gernot Junker zusammenschaudern, wenn jemand neben ihm ausgerechnet den Jägerchor aus dem Freischütz anstimmte; doch irgendwie empfindet er heute gnädiger, muss sogar lachen, als Bäckle im Text nicht weiterkommt und gleich nach „Jägervergnügen“ das wilden Hörnerklang imitierende „Joho, lalala" anschließt. Mit einem Mal regt sich so etwas wie die Sehnsucht nach menschlichem Umgang; Junker staunt über sich selbst, als er sich auf einmal eine Einladung für den Abend aussprechen hört.

„Herr Bäckle, ich weiß nicht, ob Sie überhaupt Zeit haben, aber es wäre mir eine Freude, Sie heute in die Kurfürstenstube einladen zu dürfen. Gerne auch zu einem Jägerschmaus."

„Na, das ist doch ... also prachtvoll! Herr Junker, Sie können sich gar nicht vorstellen, wie geehrt ich mich fühle. Aber das kommt ja gar nicht in Frage; wenn, dann lade natürlich ich Sie ein, so rum."

„Das können wir ja dann noch aushandeln."

Ermuntert von dieser unerwarteten Aussicht, dem verehrten Meister persönlich nähertreten zu dürfen, schlägt Raimund Bäckle vor, noch einen kleinen Umweg zu fahren.

„Ich muss Ihnen da unbedingt was zeigen ..."

Junker bereut seine Zustimmung nicht, denn der Fahrer biegt nun von der Hauptroute ab und wählt einen reizenden Serpentinenweg in den Wald hinauf. Die Fenster sind geöffnet, es strömt die würzigste Waldluft herein. Bald erreichen sie eine Hochebene, die Junker bislang unbekannt gewesen ist. Im Spätlicht dampfen Wiesen voll alter Streuobstbäume, kurz vor der Ernte. Träge Rinder weiden das abendfeuchte Gras. Inmitten dieses weltabgeschiedenen Goldlandes: ein Bauernhof.

„Entschuldigung, Herr Bäckle: Wo sind wir hier?"

„Tja, das dacht' ich mir, dass Sie das nicht kennen. Das ist der Bierhelderhof."

„Wie weit weg sind wir hier von Heidelberg?"

„Das ist Heidelberg! Schauen Sie, da den Wald runter, da liegt die Weststadt. Und hier, über den Buckel, zwanzig Minuten zu Fuß, kommen Sie am Klingentor raus und stehen mitten in der Altstadt."

„Nicht zu glauben ..."

Im Gastgarten sind nur wenige Plätze belegt. Bäckle wählt einen Tisch im Eck, wo sie ganz nahe an der Wiese sitzen. Ohne nachzufragen bestellt er zwei große Gläser Most, dazu ein Speckbrot mit Meerrettich. Junker schnalzt mit der Zunge. Auf derart urtümliche Genüsse war er nicht eingestellt. Niemals hätte er vermutet, dass Heidelberg auch eine solche, im besten Sinne rustikale Seite habe. Versonnen folgt er mit den Augen einem Bachlauf, der sich in einem lichten Wäldchen verliert.

„Sie glauben gar nicht, was Sie mir für eine Freude machen, Herr Bäckle."

„Sehen Sie, da unten? Sie sind doch ein gebildeter Mensch ... Das ist der Kühle Grund. Verstehen Sie? Eichendorff!"

„Nein ..."

„Wenn ich's Ihnen sage! Da unten liegt Rohrbach, die Mühle ... Da hat sein Käthchen gewohnt."

„Ist das wahr?"

Statt einer Antwort steuert Bäckle das zweite Lied des Abends bei. Ohne Scham und Hemmungen singt er mit volltönender Stimme „In einem Kühlen Grunde". Immerhin zwei Strophen bringt er zusammen. Danach hebt er das Mostglas, betrachtet das gespiegelte Farbenspiel darin und stößt mit Gernot Junker an: Auf Heidelberg, auf Eichendorff, auf die deutsche Romantik! Und seltsam genug, sein Gast hat gar nichts dagegen. – Die Herbstfeier der beiden reifen Herren endet erst gegen Mitternacht. In der Kurfürstenstube verspeisen sie Salate von heimischen Waldpilzen, Rehrücken mit Kastanien, frisches Traubeneis im Blätterteigmantel. Es gelingt sogar eine Einigung bezüglich der Kostenübernahme: Indessen sich Raimund Bäckle um die Versorung mit festen Nahrungsmitteln kümmert, übernimmt Gernot Junker die Getränke. An einem solchen Tag, das stellt er mehrfach klar, dürfen nur Weine aus fürstlichen Häusern getrunken werden. Er beginnt mit einem Weißburgunder aus dem Hause des Reichsgrafen und Marquis zu Hoensbroech, um zwei kraftstrotzende Barrique-Lemberger folgen zu lassen: zum einem aus Schwaigern, vom Grafen Neipperg, zum andern aus den Kellern des Herzogs von Württemberg.

Beim Abschied lässt Gernot Junker für diesmal sogar eine knappe Umarmung über sich ergehen. Dann drückt er den Knopf für den Aufzug. Entgegen seiner Gewohnheit wird er heute auf weitere körperliche Anstrengungen verzichten und das Treppenhaus dem Personal überlassen. Müde und befriedigt betritt er sein Zimmer. Kaum hat er das Licht eingeschaltet, als ihn ein Anblick zusammenschauern lässt: Mitten auf dem mit feinstem Damast bezogenen Himmelbett liegt ein Umschlag. Ein einfaches, hellbraunes Kurvert, offenbar eine schwere Sendung beinhaltend, denn mehrfach wurde Klebeband um das Päckchen herumgewunden:

BEIM NÄCHSTEN UMSCHLAG FLIEGST DU IN DIE LUFT!

Ohne zu zögern klingelt Junker nach dem Zimmerservice. Als der adrette Hotelboy erscheint, wischt sich Junker den Schweiß aus dem Kragen.

„Wo bleiben Sie so lange?“

„Entschuldigen Sie bitte, ich musste von ganz unten ...“

„Wie kommt das da in mein Zimmer?“

„Bitte? Die Post?“

„Wie kommt der Umschlag auf mein Bett?“

„Entschuldigen Sie, ich weiß es nicht, ist es vielleicht ... eine Aufmerksamkeit des Hauses?“

„Sieht so eine Aufmerksamkeit des Hauses aus?“

Die letzten Worte hat Junker gebrüllt. Diensteifrig nähert sich der Zimmerkellner dem kleinen Paket. Völlig außer sich reißt ihn Junker zurück.

„Achtung! Vorsicht! Sie wissen doch gar nicht, was das ist!“

Doch der Rettungsversuch kommt zu spät. Schon hat der junge Mann den Umschlag in die Hand genommen. Es tut sich nichts. Keine Explosion reißt den Unvorsichtigen in Stücke. Unter vielfachen Verbeugungen und Entschuldigungen entfernt er sich aus dem Zimmer. Gernot Junker schärft dem Kerlchen ein, die Lasche keinesfalls zu öffnen, sondern das Ding umgehend der Polizei zu übergeben.

Spät in der Nacht schreckt Gernot Junker aus einem nervösen Schlummer auf. Am Zimmertelefon meldet sich ein Polizeibeamter, in dessen kurpfälzisch eingefärbter, dunkler Stimme etwas Vertrauenerweckendes liegt.

„Horche Sie mal, mir hän des Paketel mol unnersucht ..."

Im fraglichen Umschlag habe sich eine leere Klebebandrollte befunden. Sonst nichts. Kein Anschreiben, keine Adresse. Was er denn erwartet habe?

„Das kann ich Ihnen nicht sagen", keucht der Schlaftrunkene. „Das kann ich Ihnen wirklich nicht sagen." Schließlich bittet er den Polizisten um einen Termin am nächsten Morgen.

„Wann Sie määne ...", bringt der Beamte wenig Verständnis auf.

„Ich bestehe darauf."

Bevor wir uns der weiteren Entwicklung des Schwetzinger Jahrhundertprojekts wieder zuwenden, erlauben wir uns einige Überlegungen einzuflechten, die sich mit dem Thema der Jagd beschäftigen. Wie das? Nun, ganz einfach: Die ersten Erweiterungsbauten auf jenem Gelände, das Gernot Junker in Carl Theodors Garten- und Schlossplan bezeichnet fand, sind zur Zeit der Regentschaft des Kurfürsten tatsächlich umgesetzt worden. Gemeinsam mit einer Mitarbeiterin Raimund Bäckles sahen wir Junker bereits einen Waldflecken unweit Oftersheim durchwandeln; was er dort fand – armselige Reste – sind die einzigen verbliebenen Zeugnisse eines Jagdparks, welchselbiger der Hofgesellschaft zur Erlustigung und Kurzweil dienen sollte.

Den Heutigen, berufsmäßige Jäger ausgenommen, mag es wohl sonderbar vorkommen, dass jahrhundertelang ohne Not, sprich zum schieren Vergnügen die friedlichen Bewohner des Waldes gehetzt, zusammengetrieben und abgeschossen wurden – wir haben dergleichen bereits im Zusammenhang mit Elisabeth Augustes sonderbaren Passionen bereits angesprochen. Man darf sich dergleichen auch wirklich nicht allzu idyllisch ausmalen, da es sich doch um wahre Blutbäder handelte. Viele der Tiere waren auch nicht sofort tot; sie brüllten vor Schmerz, sie schrien vor Angst – und die Hofgesellschaft empfand großes Gaudium. Ob diese Dinge dem heute ebenfalls ferne gerückten Bereich der öffentlichen Folter und Hinrichtungen benachbart lagen, wollen wir an dieser Stelle nicht näher untersuchen.

Gehörige Portionen Einfallsreichtum verwandten die Jagdbeauftragten der Adeligen auf immer neue Konstruktionen, die den Jägern Abwechslung verschafften und dabei weit weniger Mühe erforderten als stundenweite Treibjagden durch unwegsame Wälder. Neben der Wasserjagd, deren Besonderheit, wie erwähnt, darin bestand, dass man die unterschiedlichsten Tiere in ein riesiges geflutetes Becken trieb, von dessen Rand aus die Fürsten und ihre Höflinge und Gäste bequem auf die um ihr Leben Schwimmenden zielen konnten, zählte zu den merkwürdigsten Gepflogenheiten zweifellos die Einrichtung des Jagdparks, eines bisweilen labyrinthartigen, gewissermaßen sternförmigen Wegesystems, in dessen Mitte meist ein Schlösschen oder eine Jagdhütte stand. Die Mode jener Jagdsterne war kurz, ist jedoch europaweit verzeichnet. Es hat den Anschein, dass mit dem neuen, romantischen Sinn fürs Natürliche auch die Lust an allzu komplizierten, artifiziellen Jagdmethoden abhanden kam. Die Ansicht, Carl Theodors Entschluss, den Jagdpark aufzugeben, stehe eventuell sogar mit einem solchen Sinneswandel in Zusammenhang, hält heutiger wissenschaftlicher Überprüfung freilich nicht stand.

Für unsere Betrachtungen spielt das Hauptmerkmal solcher Jagdmethoden und -vorrichtungen eine gewichtige Rolle, nämlich die absolute Kontrolle über alles Lebendige innerhalb eines vom Menschen geschaffenen Raumes. Bodenform, Pflanzungen, letztlich die Beutetiere selbst stehen in einem geradezu symbolischen Sinn unter der Herrschaft des Jägers. – Hätte es nicht genügt, mag der Unkundige fragen, weit überlegen durch Waffen und Strategie, das machtlose Wild in seinen angestammten Revieren zur Strecke zu bringen? Durchaus nicht. Zahllos waren die Jagdunfälle, allzu häufig die Verwirrungen, wenn etwa eine Bache durchbrach oder ein grässlich verstümmelter Lieblingshund zu seinem erschütterten Herrchen sich zurückschleppte: Beständige Mahnung, dass es mit der Überlegenheit der Zweibeiner doch nicht so weit her war, wie man sich dies gern einbildete ... Mithin, die tatsächlichen Beweggründe liegen tiefer. Sie sind nicht allein auf der Ebene einer stets gefahrvollen, von den Menschen seit Urzeiten verfeinerten Jagdpraxis zu suchen. Wer je einem Wildtier – und sei es einem zarten Reh – begegnet ist, wenn es, ohne auch nur ein einziges Mal den Lauf zu bremsen, in wüster Flucht durch das Gehölz stürmt, bekommt einen Eindruck von der Kraftlosigkeit, Zwergenhaftigkeit und Unbeholfenheit des Menschleins. Man muss nur einmal den beißenden Geruch eines Raubtiers wahrgenommen haben, um sich sogleich zu erinnern, dass wir im Grunde Beute sind, nicht Jäger.

In den Mythen ist die Angst, die höchst reale Furcht des Menschen vor seiner Umwelt bildmächtig aufgespeichert; die längste Zeit blieb ihm schlechterdings nichts übrig, als die an Muskelkraft und Schnelligkeit weit überlegenen Tiere zu vergöttlichen. Eine späte, lange Zeit populäre Erzählung fasst in etwa zusammen, was in ungezählten Gesängen und Gebeten thematisiert wurde: Diana, die Göttin der Jagd, begegnet Aktäon, dem Menschen. Wir wissen, wie die Sache ausgeht; aufgrund seiner tumben Respektlosigkeit wird der Ärmste schließlich, verwandelt in einen Hirschen, von seinen eigenen Hunden zerfetzt. In diesem römischen Mythos kommt weit mehr zum Ausdruck als das Einbekenntnis menschlicher Gier, Überheblichkeit und Dummheit; die Jagd selbst wird als eine außermenschliche Macht erlebt, sie wird hypostasiert zur Gefahr schlechthin. Diana aber ist die Göttin des Mondes. Sie gehört auf die Nachtseite – und diese Nachtseite heißt Natur.

Ein jeder an den Höfen Europas kannte diese Geschichte, häufig ist sie in Gemälden und Skulpturen dargestellt worden. Ein Jagdpark, rundum versehen mit einer starken Mauer, das wussten oder fühlten zumindest alle, war der Versuch einer Umzingelung der Nacht. Die Aufstellung der vielen Statuen aus dem Bereich der Mythologie der Jagd scheint ein Verweis zu sein, vielleicht eine Ahnung an irgendeine Form der Sühne für das Wagnis des Unmöglichen. Denn war die Darstellung der Beherrschung gottgegebener Natur nicht ursprünglich Lästerung? Konnte dergleichen ungestraft bleiben, wenn man nicht zugleich jene Instanzen anrief – und gleichsam um Dispens, um Gnade bat –, deren ureigenes Reich man umzäunte und zu unterwerfen sich anschickte?

Wie wir aus den Erzählungen der ältesten Völker wissen, war all dies nur möglich im Modus der Anverwandlung. Der Jäger wurde buchstäblich zum Wolf, er trug sein Fell, er benahm sich wie er. In tagelang währenden, anspruchsvollen Sühneriten bat man die Gelästerten kniefällig um Verzeihung. Im Tanz imitierte man nicht nur die Raub- und Beutetiere; man spielte Gott. Denn man hatte keine andere Wahl, als sich durch Rausch und Wahnsinn in eine gemeinhin nur den Göttern zugängliche Sphäre hineinzuversetzen; nur auf dieser Ebene war eine Wiederherstellung der Ordnung vorstellbar. Indem ein Priester, sprich ein Gefürchteter, ein aus der Gemeinschaft Ausgestoßener mit Weihe ausgestattet wurde, die er im Ritus an die Bedürftigen weitergab, ward eine Art Separatfrieden geschlossen – bis zur nächsten Übertretung, bis zur alsbald neu auszurichtenden Jagd.

Wenn sich die Potentaten des achtzehnten Jahrhunderts oftmals als Jagdgottheiten verkleideten und in tage- und wochenlangen Jäger- und Schäferspielen totgesagte Mythen wiedererweckten, so war auch dies mehr als ein Spiel. Vielmehr vermochte man auf diese Weise der Beschwörung der eigenen Nachtseite, der eigenen Mondnatur, die gar zu gerne (unter Verweis auf Diana) als weiblich angesehen wurde, eine Form zu geben, die weder Gottesdienst noch Kunst in befriedigender Weise zu vermitteln wussten. Erst im Moment der Tat, im schamanischen Einbekenntnis der conditio humana, stets zugleich Jäger und Gejagter zu sein, konnte man der Angst Herr werden, von der man wusste, wie berechtigt sie war, wenn man dem von eigener Hand verursachten Sterben der Tiere scheinbar gelassen zusah.

Das Numinose

Das Elend der Wissenschaften, wenn wir uns hierüber einige allgemeine Anmerkungen erlauben dürfen, beruht zu gewichtigen Teilen auf ihrer epistemologischen Unsicherheit, die man bestenfalls leugnen, nie aber durch tragkräftige Fundamente zu ersetzen vermöchte. Es sind und waren – wie sehr ist dieser Umstand zu bedauern – zu allen Zeiten meist nur die Mittelmäßigen ihres Fachs, deren Sinnen und Trachten eine gewisse Verbreitung fand und darum das Gespräch bestimmte. Niemals verloren diese bei der Masse Hochgeschätzten und Vielgelesenen auch nur einen einzigen Gedanken daran, warum der Grund, auf dem sie standen, so schwankend sei, nein, es fiel ihnen die heikle Bedingtheit und Beschränktheit ihres Wahrnehmungsapparates nicht einmal auf, da sie sich selbst an diese Vagheit hervorragend angepasst hatten. An den Endpunkten des menschlichen Erkenntnisdranges finden wir einerseits die Skeptiker, deren radikalster uns den in alle Zukunft zu memorierenden Leitsatz mitgegeben hat: Es ist nichts; wäre etwas, könnten wir es nicht erkennen; wäre etwas, und könnten wir's erkennen, könnten wir es nicht beschreiben.

Auf der anderen Seite, so weit davon entfernt, dass, im Umkehrschluss, eine gewisse Nähe zu vermuten ist, sehen wir die Niezufriedenen, die den skeptischen Befund nicht aushalten mögen, denen aber auch die Lehrmeinung der jeweils herrschenden Dogmatik nichts bedeutet. Sie, die Randfiguren der Forschung, nahmen und nehmen die Tatsache, dass der Mensch auf Reize von außen reagiert, als höchsten Auftrag für ihr Wirken an ... und untersuchen jedwede Möglichkeit, zwischen innen und außen, oben und unten, hie und da, morgen und gestern nicht allein Dinge in Erfahrungen zu bringen: sondern ob man diese auch beeinflussen, gar steuern könne; ob nun ihr Ansatz von kopfschüttelnden Kollegen zufällig für wissenschaftlich erachtet wird oder nicht, bemerken diese Extremisten nur selten: wenn die Zeit nach Opfern verlangt. Ein Richtblock lässt sich eben nur so lange ignorieren, bis der eigene Hals darauf liegt.

Unter den Mediokren, den durchsetzungsfähigen Angepassten, die sich viel zugute halten auf ihr vermeintliches Wissen, seltsamer noch, die wahrhaftig einen Fortschritt in der Entwicklung ihrer Disziplin zu erkennen vermeinen, denen die Ahnung erspart bleibt, dass unterwegs gemeinhin ebenso viel gewonnen wie verloren wird, stellen die Mediziner den wohl hartnäckigsten Stamm. Dies nun will uns ganz und gar eigentümlich bedünken, erlebt es doch ein solcher mit dem Menschen befasster Mensch während seiner beruflichen Laufbahn mehrmals, dass für sicher Erachtetes plötzlich als Humbug erkannt wird, dass (dieser Fall kommt nicht seltener vor, beileibe nicht) Beobachtungen, die des Teufels waren, miteins ins Rampenlicht zurückkehren und als wundersame Erkenntnis, Methode oder gar Substanz gepriesen werden.

Was ihr Heutigen eine Depression heißt, nannten wir Schwarzgalligkeit, Melancholie, auch Bangigkeit; wie diese trauervolle Gefühlserscheinung morgen genannt werden wird, ob sie überhaupt noch für sich genommen existieren oder in anderen Benennungen aufgegangen sein wird, können wir mit Fug nicht einmal prognostizieren. Es steht jedoch zu befürchten, dass eure diagnostischen wie therapeutischen Verfahrensweisen den Kommenden ebenso unzukömmlich und ulkig erscheinen werden wie die unsrigen euch; in all den Bemühungen um Durchdringung, Linderung oder gar Heilung eint uns die Blindheit, die Bedingtheit, die zu kurze Reichweite, die Schwachheit, die

Hybris, die Narretei. – Dass Lebewesen Nerven haben, die in gewisser, verschiedentlich zu studierender Weise reagieren, dass auf diesem Gebiete Krankheiten ihren Ausgang nehmen können, vermuteten ja schon die Alten. Allerdings wussten auch sie die Grenzen nicht zu ziehen. Was folgt woraus? Ist Melancholie schon Krankheit oder entspringt sie anderen Krankheiten, um wiederum weitere zu zeitigen?

Zwischen Physiologie und Psychologie, Neuropathie und Scharlatanerie irrlichtern die Beschreibungsversuche hin und her; es soll nicht unser Anliegen sein, hierüber eine halbwegs hinlängliche Übersicht zu gewinnen; unser Interesse gilt, wie wir bereits anzudeuten wagten, dem Wirkungskreis jener, die den Standpunkt vertraten: Wo für die meisten das Verträgliche, das Lebenserhaltende und Gesunde aufhört, beginnt die Wahrnehmung erst vom Boden abzuheben. In einer solchen Betrachtungsweise erweist sich das Immunsystem, zuständig für Schutz und Erhaltung des Individuums, als eigentliche Falle. Mit dem einer fragwürdigen Aufrechterhaltung der Balance des Systems dienlichen Einschluss, der einer Abkapselung gleichkommt, werden die wichtigsten Zugänge verbaut. Zugänge wohin? Nicht einmal die Erörterung dieser Frage ist denjenigen plausibel zu machen, die im Lebewesen, dem Menschen zumal, nichts weiter als ein auf Abschließung und Sicherheit bedachtes, gewissermaßen gemüseartiges Zellenkonvolut erblicken wollen.

Es gab Zeiten, meine lieben Freunde, da wies man Mitgliedern der menschlichen Gemeinschaft, die vorgaben, Stimmen zu hören, einen Ehrenplatz zu – und nicht eine würdelose Kammer in einer außerhalb der Stadt gelegenen psychiatrischen Anstalt. Noch der Höchstgepriesene seines Stammes, der Frankfurter Bürgersohn und Weimarische Hofrat Goethe, bezeigte Eifer und Anteilnahme, wenn ein Reisender aus den Grenzbereichen der Wissenschaft sich ansagte; wiederum kennen wir nur die Namen der mäßig Begabten. Wohl mögen einige der Schwarzkünstler und Experimentalforscher, die zeitlebens üble Nachrede zu erdulden hatten wie der Magnetisierer Mesmer, der Graf Cagliostro oder späterhin der Dichter Justinus Kerner da und dort in gewissem Sinn rehabilitiert worden sein, doch will uns scheinen, es habe ihre Hauptbegabung jeweils auf anderen Feldern gelegen.

„Veniet tempus, quo ista, quae nunc latent, in lucem dies extrahat – eine Zeit wird kommen, wo das, was jetzt noch verborgen ist, ans Licht gezogen werden wird." Mesmer hat sich geirrt, als er Senecas berühmte Bemerkung einem seiner prachtvoll verkäuflichen Bücher als Prophetie voranstellte; es liegt durchaus nicht im Wesen eines jeden Sachverhalts, einer jeden Gestalt und Materie, bei Lichte besehen werden zu wollen. Andere, die uns bekannt sind, mit Mesmer durchaus in gutem Kontakt stehend, jedoch im Stillen wirkend, waren klüger, weiser auch. Ein anderer Schüler des Grafen Saint Germain, naher Verwandter des Alessandro Collini übrigens, jenes in der Literatur oftmals erwähnten Geheimsekretärs zunächst des Philosophen Voltaire, nachfolgend des Kurfürsten Carl Theodor, durfte sich auf dem Gebiete der Erforschung der Wahrnehmungsdrüsen, wie der gute Mann dies damals formulierte, verblüffender Entdeckungen erfreuen.

Sein Name ist ausgelöscht und soll nicht mehr genannt werden – jedoch keineswegs aufgrund etwelcher Verfehlungen, sondern weil seine Verdienste allzu revolutionärer, den Zeitgenossen nicht zumutbarer Art waren. Nur so viel soll gesagt sein, dass jene Einfallstore für die Außenwelt, welche von euch Heutigen, wie ich höre, Rezeptoren genannt werden (ein lustiges Wort, fürwahr, ihr wisst gar nicht, wie lustig!), in ihrer Wirkungsweise nicht rein passiv aufzufassen sind, sondern gleichsam eigene Aktivität besitzen, die für gewisse Zwecke nutzbar gemacht werden kann. Der Mann – ich darf mich rühmen, von ihm Freund geheißen zu werden – wurde zu einem Grenzgänger in vielerlei Hinsicht. Ihm, dessen Namen wir nicht nennen dürfen, verdanken wir die Grundlagen für unsere Aktivitäten, welche zu definieren, zu klassifizieren, wie die jeweiligen Vokabeln der Beamtenwissenschaft auch lauten mögen, nach herkömmlichen Maßstäben durchaus nicht möglich ist.

Immer stehen wir vor der Wahl: Beschränken wir uns, indem wir uns selber schützen? Lullen wir uns lieber ein, weil wir übermächtige Reize scheuen, benützen wir unsere Erdenzeit, um eins dem andern Schlaflieder vorzusingen – oder öffnen wir uns den Einflüsterungen, den Mitteilungsversuchen, dem immerwährenden Gespräch zwischen Leben und Leben, wozwischen der Tod eine jokushafte Scheinwelt genannt gehört? – Von unserer Warte aus, die zu beschreiben dem letzten Kapitel vorbehalten bleiben soll, erfahren wir von euch immerhin so viel, dass man inzwischen Schallwellen wahrzunehmen glaubt, die von besagtem Urknall herstammen sollen. Dies mag wohl angehen, doch will uns wundernehmen, weshalb man nicht auf Näherliegendes verfällt: dass nämlich alles jemals Gesagte und Geschehene ohnehin und in leicht verständlicher Weise in der Atmosphäre allen immerdar zu Verfügung steht; es gehört nur ein wenig Übung der verkümmerten inneren Wahrnehmungsorgane dazu, und man würde über die Flachheit, den Kleinmut, die Borniertheit selbst der kühnsten wissenschaftlichen Ansätze Gelächter schlagen.

Unserem Helden, dem lange schon erfolgreichen, seit kurzem zu erhofften Höhenflügen ansetzenden Gartenarchitekten Gernot Junker, steht solcher Gebrauch seiner besten Qualitäten bedauerlicherweise noch nicht zu Gebote. Wie schade ist das, da sich die unterschiedlichsten Wesen unaufhörlich an sein Ohr herandrängen – und alle haben sie ihm etwas mitzuteilen! Wie die meisten seiner Gattung schlägt auch Junker die ungeheuer vielzahligen Angebote glatt aus. Im Gegenteil, er fühlt sich belästigt – und ahnt nicht einmal wovon. Jene üble Stimmung, Beklommenheit und Bangigkeit, die ihn befallen hat, kaum dass er heute Nachmittag den Park betrat, sieht er – wie könnte dem anders sein – in einer Überreizung seiner Nerven begründet. Gar zu unerbittlich gegen sich selbst und seine Gesundheit trieb er in den vergangenen Wochen die Arbeit voran; zudem, da waren diese unerfreulichen Ereignisse, vor allem diese beiden Briefumschläge, wovon er sich doch weitaus mehr belastet fühlt als er dies zunächst erwartet hätte.

Was sein Geist begreift, ist in etwa dieses: Irgendwer im Umkreis des Schwetzinger Parks fühlt sich durch ihn gestört; hat etwas gegen seine Person, sein Vorhaben. Wie ernst das alles zu nehmen ist, ob vielleicht sogar mehrere Verbündete den Eindringling befehden – und warum? –, dies entzieht sich seiner Kenntnis. Zutiefst unerquicklich ist ein neuerliches Gespräch mit einem Heidelberger Polizeibeamten verlaufen; seither hat Junker niemandem gegenüber davon mehr gesprochen – nicht zuletzt in der Hoffnung, selbst vergessen zu dürfen, was ihn aus dem Ungefähren angreift. – Als er heute am Bahnhof eingetroffen ist, war rein gar nichts mehr von der Herbstpracht der letzten Wochen zu verspüren. Wenigstens war auf der Carl-Theodor-Straße noch kein Adventsschmuck zu sehen, eine Sitte, die Gernot Junker seit jeher Abscheu einflößt. Kurz hat er in seinem Büro vorbeigeschaut, den Aktenkoffer abgestellt, um sich sogleich in den Schlosspark zu begeben.

Hochnebel schläfert die Dinge ein. Es ist beinahe wie bei seinem ersten Besuch im Februar. Ein lähmendes Grauweiß dominiert die vom Jahre übrig gelassenen Farben. Außer dem unangenehmen Summen der Autostraßen ist wenig zu hören. Nur ein paar entfernte Stimmen, vermutlich von Arbeitern, die mit der Wintersicherung der Statuen und einiger Gewächse beschäftigt sind, dringen an sein Ohr. – Eiligen Schritts strebt Junker auf der Zentralachse vorwärts, bis zum Großen Weiher und drum herum, um noch einmal die Stellen des Übergangs in Augenschein zu nehmen. Dies nämlich könnte sich noch zum Problem auswachsen: Wie nur soll die wundersame Einrichtung der „Ahas“, jener versteckten, den Blick bruchlos weiterleitenden Begrenzungen des Parkgeländes, in das neue Konzept eingebunden werden? Es gibt sehr wenige Beispielfälle, die Junker heranziehen könnte. Wenn morgen die Delegation aus Houston ihm die Aufwartung macht, muss er mit Vorschlägen aufwarten können. Einfach niederreißen, was Geschick und Inspiration der Vorgänger hier geschaffen haben, das ist seine Sache nicht. Dennoch – Rückfragen genau in dieser Richtung sind zu erwarten. Viel hängt davon ab; schon befassen sich die höheren Gremien mit den Anträgen. In Kürze wird die Sache in Stuttgart im Landesparlament verhandelt werden; da darf es keine Lücken geben, nicht die geringsten ...

Zu dumm, das milchige Licht verhindert ein freies Fließen des Blicks. Junker sieht die Konturen der Äcker, der Baumschule, des Waldrands nurmehr verschwommen. Dort drüben muss dieses skurrile, noch nicht einmal eröffnete Ökologiezentrum für Jugendliche liegen ... Mit seinem Stockschirm zeichnet er auf dem Kies einige Skizzen. Er ist unzufrieden. Nicht recht bei der Sache. Etwas lenkt ihn ab, zerstreut seine Gedanken. Sind es die Arbeiter, die er vorher gehört hat? Mehrmals blickt er sich um – aber da ist niemand zu sehen. Wer hält sich zu solcher Stunde schon gerne im Park auf? Spaziergänger? Kaum. Es ist früh kalt geworden, dieses Jahr; wer weiß, vielleicht gibt es heute Nacht schon Schnee. Wieder hört er ein Flüstern. Was soll das nur alles auf einmal bedeuten, warum fühlt er sich jetzt, da sein Projekt, das gewaltigste seiner Biographie, in die entscheidende Phase eintritt, so beladen und abgelenkt? Hält er die Anstrengung nicht mehr aus? Wird er alt? Energisch wendet sich Junker zur Seite, steigt auf eine der Mauern, um vielleicht doch ein kleines bisschen mehr erkennen zu können.

Das Einzige, was ihm auffällt, ist diese unbotmäßige Linde, die Unkundige einst mitten in die Blickachse hinein gepflanzt haben. Nach wem ist das Ungetüm noch einmal benannt? Irgend so ein Professor. Jener junge Kerl fällt Junker wieder ein, der bei der Präsentation gewagt hat, eine kritische Frage zu stellen. Danach war noch einer aufgestanden. Bäckle kannte ihn. Ob von diesen beiden Grünschnäbeln Widerstand zu erwarten ist? Oder von Annabelle? Und von wem noch? Ein vernachlässigbarer Gedanke. Hat einer von denen die Briefe geschrieben? Gleichgültig; er wird sie wegwischen, alle miteinander. Die Linde wird fallen – und zwar so bald wie möglich.

Indessen sich Gernot Junkers Blick in den Ästen des Riesenbaumes verliert, wo einige wenige der herzförmigen hellgelben Blätter schlaff im Dunst hängen, gewahrt er Schritte auf dem Kies. Er fährt herum – wieder niemand. Kalt und einsam ist es hier draußen. Hat nicht der alte Parkwächter, der ihn auch nicht leiden kann, so was angedeutet: Irgendwann im letzten Winter sei eine betagte Spaziergängerin nahe der Moschee überfallen worden? – Nein, bei dieser die Gesundheit angreifenden, die Kräfte auszehrenden Feuchtigkeit lässt sich heute nichts ausrichten. Schleunigst wird Gernot Junker in sein Büro zurückkehren, den Laptop aufklappen und noch ein wenig an der Simulation arbeiten. Dann sollte er zeitig ins Hotel fahren, Entspannung suchen. Vielleicht ein Bad nehmen. Ja, das wäre für heute das Beste. Und vor dem Einschlafen ausnahmsweise einmal wenniger trinken.

Kaum, dass er den Rückweg angetreten hat, bemerkt der Gartenarchitekt, dass er immer schneller geht – viel rascher als normalerweise. Eine unsinnige Furcht, da lauere jemand hinter den Alleebäumen, bis er vorbeikommt, verstärkt sich zusehends. Immer eifriger schreitet Junker aus. Die Gänsehaut, die sich in seinem Nacken ausbreitet, versucht er zu ignorieren. Es ist so weit mit ihm gekommen, dass er sich gar nicht mehr traut, sich umzusehen; ja, eine Angst, er könne dort etwas ganz und gar Schauderhaftes erblicken, das ihn nie wieder loslassen würde, sein Gemüt für immer durcheinanderbringen würde, zwingt ihn dazu, sich in Laufschritt zu setzen. Wie lange ist

Gernot Junker nicht mehr gerannt ... Er, der Unsportliche, hielt derlei stets für etwas Minderwertiges, Ephemeres, vorbehalten für all die Langeweiler, denen nichts einfällt, womit sie die quälend lange Lebenszeit sonst totschlagen könnten, als tumbes Herumsausen.

Im Laufen zieht Junker sein Handy aus der Tasche – als handle es sich hierbei um eine letzte Versicherung für das geordnete Dasein, für die korrekte, unbedrängte Abfolge der Stunden, der Tage, der Jahreszeiten. Besorgt, irgendjemand könne ihn erkennen, davonrennend vor nichts, setzt ihm zu. Denn da ist ja nichts – oder? –, wovor er flieht, nicht wahr? Wenn er das Handy ans Ohr hält, kann er immer noch behaupten, ein dringender Anruf habe ihn so ungestüm zu seinem Büro zurückhetzen lassen. – Schon bald muss Junker innehalten, sein Organismus ist die hastigen Bewegungen nicht gewöhnt. Noch einmal reißt er sich zusammen. Er bleibt stehen. Zwingt sich, vermittels einer raschen Kopfdrehung, der niemand so rasch entgehen könnte, nach hinten zu blicken. Nichts! Immer wieder nichts. Natürlich nichts. Aber in diesem Augenblick vernimmt er's deutlich.

„Siehst es?“

Der Mann erschauert, hetzt wieder los, den Blick nurmehr stier geradeaus gerichtet.

„Siehst es?“

Was kann das bedeuten: Es? Ihn, das menschliche Wesen? Sein ängstliches Fortstürmen? Eins ist nun immerhin gewiss: Da sind zwei. Mindestens! Vielleicht eine ganze Rotte, die ihm auflauert. Ausgerechnet hier! Was hat er den Leuten nicht alles erzählt ... geschützter Garten ... umschlossener Raum ... Ebenbild des Paradieses ... Aber nein, keine Mauer, keinen Zaun haben die Menschen bislang erfunden, der im Zweifelsfall wirklich zu schützen vermöchte. Denn ebenso schnell waren sie stets mit den Gegenerfindungen: listiges Einschleichen ... Belagerungsmaschinen ... verschiebbare Türme ... Rammböcke ... Kanonen ... Sprengsätze in heimlich gegrabenen Gängen ... – Wenn sich doch irgendwo ein bekannter Mensch jetzt zeigte! Sogar der alte Parkwächter wäre Junker recht. Irgendwer. Doch vor dem Mittelbau des Schlosses, in ungeheurer Entfernung, hinter diesigem Geflirre farblos wahrzunehmen, liegt ein menschenleeres Oval.

Den Knauf seines berühmten Doppelschirms fest umkrallt, bewegt sich Junker jetzt vorwärts wie ein Geher. Das Rennen schmerzt in den Beinen, in der Lunge, die Atmung macht nicht mit. Es ist lächerlich, ja, Junker schämt sich vor sich selbst. Doch kaum ist er am Hirschbassin angekommen, beginnt er den Lauf von Neuem.

„Siehst es?"

Kurz blickt er zur Seite, erkennt den Marmorhirschen, dem der Jagdhund in die Flanke beißt – und stürzt über die steinerne Umrandung. Zu scharf hat er die Kurve nehmen wollen. Der Aufprall ist äußert schmerzhaft. Die Hände bremsen den Fall im rauen Kies. Das linke Knie bekommt einen Schlag. Jetzt sind sie über ihm. Jetzt wird er gleich die Fratze seiner Verfolger schauen. Mit einem Laut, etwas Japsendem, halb Angstruf, halb Seufzer, hebt der Gefallene den Kopf. Leere. Immer noch: niemand. Auch kein Geflüster mehr. Keine Schritte. An sich selber zweifelnd, einen Fluch auf den Lippen, richtet sich Gernot Junker wieder hoch. Die teure Hose – an den Knien ruiniert. Die Handflächen – aufgeschürft wie bei einem Kind. Er packt den Schirm, der bis zum Brunnen weitergerutscht ist, stützt sich darauf, erhebt sich mühevoll.

„Siehst es?"

Sogar jetzt noch, da doch offenbar geworden ist, dass diese dumme Furcht nur nervlich bedingt war, humpelt Junker so schnell er kann dem Ausgang zu. Wer könnte ihm nur helfen, dass er so etwas nicht wieder erleben muss? Ja sicher, ein Nervenarzt. Nur welcher? Der beste, den es gibt! Und zwar schleunigst. Aber hat er überhaupt Zeit für einen Arztbesuch? Der

Terminkalender bis zum nächsten Sommer lässt keine Lücke erkennen. – Wie sonderbar: Bis er endlich im Gang des Bürogebäudes ankommt, trifft Junker auf keine Menschenseele. Es scheint, die plötzliche Kälte habe alle in ihre Löcher getrieben. Kaum im Flur angelangt, erneuert sich diese scheußliche, diese unbekannte Furcht. Riecht es hier nicht irgendwie unangenehm? Fremd, uralt, vermodert? Fahrig sucht Junker am Schlüsselbund. Das Ding fällt hin. Fluchend bückt er sich. Als er endlich den richtigen Schlüssel gefunden hat, gewahrt er etwas Unerhörtes: Das kann doch nicht möglich sein! Die Bürotüre – steht offen. Da schnauft etwas, ja, ganz sicher, kein Zweifel: Es ist jemand in seinem Büro.

„Hallo?"

Wieder umklammert Junker den Stockschirm.

„Hallo?"

„Herr Junker?"

Eine männliche Stimme. Junker weiß nicht ihm um wen es sich handeln könnte, doch unbekannt scheint sie nicht.

Entschlossen stößt er die Tür auf. Schlägt sich die Hand vor die Stirn. „Herr Rübsamen! Ja, wie kommen Sie denn ..."

„Entschuldigen Sie ... Entschuldigen Sie vielmals!"

Der betagte Bibliothekar erhebt sich vom Besucherstuhl, tritt auf den Ankömmling zu. „Es tut mir wirklich leid, das ist sonst nicht meine Art. Aber die Tür stand auf. Und draußen war es so kalt ..."

„Aber nicht doch, bitte, behalten Sie Platz." Innerhalb von Sekunden wandelt sich Gernot Junkers Stimmung in Erleichterung und Dankbarkeit. Mehrmals muss er sein Lachen durch Gehüstel unterbrechen, Freudenbekundungen murmelnd, wie angenehm ihm der unverhoffte Besuch sei ... Umständlich hängt Junker Schirm und Mantel an die Garderobe. Entschuldigt sich unaufhörlich, dass er keinen Kaffee anbieten kann.

Erst als er dem Gast gegenübersitzt, immer noch schmunzelnd, närrisch erfreut – gewahrt er dessen vorwurfsvolle Miene.

Rübsamen streicht über eine große Aktenmappe, die er auf seinem Schoß liegen hat, fixiert Junker ... und erklärt, gemütvoll abgemildert durch den süddeutschen Tonfall: „Herr Junker, Sie hän mich schwer enttäuscht."

„Bitte?" Um ein Haar wäre Junker aufgesprungen. Entgeistert starrt er den Alten an. „Ich bin mir keiner Schuld bewusst, wirklich nicht, Herr Rübsamen. Wie hätte ich ..."

„Naja", beginnt der Gast von Neuem, „ich hätt mich ja schon gefreut, bei Ihrer tollen Präsentation im Oktober, wenn Sie wenigstens mal am Rande erwähnt hätten, wer Sie da auf die richtige Spur gesetzt hat ..."

Konsterniert brabbelt Junker vor sich hin: „Ach so ... Das gibt's ja nicht ... Hab ich Sie wirklich vergessen?"

Traugott Rübsamen lehnt sich zurück: „Zumindest habe ich nichts gehört, mein Bester."

„Ich ... bin untröstlich!" Unwillkürlich bekommt Gernot Junker glasige Augen. „So etwas ... ist mir noch nie passiert. Im Gegenteil, ich lege sonst größten Wert auf ..."

„Sehen Sie, das dacht' ich mir."

Erleichtert nimmt Junker ein verzeihendes Lächeln bei seinem Gegenüber wahr. „Das muss ich unbedingt wieder gutmachen, wenn mir das möglich ist. Gleich bei der nächsten öffentlichen Sitzung im Januar ..."

„Halt, warten Sie lieber mal ab."

„Wieso denn?"

Ein wenig verschwörerisch, ungeschickt, kichernd nach Altmännerart, öffnet Rübsamen die Mappe: „Übrigens kann ich mich nicht erinnern, Ihnen Generaldispens erteilt zu haben. Davon, dass Sie sich Ihr Fundstück einfach unter den Arm klemmen und nach Wien abdampfen, war nie die Rede."

„Das stimmt. Sie haben natürlich recht. Ein Fehler. Ich habe nichts zu meiner Entschuldigung vorzubringen als die reine

Leidenschaft: Ich wollte zunächst einmal sichergehen, um Ihnen dann die Sache vollständig vorzulegen."

„Das haben Sie dann ja auch, wenngleich coram publico. Das ist nicht die feine englische Art, die man von Ihnen eigentlich erwarten darf, Herr Junker."

„Ich bin wirklich untröstlich. Es ging alles so ... hoppladiehop und ..."

„Jetzt komm aber ich. Sehen Sie, manchmal ist Präzision eben wichtiger als Tempo. Ich hab nämlich noch was gefunden."

„Nein ... Aber nicht in diesem Pavillon ..." Junker reagiert geradezu entsetzt.

„Doch, doch, mein Lieber. Genau da. Sie haben nicht richtig geguckt."

Es ist schwer zu sagen, ob der Bibliothekar die Verunsicherung seines Gastgebers genießt. Jedenfalls schont er ihn nicht, versteigt sich sogar zu einer Belehrung: „Eigentlich müssten Sie das ja wissen: Wo eines ist, liegt auch das andere nicht fern. Haben wir mal gelernt, stimmt's, auf Latein! Grundregel jeder Forschung, nicht wahr? Proseminarswissen, ist es so?"

„Jetzt quälen Sie mich doch nicht."

„Keine Bange. Nur ein bisschen. Das haben Sie sich ja redlich verdient."

In der folgenden Stunde wird Gernot Junker keinen einzigen vollständigen Satz zusammenbringen. Ganz und gar in die Rolle des Zuschauers gedrängt, erlebt er eine Berg- und Talfahrt, die sein ohnehin angegriffenes Gemüt nur schwer verkraften wird. Trocken schildert Rübsamen, wie er bald nach Junkers Abreise sich ein Herz gefasst habe und die Stufen zu dem Tempelchen noch einmal emporgeklettert sei.

„Sie haben ja ganz gut vorgearbeitet, vielen Dank."

Es habe gar nicht lange gedauert, da sei ihm aus einer größeren Kladde, die sich auf einem Stapel direkt neben jenem befunden habe, wo Junker offensichtlich C.2 entdeckt habe, eine etwas kleinere Mappe entgegengepurzelt. Man müsse sicherlich noch einmal vergleichen, doch nach allem, was sich aus den Vorgängen schließen lasse, könnte es sich bei dem neuen Fundstück ebenfalls um ein Papier aus Carl Theodors Feder handeln.

„C.3 – wenn Sie so wollen ..."

Unter Normalbedingungen hätte in Gernot Junker sogleich der Forschergeist, die Wissbegierde neu erwachen müssen. Doch es verhält sich anders; der überrrumpelte Experte spürt, wie ein Widerwille in ihm aufsteigt: Mit diesem Dokument will er gar nichts zu schaffen haben. Sei es, wie es sei, echt oder nicht: Dieses Papier würde alles, alles durcheinanderbringen. Finstre Ahnungen beschleichen ihn: Was sollen ihm jetzt, da er sich bereits auf halbem Wege zur Erfüllung seiner höchsten Ziele wähnt, neue, womöglich abweichende Belege?

Zweifellos, die üble Erwartung bestätigt sich auf ungeheuerlichste Weise. Behutsam, viel zu langsam für Junkers Temperament, breitet Rübsamen einen säuberlich geknickten Gartenplan auf der Schreibtischplatte aus.

„Es ist ein zweiter Entwurf, Herr Junker. Verstehen Sie mich? Diese Karte ist später gezeichnet – gewissermaßen eine Korrektur derjenigen, die Sie mit so viel Aufwand präsentiert haben. – Was sagen Sie jetzt?"

„Ich muss", stottert Junker, „erst einmal schauen ... also welche Unterschiede ..."

„Das haben wir verhältnismäßig schnell geklärt. Wenngleich, für die Praxis ist das überaus merkwürdig, was wir hier finden. Sehen Sie, da befindet sich der Mittelbau, der Zirkel ..."

„Ja, ja ..."

„Die Bosquette, die Hauptachse, die Brunnen. Alles so weit bekannt."

„Richtig."

„Aber nun hier." Für einen Moment hebt Traugott Rübsamen den Blick und schaut Junker ins Gesicht. „Auf dem Plan, den Sie aus dem Hellring-Pavillon ... sagen wir: mitgenommen haben, wird die Erweiterung in Richtung Oftersheim und Ketsch projektiert."

„Sicher, wohin auch sonst?"

„Nicht so in diesem Entwurf. Es ist wirklich seltsam, aber schauen Sie sich das mal an: Der vergrößerte Erweiterungsbau befindet sich an einer ganz anderen Stelle. An einer, wo gar kein Platz ist."

Ungeachtet des Widerwillens, den Junker zunächst empfunden hat, überfällt ihn nun doch eine gewisse Neugier, wenigstens zu wissen, welches Geheimnis dieses unwillkommene Schriftzeugnis berge – wer weiß, vielleicht sogar in der Absicht, diesen unbotmäßigen Zeugen zu vernichten. Mit den Augen folgt er Rübsamens umgedrehtem Bleistift, dessen Radiergummiende immer wieder die gezeichneten Wege abfährt. Wo Junkers gigantisches Parkerweiterungsprojekt samt Schlossneubau geplant ist, lässt sich keine Andeutung mehr finden. Jedoch – alsbald grübeln die beiden Herren um die Wette – eine gestrichelte Zeichnung zeigt, etwa fünfundvierzig Grad gespiegelt, an ganz anderer Stelle nahezu den gleichen Entwurf. Unweit vom Naturtheater, hinter der Vogeltränke, öffnet sich ein zweiter Park. Zu Teilen liegen seine Konturen über denen des Dorfes Schwetzingen. Wie soll das zusammengehen? Was könnte das bedeuten? Hatte Carl Theodor vor, Schwetzingen abreißen zu lassen? Wozu um alles in der Welt wäre ein solcher Plan tauglich gewesen? Vor allem ein Umstand ist es, der den Bibliothekar und den Architekten in völliger Verblüffung vereinigt: Den einzigen Zugang zu diesem zweiten Schlosspark markiert eindeutig – das Ende der Welt.

„Sie werden mir nachsehen", bemerkt Traugott Rübsamen, indem er das Papier wieder zusammenfaltet, „dass ich dieses Dokument einstweilen bei mir behalte. Ich bin mir sicher, Sie werden C.2 sobald wie möglich der Heidelberger Universitätsbibliothek rücküberstellen, nicht wahr?"

„Ganz gewiss, aber natürlich! Schon nächste Woche, wenn ich dazu komme. Könnte ich denn eine Kopie Ihrer Entdeckung erhalten?"

Rübsamen bemerkt den angespannten Unterton. Begütigend tätschelt er Junkers Arm. „Aber selbstverständlich. Schon nächste Woche, wenn ich dazu komme. Und was gedenken Sie damit zu tun, wenn mir die Frage erlaubt ist?"

„Ich weiß es noch nicht." Gernot Junker nimmt die Hände vom Schreibtisch und geht im Büro auf und ab. Schließlich bleibt er wieder am Schreibtisch stehen. „Sie erleben mich in einer seltsamen Verfassung. Im Augenblick kann ich mir gar nicht vorstellen, wie wir diese Skizze in unseren aktuellen Bauplan einpflegen sollen ..."

„Tja, mein Bester, manchmal gibt es Dinge, die sich einfach widersetzen, irgendwo eingepflegt zu werden, nicht wahr?"

„Das mag sein." Gedankenverloren hilft Junker seinem Gast in den Mantel.

Rübsamen feixt: „Sagen Sie mal, als Sie vorher reingekommen sind ... Ich hab Sie ganz schön erschreckt, nicht?"

„Kann man wohl sagen."

„Sind Sie immer so schreckhaft?"

„Nein, ganz und gar nicht. Nur im Augenblick. Die Nerven ..."

„Ah, ja, sicher. Die Nerven. Jetzt muss ich allerdings fürchten, mit meiner Trouvaille nicht eben zur Beruhigung derselben beigetragen zu haben, stimmt's?"

„Kann man wohl sagen", wiederholt sich Junker. „Da haben Sie vollkommen recht. Wenn ich fragen darf: Haben Sie selbst denn irgendetwas vor ... also in der Richtung, ob Sie Ihren Fund prüfen lassen?"

„Sie meinen, ob ich damit an die Öffentlichkeit gehe? Gemach, mein Lieber. Wenn, dann machen wir das am besten zusammen, nicht wahr? Wir haben ja was gelernt."

„Zusammen – sehr gut, ja. Eine hervorragende Idee."

Bei der Verabschiedung auf dem Schlossplatz fühlt Gernot Junker die Dankbarkeit eines Verräters, dem unverdientermaßen verziehen wurde. In der Tat, er hat Rübsamen übergangen, ohne sich dessen weiter bewusst zu werden – doch aus welchem Grund? Nur aus einem einzigen wohl: Weil dieser Mensch als Pensionär gewissermaßen aus dem Spiel ist. Kein Amt – kein Respekt, so ungefähr ließe sich das wohl zusammenfassen. Ein übler Ausrutscher. Doch was weit schlimmer ist: Mit dieser abermaligen Wende im Verlauf der Untersuchungen, deren Inhalt bislang noch nicht im Mindesten fassbar ist, würde, sobald hierüber etwas an die Öffentlichkeit käme, ein Schatten über das Milliardenprojekt fallen. – Kurzentschlossen riegelt Junker sein Büro ab und fährt zu Raimund Bäckle. Was er ihm von alledem berichten wird, weiß er noch nicht genau; aber er braucht jetzt einen, der ihm blind vertraut. Vielleicht kennt Bäckle ja sogar einen guten Nervenarzt.

Traugott Rübsamen bleibt noch eine Weile stehen, bevor er nach Hause geht. Nach Hause ... Das ist leider Gottes nicht mehr das liebe Heim, welches er für seine Gattin und sich zusammengespart hat, damals vor einem halben Jahrhundert. Als sie zu dritt waren, das schien ihm das Normale, das Richtige. Anne-Sophie kam spät. Wuchs ordentlich auf. Wurde groß, ging nach Bremen. Studierte – natürlich Kunstgeschichte. Hatte einen Freund. Eine Wohnung. Alles, wie sich's gehört. – Rübsamen freute sich auf die Pensionszeit. Dem Tod sah er gelassen entgegen, wie sein ganzes Leben schon. Er war überzeugt, alles würde dann aufgeklärt werden, würde ins Reine kommen, wenn der Schleier einmal weggezogen wäre. Aber dann, innerhalb einer Woche, starb seine Frau – und Anne-Sophie verließ ihren Freund. Sooft er wollte, er konnte auf sie einreden, all dies sei nun mal der Lauf der Dinge ... Doch ohne Erfolg: Seine Tochter blieb der Auffassung, sie habe den Tod der Mutter verschuldet, indem sie ohne Not ihr Elternhaus verlassen hatte.

Seither lebten sie zusammen – oder nebeneinander her. Pflegten ihre Rituale. Hatten ihre Beschäftigungen, ein jedes für sich. Nur ein einziges Mal gab es Streit: Als er dem Kind, das nun ja längst die Dreißig überschritten hatte, ins Gewissen zu reden versuchte, eine Berufsanstellung, ein ordnungsgemäßes Erwerbsleben müsse her. Und ob sie nicht ihren duldsamen Freund einmal anrufen wolle ... Der mehrstündige Wutanfall endete wie in frühesten Tagen: Er nahm sie auf den Schoß und tröstete sie. Arme Anne-Sophie! Sie wollte nicht mehr ins Leben zurückkehren. Sie wollte hierbleiben, bei ihrem Vater. Schlimm. Traugott besprach sich mit Dagmar Hammelspring; bei jedem geeigneten und ungeeigneten Bewohner Schwetzingens suchte er Rat. Viel kam nicht dabei heraus. Immerhin: Sie besuchte nun zweimal in der Woche die Chorstunde, traf sich manchmal mit einer Freundin von früher. Ab und zu kam die kleine Tochter einer Cousine auf ein paar Tage. Ansonsten führte Anne-Sophie den Haushalt. Rübsamen gewöhnte sich daran.

An der Haustür angekommen, rasselt er zweimal mit dem Schlüsselbund. Damit sie nicht erschrickt. Kaum ist er im Flur eingetroffen, hört er die vertraute Stimme aus der Küche.

„Ich hab uns Leberkäse gemacht. Mit Spiegelei und Bratkartoffeln."

Das war nun ihre Aufgabe geworden: Lieblingsessen kochen. All die Lieblingsessen von früher. Darin hatte sie es zu einer gewissen Fertigkeit gebracht – wobei ihr stets bewusst war, dass sie in dieser Kunst ihre Mutter nie erreichen würde.

Das Erhabene

Welch ein Morgen für Gernot Junker! Zum ersten Mal seit wer weiß wie vielen Tagen wagt er's, diese schreckliche Kappe abzusetzen, die Lama-Wollmütze, zu der ihm jener Homöopath aus Rohrbach geraten hatte ... Frühling im Winter – Midwinter Spring. Tage zum Aufatmen, lichte Erholungsstunden. Schon immer widmen die Engländer diesem meteorologischen Phänomen größere Aufmerksamkeit als die Bewohner des Kontinents – warum nur? Denn dieser sonderbare, fönartige, vom Südwind verursachte Wärmeeinbruch auf der Höhe der Regentschaft des Winters, wenngleich tückisch und nervenreizend für manche, ist so angenehm den Frostgeplagten, Kälteüberempfindlichen, denen lange vor Frühjahrsbeginn die Kräfte zu schwinden drohen. – Junker muss die tränenden Augen zusammenkneifen, immer wieder, gegen diesen wilden Andrang von Helligkeit. Der Schnee, über Wochen Alleinherrscher im Park, wird wegschmelzen an diesem Tag, da kann kein Zweifel sein. Schon tropft es lustig von den höchsten Zweigen, ein paar frühreife Meisen schicken ihre spitzen Pfiffe in die Luft. Wer weiß: zwei, drei Tage ... und der Lichteinfall ist vorüber; bis Ende Februar, bis April vielleicht wird man sich umsonst nach solch südlichen Eindrücken sehnen. Dann wird die Erinnerung an diese wie unverdient empfundene Zartheit umso kostbarer: „Es war ja schon mal schön!", wird man einander zusichern.

Noch liegt die weiße Fläche unbefleckt vor Junkers Blick. Das beschneite Eis auf dem Großen Weiher würde wohl noch tragen. Doppelt eingepackt stehen die Statuen und edleren Gewächse. Bis Mittag, wenn hier die Dinge ins Rollen kommen, sollte wenigstens etwas von dem Weiß erhalten bleiben; es reflektiert das Licht dramatisch – das wäre das richtige Bühnenbild. Natürlich ist Gernot Junker heute der Erste auf dem Plan. Pressetermin. Baubeginn. Wahrhaftig: Baubeginn! Wenngleich zunächst einmal nur symbolisch. Im Eiltempo wurde der Antrag auf Fällung der Professor-Dilsberg-Linde bewilligt. Der erste Akt. Erwartungsgemäß hatte es Protest gegeben; wie Junker zugetragen wurde, soll sich sogar so etwas wie ein klitzekleiner Demonstrationszug formiert haben.

Den Gartenarchitekten ficht das nicht an, im Gegenteil: Das Pathos dieses Tages, der Pomp seines Sieges wird durch den Widerstand nurmehr erhöht werden. Der Planer sieht es bereits vor sich: Auf seiner Seite die Offiziellen, der ganze Stab aus Prominenz und Fachpublikum, gesäumt von den Bautrupps, motorsägenbewehrt; im Hintergrund, gleichsam die Artillerie: neue, blinkende Baumaschinen. Dagegen wird sich das Häuflein der Unbelehrbaren, inzwischen zu seinem Schmerz ergänzt durch einige ortsansässige Historiker, wie eine lächerliche Randnotiz ausnehmen. Man wird sie beiseitefegen. Junker sieht schon den Dekan der Universität Heidelberg, einen der Ehrengäste, schwer nicken, wenn er ihm zuraunt:

„Schade, aber die hat es schon immer gegeben – die Ewiggestrigen ..."

Als wohliges Kribbeln, als ein Gefühl von Schmelzen, von Auftauen aus langer Erstarrung macht sich die Sonneneinstrahlung an Gernots Hinterkopf bemerkbar, heilkräftig, lösend. Welche Schmerzen hat er doch ausgestanden in den letzten Wochen ... Manchmal war er kurz davor zu weinen. Weil es nicht besser werden wollte. Denn nichts, gar nichts wollte helfen. Die Diagnosen: ein einziger Wirrwarr. Antibiotika in Kapselform, antiallergische Spritzen, Tabletten mit verschiedensten Wirkstoffen hatten ihm die Schulmediziner verordnet. Zwei Tage Krankenhausaufenthalt in Hünfeld: der Tiefpunkt der Entwicklung. Dann, endlich, entsann er sich des Hinweises von Raimund Bäckle: jener kauzige Homöopath im Dörfchen Rohrbach bei Heidelberg.

„Der weiß noch alles."

Eine ungewöhnliche Erscheinung, der Mann. Gewiss schon über siebzig, kleinwüchsig, in einen stets ungeknöpft aufstehenden altmodischen weißen Kittel gewandet, offenkundig in jahrzehntelanger enger Feindschaft mit seiner Sprechstundenhilfe, einem kurpfälzisch keifenden Monstrum, lebend. Doch kaum saß Junker bei dem Mann auf der Pritsche, als ihm zu Sinnen stieg: Wenn einer, dann wird dieser hier mir helfen! Ein Gesandter? Warum nicht. – Hatte das Auflegen der Hand, der intensive Blick in die Pupillen, das geduldige Nachschlagen in ledergebundenen Bänden noch an einen ursprünglichen Glauben an Heilkunde und medizinische Weisheit appelliert, so stellte bereits die erste Frage Junkers Geduld auf die Probe:

„Kann es sein, mein Herr, dass Sie Angst haben?"

„Wie kommen Sie denn darauf?"

„Sind es konkrete Ängste oder eher allgemeiner Natur?"

Um Gottes Willen, hatte Junker innerlich abgewunken, ein Esoteriker, nichts wie weg! Einer von diesen Ganzheitlichkeitsspinnern, für die es keine klare Diagnostik gibt, sondern immer nur okkultes Wechselspiel der Kausalitäten, nein: Das hatte ihm nach all der Pein gerade noch gefehlt. – Schlimmer noch wirkte sich jene psychophysische Reaktion aus, die der alte Naturheiler „Erstverschlimmerung" nannte. Gelsemium sempervirens in Kügelchenform hatte er ihm verabreicht, außerdem fünf weitere von diesen runden Dingelchen unter die Zunge gelegt – ohne Angabe des Wirkstoffes. Na, das konnte Junker schon immer leiden. Geheimniskrämerei! In den ersten Nächten träumte er noch wirreres Zeug als in den von Krampfschmerzen gekennzeichneten der Wochen zuvor. Übler noch, sogar am Tage vermeinte er nun Personen zu sehen, Gesprächsfetzen zu erlauschen, ganze Szenen mit eigenen Augen wahrzunehmen, die ihm überaus rätselhaft, geradezu irre vorkamen. Fast immer trugen die für Sekunden aus dem Irgendwo auftauchenden und sogleich wieder dahinschwindenden menschlichen Gestalten Kleidung von vor Jahrhunderten, sprachen fremde Sprachen oder ein altertümliches, kehliges Deutsch.

Ermattet von alledem – nebenbei hatte man ja schließlich noch ganze Arbeit zu leisten, zum Teufel! – entschloss sich der Gepeinigte, den Homöopathen eine Woche vor dem verabredeten Termin aufzusuchen. Da wurde es plötzlich besser. Eine nicht für möglich gehaltene Milde überflutete auf einmal den ganzen Körper inwändig – und zwar genau von jener Stelle am Hinterkopf ausgehend, welche die meiste Zeit über als Schmerzzentrum fühlbar gewesen war. Junker bemerkte, wie er immer häufiger lächelte, etwa dann, wenn er, aus einem Taxi steigend, den nächsten Schmerzschub erwartete – und nichts dergleichen eintrat; wenn er vorm Schlafengehen die starken Tabletten einzunehmen vergaß; wenn er, ohne es zunächst zu bemerken, wieder stundenlang mit den USA telefonieren konnte – und zwar ohne die geringsten Erschöpfungserscheinungen. – Jene anderen Erscheinungen jedoch wollten zunächst nicht weichen ... Immer noch und immer wieder, zu den unterschiedlichsten Zeiten, kamen diese Wahnvorstellungen zurück. Nach und nach verhielt es sich so, dass er direkt darauf wartete, ja, Gernot Junker glaubte inzwischen, eine Art logischer Abfolge dieser unerklärlichen Visionen feststellen zu können.

Selbstverständlich galt diesen unerhörten Einflüsterungen eines überreizten Geistes die erste Frage an den Homöopathen, als der vereinbarte Termin anstand. Doch das Männlein reagierte überhaupt nicht. Er fühlte hier, notierte da, ließ Junker plaudern oder schweigen, ohne sich im Geringsten beeinflussen zu lassen. Erst als er offensichtlich mit seiner Überprüfung zu Ende gekommen war, schien er sich dessen zu entsinnen, dass ein Patient kein reines Passivum sei, sondern tatsächlich zu selbständigem Denken befähigt.

„Bitte sagen Sie mir doch: Ich habe so viele Untersuchungen über mich ergehen lassen, so viele verschiedene Diagnosen mitangehört ... Was hatte ich denn nun den halben Winter lang, Ihrer Meinung nach? Und wie hab ich mir das eingefangen?“

Ausführlich war die Antwort nicht, doch immerhin ein Anhaltspunkt:

„Sie haben die Kopfgrippe, mein Lieber.“

Kopfgrippe ... Schon wieder so ein Begriff aus der Vorzeit der Forschung. Was sollte das nun sein? Kopfgrippe! Wie grausig sich das anhörte. Spanische Grippe, Cholera, Typhus schienen anzuklingen. Rüde Behandlungsmethoden malte Junker sich aus, wie sie an armen Tröpfen mit entsprechenden Symptomen früher exerziert worden sein mochten. Kopfgrippe – nicht zu fassen. Erst zwei Tage später kam er dazu, sich kundig zu machen. Wahrhaftig, zwischen orthodoxer Lehrmeinung und der Auffassung der outsider klaffte noch immer eine Lücke. Enzephalitis, grippaler Infekt unbestimmter Herkunft, unbekannter Virus, epidemische Gehirnentzündung las er da – man wurde nicht schlau daraus. Sogar die Experten waren sich uneins. Alle warnten ... und keiner konnte raten. Nur zur Vorsicht. Ja wovor denn überhaupt? Wie sollte man sich schützen vor einer Krankheit, die niemand zu definieren wusste?

Zudem, was sollte ihm der fortwährende Verweis auf eine Epidemie? Er konnte doch nicht ganz allein von einer Epidemine befallen sein! Die letzte erwähnenswerte, die mit Symptomen dieser Art in Verbindung zu bringen war, grassierte wohl in den zwanziger Jahren des zwanzigsten Jahrhunderts – wobei auch damals nicht sicher schien, inwieweit eine Verwechslung mit der verheerenden, pestartig grauenhaften Spanischen Grippe vorlag.

Ein einzelner Fußgänger kommt durch den gleißenden Schneemorgen auf Gernot Junker zu. Natürlich, Bäckle. Noch so einer vom alten Schlag, der sich frühzeitig ein Bild von der Lage machen will, nicht zuletzt, um den Vorteil der Platzhoheit für sich zu nutzen. Nachteil: Junker muss schon wieder Konversation treiben. Zwar gestalteten sich die Treffen mit dem begeisterungsfähigen Mittfünfziger schon manchmal recht nett, doch ermüdet vieles Reden den erholungsbedürftigen Geist. Raimund Bäckle wedelt schon von Weitem mit den Armen, mehrmals, immer wieder. Ist ja gut jetzt, denkt Junker, ich hab' dich ja gesehen. Welche Phrase wird er ihm wohl entgegenschleudern? Achtung: zusammenreißen, lächeln.

„Na, was sagen Sie dazu?", schreit ihm der Projektleiter, welcher de facto mittlerweile zu einem Gehilfen degradiert wurde, aus großer Entfernung entgegen. „So ein Tag – wie gemalt für unseren Auftritt!"

Unser Auftritt – was bildet der sich ein? Sollte Bäckle tatsächlich der Auffassung sein, irgendetwas Wesentliches zu alledem beigetragen zu haben? Nun gut, als Puffer mag er ja ganz wirksam gewesen sein. Junker wird den notorischen Enthusiasten auch weiterhin geschickt einzusetzen wissen.

Wieder einmal gelingt es nur knapp, sich einer Umarmung zu entziehen. Dafür schüttelt ihm Bäckle die Hand mit beiden Händen, lange und stürmisch:

„Guten Morgen, guten Morgen! Also, hören Sie mal: Schon heut früh, als ich beim Hellwerden zum ersten Mal rausgeguckt hab, war mir klar: Das gibt heute ein Wetter zum Kaiserzeugen!"

Gernot bemüht sich mitzulachen; es gelingt so einigermaßen. Nachdem er eine exakte Beschreibung des bisherigen Tagesablaufs von Raimund Bäckle erhalten hat, findet er es an der Zeit, sich über die neuesten Entwicklungen in Kenntnis zu setzen.

„Und? Hat man schon was gehört? Von der ... Gegenseite?"

Bäckle winkt ab, lacht breit: „Vernachlässigbar. Wie es aussieht, werden die Projektgegner jenseits vom Bauzaun ein bisschen auf sich aufmerksam machen, sobald die Presse da ist."

„In Gestalt von Frau Parkstein-Gysenberg."

„Auch, sicher. Aber nicht nur. Der Artikel hat wohl mehr Echo gefunden als man zunächst annehmen konnte. Wie es aussieht, erscheinen auch ein paar überregionale Pressefritzen."

„Uns kann's nur recht sein", bemerkt Junker gönnerhaft.

Der Artikel ... Das war noch eine dieser Unliebsamkeiten der vergangenen Wochen. Kurz vor Weihnachten, als die Kopfschmerzen chronisch geworden und kaum mehr auszuhalten waren, hatte sich die Lokalredakteurin zum Interview bei Junker angesagt. Er wollte verschieben, dringend, doch Frederike Parkstein-Gysenberg blieb hartnäckig. Über eine Stunde lang quetschte sie ihn aus; sie war sogar eigens nach Fulda angereist, um dem Kranken die Reisestrapazen zu ersparen. Gernot Junker war nicht recht in Form, selbstredend – doch für eine Schreibtante aus der Provinz sollte es schon reichen. Sein Hauptfehler jedoch: Er war nicht interessiert, nicht charmant genug. Mehrfach hatte die Parkstein-Gysenberg betont, wie eng sie, also gewissermaßen familiär-verwandtschaftlich, mit Schwetzingen und seinem Schlosspark verbunden sei. Gleich zwei ihrer Ahninnen in direkter Linie seien ja Geliebte des Kurfürsten gewesen!

„Aber keine Klingelzug-Geliebten", stellte sie klar und spielte damit auf die zweifelhafte Überlieferung an, Carl Theodor habe nach Lust und Laune die verschiedensten Hofdamen mittels Betätigung eines jeweils eigenen, von seinem Prunkbett ausgehenden Schnürchens zu sich gerufen ... Anstatt ehrerbietig zu staunen und sich eingehend zu erkundigen, hatte Junker eine anzügliche Bemerkung fallen lassen – über den Rokoko und seine Sitten ... und dass selbst genialische Naturen vom Schlage eines Carl Theodor seinerzeit eben nicht gefeit gegen Stubenmädeleien gewesen seien.

„Stubenmädeleien?“, hatte die Journalistin zurückgefragt. Da war es eigentlich noch nicht zu spät, Junker hätte noch einlenken können. Doch als sie ergänzte: „Meine beiden hochverehrten Stammmütter müssen wunderhübsch gewesen sein. Man hat sie geadelt, und jede bekam ihr Schloss“, da griente der respektlose Gastgeber nur und stichelte: „Nun ja, meine Liebe, irgendeine Art von Gehalt muss es ja auch für solche Dienste geben ...“

Das war zu viel.

„Sie wollen doch wohl die Liebesverhältnisse meiner Vorfahrinnen zum Hohen Haus nicht in die Nähe der Prostitution rücken?“, schrillte Frederike Parkstein-Gysenberg.

Junkers abwiegelendes „Ach woher denn, nein, mitnichten“, kam viel zu dünn, zu wenig prononciert und vor allem ohne Anflug von Entschuldigung. Das Interview erhielt eine eisige Note, schleppte sich noch zehn, fünfzehn Minütchen hin – dann verließ der Abkömmling „aus Hohem Hause“ den Kranken mit knappem Gruß.

Und dann das: Im Feuilleton der Samstagsausgabe stand eine für den Stil der Zeitung (der Journalistin gleich gar) ungewohnt derbe Balkenüberschrift:

SCHWETZINGEN VERSINKT IN GRÖSSENWAHN

Frederike Parkstein-Gysenberg ... vielleicht hätte sich Gernot Junker vorher informieren sollen, mit wem er es da zu tun bekommt. Aufgewachsen in kleinen Verhältnissen, verarmter Adel gewissermaßen, hielt ihr vor allem die Großtante immer wieder vor Augen, dass sie „nicht irgendwer“ sei. In einem der weniger schicken Außenbezirke von Brühl hatte die Mutter eine bezahlbare Wohnung gefunden. Früh geschieden, kränkelnd, hart arbeitend für wenig Geld, vermochte die stets irgendwie gehetzt wirkende Frau nur wenig Zärtlichkeit und Wärme der einzigen Tochter zu vermitteln. Im Häuschen der

Großtante, nahe den Rheinauen gelegen, fand das verträumte Kind, was es suchte: Zuwendung, Bestätigung – und vor allem Poesie. Wenn sie gemeinsam, des Morgens früh, über die weiten Wiesen spazierten, meist begleitet von einem munteren Nachbarshund, so erschien Frederike die Welt ihrer glanzvollen Ahninnen zum Greifen nah.

Wie viel Ausschmückung und aus der Not geborene Phantasie hinter den Familiengeschichten steckte, welche die Großtante in immer neuer Folge dem Mädchen einimpfte, war weder damals noch später von Belang. Frederike hatte das Grundempfinden erhalten, zu den Herausgehobenen, eigentlich zur Aristokratie zu gehören. In der Pubertät verstärkte sich dieses Gefühl sogar noch beträchtlich; als eine ihrer letzten Taten vermochte es die geliebte Tante, die mäßige Schülerin in einem Mädchengymnasium von bestem Ruf unterzubringen. Hier empfand sich Frederike nun weit eher unter Ihresgleichen; auf der Grundschule in Brühl hatte sie nur furchtbar praktisch veranlagte, prosaische Naturen kennengelernt, deren Spiele wenig Reiz auf sie ausübten. Jetzt aber war sie umgeben von Mädchen mit klangvollen Namen – denen es ganz gleich gewesen wäre, dass die Vorfahrinnen ihrer neuen Mitschülerin Mätressen waren: Hauptsache, die Geschichte hatte mit der Adelswelt zu tun ... und nun gleich gar mit Carl Theodor, der noch immer, auch zweihundert Jahre später, in der Kurpfalz als eine Art jenseitlicher Landesvater, als mythischer Pater patriae verehrt wurde.

Mit Eintritt in die Abiturvorbereitungsklasse trat in Frederike eine unerwartete Wandlung hervor. Hatte sie bis zu diesem Zeitpunkt im Unterricht meist vor sich hingeträumt, war als Dreier-Schülerin (nur in Deutsch hatte sie manchmal eine Zwei) keiner Lehrkraft weiter aufgefallen, begann sie nunmehr, Ehrgeiz zu entwickeln – und dies in einem den Mitschülerinnen geradezu suspekten Maße. Wenn man sie fragte, was denn auf einmal mit ihr vorgegangen sei, antwortete sie wahrheitsgemäß, sie habe in einer Sommernacht plötzlich „ihr höheres Selbst“ entdeckt; mit anderen Worten: Frederike sah es als ihren Auftrag an, die alte gesellschaftliche Höhe der Familie durch eigene Kraft wieder zu erlangen. Nein, nach Brühl würde sie nicht zurückkehren. Sie würde studieren, ausreichend Geld verdienen – und im Alter von fünfundzwanzig Jahren sehr reich heiraten.

Es musste ihren Freundinnen als fabelhafte Energieleistung erscheinen, wie Frederike nach und nach sämtliche ihrer hochgesteckten Ziele erreichte. Das Abitur schaffte sie mit 1,9, das Studium der Germanistik und Romanistik schloss sie in der vorgeschriebenen Zeit ab. In diversen Redaktionen, auch beim Funk, sammelte sie Erfahrungen und Kontakte – so zu ihrem späteren Mann, einem deutlich älteren, aber sehr gutherzigen Fernsehmanager aus vermögendem Hause. Als Karl Dietrich, so hieß ihr Gatte mit Vornamen, sein Nachname war für Frederike nicht von Interesse, eine fabelhaft bezahlte Anstellung bei der Lufthansa bekam, war ihr Glück vollendet. In Schwetzingen erwarben sie ein schmuckes Haus vom Ende des neunzehnten Jahrhunderts. Beide gingen ihren Berufen nach; man sah sich an den Wochenenden. Als Karl Dietrich früh verstarb, hinterließ er Frederike ein beträchtliches Erbe. Oftmals besucht sie seither das Grab ihrer Großtante und erzählt ihr, dass ihr gelungen sei, woran sie, die Tante, einen Anteil hatte: die Wiederherstellung der Familienehre.

In der Zeitungsredaktion war Frederike Parkstein-Gysenberg unangefochten. In sämtlichen Bildungsfragen galt sie als unantastbare Grande Dame. Schon ihr Auftreten, die hohe, überaus schlanke Gestalt, die Formvollendung, der Takt, die dezente, doch kostbare Kleidung verschafften ihr Respekt und Bewunderung. Ihre Artikel waren von zarter Ironie gekennzeichnet, dabei mit einem gewissen Sinn für die Belange „kleiner Leute“. Immerhin, man durfte behaupten, dass hierin vielleicht ihre größte Stärke lag: Sie war zwar aufgestiegen, wie sie es geplant hatte; doch ihre Herkunft hatte sie nicht vergessen. Eine schöne Menschlichkeit, eine Zurückhaltung im Urteil zeichnete sie gemeinhin aus – und dies war in ihrem Berufsstand durchaus eine Seltenheit zu nennen.

Noch am Tage des Erscheinens jenes Zeitungsartikels wurde Gernot Junker heimgesucht von zahllosen Anrufen mit dem Projekt befasster Verbündeter. Sogar Charles Peckinpah Priestley telefonierte ihm aus New York hinterher:

„Was höre ich denn da? Das ist aber gar nicht gut. Herrn Hilster wird das bestimmt nicht gefallen."

Sogar ein Schwergewicht von der UNESCO meldete sich umgehend, Beauftragte der Landesregierung funkten dazwischen ... und alle fünf Minuten war Bäckle in der Leitung:

„Was machen wir denn jetzt? Ja, was machen wir denn jetzt?"

Der Artikel war, kurz gesagt, äußert tendenziös abgefasst. Statt von der passionierten Entschlossenheit aller Beteiligten, für die Verwirklichung des Erbes Carl Theodors einzutreten sowie über die Chancen für Schwetzingen und die ganze Region sich zu verbreiten, schilderte Frederike Parkstein-Gysenberg einzig und allein die Unwägbarkeiten eines solchen Riesenwerks (unter besonderer Berücksichtigung der Fragen des Naturschutzes), um gegen Ende vielerlei Beispiele für gescheiterte Vergleichsprojekte aufzuzählen. Gernot Junker warf sie Hybris vor, Raimund Bäckle bescheinigte sie, sich vergaloppiert zu haben – und den Investor aus Übersee apostrophierte sie sogar als „windige, undurchschaubare graue Eminenz."

Was nun aber folgte, kann vielleicht als Junkers größte Heldentat bezeichnet werden. Er ignorierte das Kopfweh und begab sich auf Reisen. Beständig fröstelnd, bisweilen delirierend vor Schmerz, immer wieder heimgesucht von diesen seltsamen Visionen aus fernliegenden Jahrhunderten, diesen beständigen Einflüsterungen einer rätselhaften Stimme, fuhr er von Genf nach Brüssel, von Wien nach Amsterdam, von dort nach London. Unablässig reiste er hin und her. – Zwischen den Jahren flog er sogar nach New York, besorgte sich Kopien der wichtigsten Expertisen, die Walter Hilster zusätzlich hatte erstellen lassen und präsentierte sie an Ort und Stelle. Es gelang ihm, was vorher keinem gelungen war, nämlich sämtliche Entscheidungsträger der UNESCO persönlich zu sprechen, manche gleich mehrfach.

Junkers Eifer, seine Kompetenz, nicht zuletzt das solide Angebot des Hotelmagnaten taten ihre Wirkung. Innerhalb einer beispiellos kurzen Frist fiel die Entscheidung: Schwetzingen wurde zum Weltkulturerbe der UNESCO erklärt! Die Einschränkungen, sprich Auflagen spielten Junker präzise in die Hände: Voraussetzung war in der Tat die Umsetzung seiner Pläne – ein ungeheurer Triumph! Niemals wird der umtriebige Gartenarchitekt den Moment vergessen, als ihm eine Bürogehilfin die Ausgabe der Zeitung brachte, an jenem Tage, da Frederike Parkstein-Gysenberg gezwungen war zu titeln:

EIN GROSSER TAG FÜR SCHWETZINGEN!
Gartenarchitekt Junker holt Welterbe-Siegel

Nach diesen Erfolgen war die Präsentation im Landesparlament zu Stuttgart eine leichte Übung. Im Wesentlichen vertraute Junker auf die Wirkung seiner multimedialen, hochemotionalen Show – doch hatte er diesmal einen Trumpf in der Tasche, dessen Wirksamkeit außer Zweifel lag. So furchtbar viele UNESCO-Prädikate hatte Baden-Württemberg durchaus noch nicht aufzubieten. Auf der Höhe einer solchen Reputation schwanden die zumal von Seiten der Grünen aufgebrachten Gegenargumente rasch dahin. – Auf der Rückreise von Stuttgart nach Heidelberg, mitten in der Nacht, in einem sogenannten Railjet, der in Budapest eingesetzt worden war, zelebrierte Gernot Junker seinen Doppel-Triumph in für ihn selbst ungewohnter Weise: Im hypermodernen Speisewagen lud er sämtliche der versammelten Geschäftsleute, darunter zwei überaus blonde Damen aus Wien, zu Sekt und Säften ein. Man verabschiedete sich so herzlich, als hätten alle gemeinsam diesen Sieg erfochten. Sogar zwei alte, mit Fingerringen voller Edelsteine prunkende Ungarn, die dem Deutschtum als solchem bislang eher skeptisch gegenübergestanden hatten, gaben zu, in puncto Temperament hätten die Germanen offensichtlich aufgeholt.

Zur gleichen Zeit, ausgelöst durch ein eher zufällig zustandegekommenes Gespräch, begann sich der Widerstand vor Ort zu formieren. Dagmar Hammelspring, die agile Leitfigur der Schwetzinger „Initschiative" zur Erhaltung der Parkanlagen, fand im Brauhaus am Schlossplatz einen offensichtlich verzweifelten Parkwächter Wilhelm Waruzeck allein beim Biere sitzend. Besorgt erkundigte sie sich nach seinem Wohlergehen – und musste mitanhören, dass der gute Mann all seine Zukunftspläne über den Haufen geworfen sah. Waruzeck schimpfte auf „den Fremde do", was das Zeug hielt; Hammelspring nickte resigniert – sie hatte ja ebenfalls ihre Gründe, Junker zutiefst gram zu sein.

Doch plötzlich wurde sie hellhörig, denn Waruzeck bruddelte: „Des soll merr sich vorstelle: Sogar die Linde, die alte Linde do, die Professor-Dingsbums-Linde do, die wolle se umache."

„Was? Wie bitte? Die steht doch unter Naturschutz!" Die engagierte Bürgerin Schwetzingens erschauerte vor Empörung. „Wer hat das gesagt?"

„Naja, die zwei da, die wo die Sozialstunde ableischte, wo in dere Sitzung gege den Junker, den Hallodri, gesproche hän ..."

Bereits am nächsten Morgen nahm Dagmar Hammelspring Kontakt zu unseren Freunden Attila Keiler und Jakob Haenschle auf; eine Keimzelle war entstanden. Innerhalb der Initiative kam es allerdings zu Streitigkeiten zwischen Befürwortern und Gegnern. Einige zeigten sich nach wie vor hingerissen von Junkers Erscheinung und Idee; die Übrigen, dreizehn Frauen und zwei Männner, liefen zum Widerstand über. – Während eines vorweihnachtlichen Spaziergangs im Park war Jakob Haenschle mit Annabelle Tharau ins Gespräch gekommen. Zögernd zwar, doch generös und erfindungsreich, begann sich die betörend schöne Kulturdame dem edlen Anliegen zu widmen. Letztlich war es wohl ihr zu verdanken, dass Frederike Parkstein-Gysenberg ihre Neutralität aufgab und ihr öffentlichkeitswirksames Amt immer mehr in den Dienst der Sache stellte – und die hieß und konnte nur heißen: Verhinderung jedweder Baumaßnahme am und im Schlosspark!

Nach und nach gesellen sich Sabine Lötzsch, Heinz Kipfel und die übrigen Mitarbeiter des Projektteams zu Bäckle und Junker. Es geht schon auf zwölf zu, als die Polit- und Kulturprominenz aus Stuttgart, Karlsruhe und Heidelberg auf der schneeigen Fläche vor dem Großen Weiher erscheint. Gleichzeitig rotten sich hinter dem vor wenigen Tagen in einer Eilaktion hochgezogenen Bauzaun einige Engagierte zusammen; es mögen derer zwanzig sein, nicht mehr – dafür je und je angesehene, hochmotivierte Bürger. Plakate und Spruchbänder werden ausgerollt: „Rettet den Schlosspark", hat Dagmar Hammelspring mit blutroter Farbe auf ein Transparent geschrieben. „Kein Hollywood in der Kurpfalz" ist andernorts zu lesen, außerdem: „Sieg der Hybris oder Bewahrung des Schönen" – letzteres Plakat, angebracht am Stamm der alten Linde, hatte natürlich Jakob Haenschle ersonnen.

Dunkel heben sich die Gruppierungen vor der weißblitzenden Fläche ab, wobei zugegeben werden muss, dass die Befürworter deutlich zahlreicher vertreten sind. Befriedigt zählt Raimund Bäckle fünfundvierzig Personen, die Journalisten selbstverständlich nicht mit eingerechnet. Sogar ein Kamerateam des SWR rückt vor, unter aufgespannten Regenschirmen, um die empfindliche Elektronik gegen die golden aus schwarzem Gezweig herabrieselnden Schmelzwassertropfen zu schützen. – Es ist keine große Ansprache geplant; weder ein erster Spatenstich noch die Durchtrennung eines Absperrbandes wollte Junker zulassen. Er ist der Auffassung, das Pathos des Moments spreche ganz für sich. Lediglich dem Ministerpräsidenten und dem Abgesandten der UNESCO sind einige Minuten Redezeit vergönnt. Danach wendet sich Gernot Junker selbst in der kürzesten rhetorischen Meisterleistung seines Lebens mit Dank an die Versammelten und übergibt den Schlüssel zur wulstigen Planierraupe, die bereits am Vortag gleichsam als Flankenschutz vorgefahren worden war, an Raimund Bäckle. Erwartungsgemäß reagiert dieser überschwänglich-gerührt, schwingt sich mit jugendlichem Elan auf den Fahrersitz und appliziert den Schlüssel ins Zündschloss. Weitere schwere Baugeräte warten seitlich auf ihren Einsatz.

Der Protest der Gegner ist ein stummer. Gegen Dagmar Hammelsprings zaghaften Widerstand hat man beschlossen, auf Kampfrufe und Parolen zu verzichten. Man hat andere Mittel gewählt; in Erwartung der Resultate verharrt man schweigend. – Tatsächlich lassen die ersten Anzeichen guerillaartiger Intervention nicht lange auf sich warten. Trotz aller Mühen des Projektleiters lässt sich die Planierraupe nicht starten. Einer der Bauarbeiter eilt herbei, überprüft, drückt Schalter, zieht an Hebeln – es tut sich nichts. Die Honoratioren schauen ei-nander befremdet an. Doch damit nicht genug: Als Bäckle den Kollegen das Zeichen gibt, die übrigen Baumaschinen zu starten, springt kein einziger Motor an.

Hinter dem Bauzaun ist erstes Gelächter zu vernehmen; deutlich hebt sich aus dem Gekicher Attila Keilers infernalischer Lachanfall hervor. Auf einen groben Ast gestützt, beobachtet er aus vorderster Position die vergeblichen Bemühungen der gedungenen Arbeiter aus Bäckles Stab. Neben ihm, nicht weniger amüsiert: Jakob Haenschle. Sie haben ihren Mitstreitern nicht verraten, zu welch schlichtem Mittel sie greifen würden; doch so viel ließen sie durchblicken, dass an diesem

Tage keine der Baumaschinen zum Einsatz kommen werde. Dass ein Pfund Zucker, wohlgezielt in Tanköffnungen gerieselt, vollauf genügt, um eine ganze Armada von Fahrzeugen lahmzulegen, gehört zu den klassischen Pointen aus der Welt der Motorentechnik.

Erzürnt jagt Raimund Bäckle zwischen den Bauwagen der Arbeiter hin und her. Als er bemerkt, dass hier für heute nichts auszurichten ist, ordnet er die sofortige Abholzung der Linde an. Doch auch dieses Unterfangen gestaltet sich schwierig, da nirgendwo im Rund auch nur eine einzige Motorsäge aufzutreiben ist. Sie sind verschwunden, allesamt – und, wie nur Attila Keiler weiß, der diesen Vorgang antizipiert hat, bereits gewinnbringend veräußert. Indessen es Gernot Junker mit einem zynischen Grinsen bewenden lässt, da er doch sämtliche entscheidungstragenden Mächte auf seiner Seite weiß und die Verzögerung achselzuckend zur Kenntnis nimmt, vermag Raimund Bäckle den Punktsieg der anderen Seite nicht zu verkraften. Mit hochrotem Antlitz tobt er am Bauzaun auf und ab und prognostiziert seinen Widersachern „eine sofortige polizeiliche Überprüfung und Auflösung dieser kriminellen Vereinigung – und sei's mit Gewalt!“

Die meisten Ehrengäste begeben sich ohne Murren schnurstracks zum Buffet. Es ist allmählich richtig warm geworden um sie her, eine Ahnung von Vorfrühling liegt in der Luft; doch langes Stehen auf halbgefrorenem Boden wird von keinem Fuß geliebt. So gut wie alle tun es Junker gleich und nehmen die Störung mehr von der heiteren Seite. Noch Minuten später, als sie die Orangerie erreicht haben, wo ein exquisiter Imbiss ihrer harrt, hören sie von Ferne Bäckles wütendes Gebell. Sabine Lötzsch zögert noch: Ob man dem Chef nicht zu Hilfe eilen solle? Doch Heinz Kipfels Hinweis, er habe gehört, es gebe nur sehr wenige Crevetten-Cocktails auf der Tafel, genügt vollauf, sie von ihrem heldenmütigen Ansinnen abzubringen. – Raimund Bäckle wird den Empfang diesmal verpassen.

Eine Handlung von besonderer Dreistigkeit erregt ihn derart, dass er sich auf einen mehr denn halbstündigen Disput einlässt. Kaum nämlich, dass er den Bauarbeitern befohlen hat, mit Sägen gegen den Baumriesen vorzugehen, ist Annabelle Tharau in die Linde geklettert.

„Was machen Sie da oben?"

„Ich verstehe Sie recht gut, Sie brauchen nicht so zu brüllen", gibt die zierliche Frau zurück, indem sie es sich auf einer Astgabel bequem macht und mit den Beinen baumelt.

„Ich frage Sie, was Sie dort oben zu suchen haben?"

„Oh! Ich beabsichtige hier zu wohnen."

„Sind Sie übergeschnappt, das kommt gar nicht in Frage, das ist Hausfriedensbruch, das Grundstück, auf dem Sie sich bewegen, wurde ordnungsgemäß von unserem Wohltäter Walter Hilster erworben, ich lasse Sie entfernen, aber augenblicklich!"

„Bitte sehr. Frau Parkstein-Gysenberg wird live berichten."

Und so fort. Zwischenzeitlich genießt es Bäckle sogar, einer nunmehr vielfachen Übermacht die Stirn zu bieten – doch dann wird er langsam heiser. Außerdem scheint er von der Gegenseite eher als Witzfigur wahrgenommen zu werden. Dort amüsiert man sich königlich über den blökenden Giftzwerg. Unter Drohungen zieht sich der Projektleiter schließlich zurück. „Das hat ein Nachspiel, Frau Tharau, das hat ein Nachspiel ..."

„Bestimmt, Herr Bäckle. Auf die Melodie bin ich schon sehr gespannt."

Aus dem Augenwinkel bekommt der Fliehende noch mit, dass ausgerechnet die Herren Keiler und Haenschle Latten und Bretter nach oben reichen; offensichtlich macht die Frau wirklich ernst und plant, dort oben ein Baumhaus zu errichten. – Nun, eines ist gewiss: Umgehend wird er dafür sorgen, dass die Sozialstunden der beiden Probanden ordentlich aufgestockt werden! Andererseits, auch mit dieser Maßnahme stellt sich

Bäckle selber ein Bein, da dies doch zur Folge hätte, dass ihm die beiden Anarchisten noch länger erhalten blieben ... – Als er schweißglänzend in der Orangerie eintrifft, ist das Buffet schon abgeräumt. Die meisten Gäste sind bereits aufgebrochen. In einer Nische sieht Bäckle den Bibliothekar Rübsamen bei Junker stehen. Was hat der denn hier zu suchen? Auf der Einladungsliste stand der nicht.

In der Tat, Gernot Junker zeigte sich überrascht, gar befremdet, als statt des Landeskonservators und des Vertreters der Oberen Denkmalbehörde auf einmal Traugott Rübsamen auf ihn zukam, ein hellbraunes Kuvert in der Hand.

„Ich bin zu spät, Herr Junker, Entschuldigung. Ihre Rede habe ich verpasst. Haben Sie Ihren Fehler wieder gutgemacht?"

„Guten Tag, Herr Rübsamen. Bitte, was meinen Sie? Welchen Fehler?"

„Nun, Sie wollten doch bei nächster Gelegenheit klarstellen, welche bescheidene Rolle meine Wenigkeit beim Zustandekommen Ihrer Planungen gespielt hat."

„Ach so, ja, selbstverständlich. Aber das war heute nicht ... nicht der richtige Rahmen. Keine Bange, das wird nachgeholt, ich hab's Ihnen ja versprochen. Auch in der Dokumentation werden wir an gebührender Stelle ..."

„Warten Sie, bevor ich's vergesse", unterbricht der Senior den Vielbeschäftigten, der mit Entsetzen feststellt, dass die Abordnung des Investors im Hintergrund soeben grußlos durch die Tür entweicht. „Ich habe noch was für Sie. Wurde gestern bei mir abgegeben. Ist an Sie adressiert."

Offenen Munds nimmt Junker einen Umschlag entgegen. Form und Farbe sind ihm sofort bekannt. Sein Dank ist knapp. Ohne weiter auf Rübsamen zu achten, der sich angelegentlich erkundigt, welche Rolle denn im Folgenden seine neueste Entdeckung aus dem Pavillon der Universtität spielen wird, zieht sich Gernot Junker auf die Toilette zurück. Soll er das Papier nicht lieber der Polizei übergeben? Gar der Sprengstoffkommission? Lächerlich. Mit groben Bewegungen reißt er das Kuvert auf. Wäre doch gelacht! Wiederum sind es nur wenige Wort, die dort geschrieben stehen:

JETZT MUSST DU WEG. BEREITE DICH.

Bevor wir nun endlich, meine lieben Freunde, präzise erfahren (oder doch immerhin zwei Varianten des Sachverhalts kennenlernen), wohin und auf welche Weise Gernot Junker aus dem Schwetzinger Schlosspark verschwand, soll gestattet sein, eine Frage zu erörtern, die mich schon lange beschäftigt, mir auf der Seele liegt, mein Gemüt, wenn mir dieses Geständnis erlaubt ist, erheblich bedrückt. Es mag vieles bei euch Heutigen mir unverständlich bleiben, da ich doch nur zu einem geringen Teil eure Lebenswege zu verfolgen in der Lage bin – ein Umstand, welchen ich, wie angedeutet, im letzten Kapitel näher auszuführen gedenke; doch gehe ich vielleicht nicht völlig fehl in meiner Annahme, dass manche Bedingungen und Eigentümlichkeiten sich über die Jahrhunderte nicht so sehr verändern als vielmehr zu rätselhaften Konstanten sich verfestigen. Manches, das weiß ich wohl, schwindet dahin – als Mode, als Machenschaft, als Allüre der Zeit. Ebenfalls droht uns das Missverständnis allüberall, dergestalt, dass wir bisweilen gewisse Werte für ewig zu halten geneigt sind, obschon ihr Zustandekommen ganz und gar der Forderung des Moments geschuldet blieb und schon die nächste Generation die Nase rümpft.

Worum es mir zu tun ist – ich fühle, dass ich schon jetzt um Nachsicht bitten muss –, wird man auf einem Felde finden, wo einige sich immer noch zu Hause wähnen, andere zumindest einen Zugang sich bewahrt haben, die meisten aber fremd und kalt und verständnislos ferne bleiben. Um es geradeheraus zu sagen: Ich weiß nicht und kann es mir nimmer vorstellen, wie ein Mensch leben soll ohne Hoffnung auf Erlösung. Jede Lebensbahn, die man erwählt oder sich schafft oder die einem schlicht aufbedungen wird, kommt mir schief vor, jeder Atemzug beengt von Vergeblichkeit, jedes Wünschen matt und unsinnig, wenn einem keine Idee mehr vorschwebt, kein Traum mehr leuchtet, worin alles wieder gut werden darf, da das Kind dem Alter die Hand reicht und Verzeihen und Gnade als unsere Bestimmung erscheinen.

So viel ist mir durchaus bekannt, dass manch einem schon bei der schlichten Nennung eschatologischer Belange der reine Ekel aufsteigt, weil, wie mir berichtet wird, Jenseitsglaube und Auferstehungshoffnung lange Zeit von windigen Priestern als bloße Ersatzgüter angepriesen und verkauft wurden. Nicht zur Gänze aber vermag ich diese Argumentation zu durchdringen, da doch ein Gegenstand, den andere unter Missbrauch gestellt haben, einem solchen Subjekt, das daran unschuldig war, nicht verargt werden kann, im Gegenteil, es müsste ihm doch darum zu tun sein, das Verhehlte umso inniger ans Herz zu drücken und nicht den armen Sündenbock, der zur Stadt zurückgeirrt ist, mit verdoppelter Grausamkeit wieder davonzujagen.

Entsinnen wir uns kurz jener grundsätzlichen Überlegungen, wie sie die Alten angestellt haben, um sich ein wenig in all der vielgestaltigen Welt der Erscheinungen zu orientieren, immer eingedenk der Erschwernis, niemals mit Übersicht von außen her, sondern stets als gleichsam einverwobener Bestandteil, inmitten der Dinge von Wahrnehmung zu Wahrnehmung zu stolpern. Das Sein, wie man es vorzufinden glaubte, bestand zunächst aus Materie – so die erste, einfachste, vielleicht aber schon die trügerischste der vier grundsätzlichen Beobachtungen. Materie an sich aber kann nicht gedacht werden ohne Form ... und sei diese noch so ungestalt und vage. Das Holz, um eines der beliebtesten Beispiele noch einmal hervorzukehren, erhält die Form des Tisches nicht von selbst; es bedarf zu diesem Ende einer Kraft, einer Dynamik, welche aufgewandt werden muss. Dies ist die dritte der Grundtatsachen jener Lehre vom Sein. Nun aber: Zu welchem Ende? Woher weiß das Holz, welcher Kräfte es bedarf, um ausgerechnet zu einem Tisch zu werden? Da sind wir bei jenem offenbaren Geheimnis angekommen, auf das ich hinauswill. Es handelt sich natürlich um die Entelechie.

Mag sein, dass viele von euch Heutigen diese schwer zu fassende und doch nicht hinwegzudenkende ontologische Wurzel nicht einmal mehr dem Namen nach kennen. Selbst die wenig klangvolle Übersetzung, „Zielgerichtetheit“ wirkt auf die meisten fremd und erklärungsbedürftig. Nun verhält es sich aber so, dass unsereins noch ganz und gar in dieser Überlieferung stand, darin zu Hause war und schlechterdings nichts anderes denken konnte; ergo, ein Ding ohne eigene Zielbestimmung kann unter der Sonne nicht existieren. So auch der Mensch. Und was ist das Seine? Was kann denn wohl am Ende stehen seines Erdenwallens, seiner notvollen Umtriebe und allzu beschränkten Wirksamkeit? Nichts anderes als das Paradies, meine Freunde! Freilich, kein Volk und keines Volkes Philosoph oder Theologe kam je auf einen anderen Gedanken, außer euch. Ihr seid allein damit, meine Lieben. So ziellos-mühsam vor sich hinzuleben unter dem kalten Firmament, ein solches Unterfangen wäre nie zuvor einem solchen in den Sinn gekommen, dem eine Mutter Liebe und Gefühl mitgegeben hat. Wie vermögt ihr es, wenn ihr es müsst? Wer drängte euch diesen kummervollen, das All mit Sorge erfüllenden Gedanken auf, dass da nichts wäre, das eurer harrte? Kein Trost. Kein Wiedersehen. Keine Ewigkeit. Seid ihr des Wahnsinns?

Nicht einmal Neugier, meine Freunde? Nicht einmal das? Wollt ihr nicht wissen, was unter dem Tuch verborgen liegt? Habt ihr vergessen, dass Apokalypse Enthüllung heißt? Wollt ihr nicht dabei sein, wenn der Erlöser seine letzten Pointen zum Besten gibt? Was wendet ihr euch ab? Verstopft euch die Ohren? Aus Unvermögen? Enttäuschung? Aber ja, daran mangelt’s nicht – und glaubt mir, auch unsereinem war es manchmal bang und weh, und wir wollten verzagen; doch hätten wir darum das Schönste aufgegeben? Wie soll man auskommen ohne Metaphysik? Ich wag es mir nicht auszumalen, was für ein Elendsleben ihr führt. Es ist doch ganz und gar unmöglich! Meine Besten, ich sage es noch einmal: Ihr seid nicht da. Seid nicht vorhanden unter den Sternen, wenn ihr eure vierte Dimension so schnöde verleugnet. Dies nämlich bekümmert uns in schmerzlichster Weise; Verzweiflung befällt uns, wenn wir an euch denken. Wir kommen nimmer zu Ruhe, die doch unser Monopol genannt zu werden verdient. – So bleibt uns nichts weiter, als immerhin einige von euch zu erretten, indem wir beständig bei ihnen sind. Ihnen zuflüstern, begreiflich machen, was sie entbehren. Um sie zu uns holen, wenn es an der Zeit ist – mag der Prozess der Verwandlung auch noch so schmerzhaft sein.

Der Schrecken

Wir sind gleich da, meine Lieben. Es hat geläutet – erinnert ihr euch? Wohlan, Freunde, den Rückblick auf Gernot Junkers fünfzehn Schwetzinger Monate haben wir in Bälde abgeschlossen. Noch einmal wollen wir miteinander das Schlossportal durchschreiten. Zu beiden Seiten prunken gerundete Fliederhecken; habt ihr jemals solche Büsche gesehen, gerochen, gehört? – Opernbesucher eilen an uns vorbei. Wir aber lassen uns viel Zeit für diese letzten Schritte. Noch einmal läutet es. Dann übernehmen die Amseln. Es müssen hunderte sein; aus allen Lüften hallt es wie Geschrei ... Nun befinden wir uns direkt vor dem Theater. Es ist der dreißigste April. Zum ersten Mal in diesem Jahr reicht die vom Mittag angespeicherte Sonne aus, um den Abend zu wärmen. Die dicken Jacken, schweren Mäntel bleiben endlich im Schrank. Erleichtert, fast grazil bewegen sich die Festbesucher auf den Eingang zu. Nicht zu vergleichen mit der Pracht der Roben zur Entstehungszeit des verspielten Baus sind diese Abendkleider, die an uns vorüberwehen, doch immerhin erscheint die festliche Gewandung als letztes Zeichen der Reverenz gegenüber den abgesetzten Gottheiten.

Die Eröffnung der Schwetzinger Festspiele – das Datum markiert unzweifelhaft den Jahreshöhepunkt für die kleine Gemeinde. Die besten Karten sind weg, kaum dass sie zum Verkauf stehen. Selbst die Banausen, denen weder Ignaz Holzbauers Oper noch der Programmzettel mit den erlauchten Namen etwas sagen, können nicht umhin, für diesen Abend gleichsam mitzufiebern; immerhin, die Gäste fluten die Restaurants, kein

Platz ist in Lachers Schlossrestaurant mehr zu haben, wenn eine Aufführung ansteht. Die Hotels, Pensionen, Privatzimmer im Rund: seit Monaten belegt, bezogen von Musikfreunden aus allen Erdteilen. Selten existiert ja noch dergleichen, dass die Aufmerksamkeit aller zur gleichen Zeit auf ein einziges Zentrum gerichtet ist, auf ein gemeinsames Ziel, dem es zuzustreben gilt. – Weshalb um alles in der Welt verfährt ausgerechnet unser Held, dem wir so lange unsere Teilnahme geschenkt haben, in diesem Augenblick ganz anders? Warum müssen wir ihm dabei zuschauen, wie er sich durch die Hereinströmenden hindurchdrängt, ins Freie rudernd, linkisch und rücksichtslos?

Selbstverständlich sind alle Persönlichkeiten von Rang, mit denen es Gernot Junker im vergangenen Jahr zu tun bekam, in de Pigages Theater versammelt – von außen noch Rokoko, innen schon klassizistisch – und spazieren nicht draußen im Park umher. Das tun nur die, denen es nicht vergönnt war, eine Eintrittskarte zu ergattern. Zwischen Raimund Bäckle, der sich immer wieder nach Junker umsieht, und dem neuen Landesdenkmalpfleger bleibt ein Stuhl leer. Eben noch, beim festlichen Umtrunk im Foyer, plauderte der Gartenarchitekt scheinbar zwanglos und (was die nähere Zukunft des Parkprojekts anbetrifft) selbstgewiss und zuversichtlich mit den Honoratioren. Dagmar Hammelspring, ausgerechnet, ein Silbertablett balancierend, ging herum und reichte selbstgebraute Cocktails – „aus Schwetzinger Kräutern“, wie sie ein jedes Mal dazuwisperte, aufgegossen mit gutem Winzersekt, verziert mit weißen Blüten. Junker gegenüber setzte sie eine süßsaure Miene auf.

„Nun, Herr Junker, ein Schlückchen in Ehren?“

Zuerst wollte er ganz und gar nicht, doch als der Landrat ihm zutrank, nahm er doch ein Tulpenglas entgegen, stieß mit den Ehrengästen an – und schlürfte. – Schon im allerersten Moment ward ihm gewiss, dass er dies lindgrüne Zeug nicht vertragen würde. Schleunigst verfügte er sich Richtung Toilette, vermochte es aber nicht, sich zu übergeben. Aus dem

Wasserhahn trank er fast einen Liter, betupfte seine Stirn und Schläfen. Heftig, nicht einzudämmen, brach ihm der Schweiß aus. Ach Gott, seit Monaten dauerte diese Krankheit nun schon an; zuletzt schien es etwas besser zu werden, eventuell bewirkt durch diese Globuli des Rohrbacher Homöopathen; doch anfallsartig kehrten die Schmerzen wieder, der Schwindel – und immer wieder diese irrsinnigen Visionen, Auditionen, schwatzhaften Belästigungen aus der Werkstatt seines Hirns. – Ausgerechnet jetzt, dachte er; es ist ja ganz unmöglich, all die hohen Herrschaften, deren Mittelpunkt er wieder einmal war, zu brüskieren. Frische Luft! Das war vorderhand das Einzige, was ihm einfiel. Kurz noch einmal nach draußen, Atem schöpfen – und dann, knapp vor Ouvertürenbeginn, sich durch die Reihen drängen und geschwind Platz nehmen.

Die Zukunft des Projekts ... Was hatte er nicht alles über sich ergehen lassen müssen seit jener missglückten Eröffnungsveranstaltung im Februar! Allen voran bereitete ihm seine Annabelle mächtigen Ärger. Seine Annabelle! Nicht zu glauben, welch ein Beharrungsvermögen geistig gestörten Menschen zuweilen mitgegeben ist ... Was ihm anfangs noch als unsinnige Momentanwandlung erschienen war, offenbarte sich binnen Kurzem als öffentlichkeitswirksamer Ernst. Seit jenem Mittag im Februar wohnte Annabelle Tharau auf der Professor-Dilsberg-Linde – wohlversorgt mit Wolldecken, Kissen, Speisen, heißen Getränken von der Gruppe der Projektgegner – in einer Art Baumhaus. Dagmar Hammelspring organisierte sogar ein paar batteriebetriebene Heizöfchen, auf dass es der an Luxus gewöhnten Dame auf dem Baum auch in den Spätwinternächten nicht allzu fröstelig werde. Jeden Morgen zeigte sich dasselbe Schauspiel: Mit heißem Milchkaffee und Hefegebäck nahten die Engagierten, worunter sich Jakob Haenschle durch Fleiß und Ideen hervortat.

Gernot Junker verfolgte das Treiben mit Argwohn, gar Widerwillen. Als die ersten milden Tage herankamen, begann sich um die Linde eine Art Dauervolksfest zu etablieren. Nicht genug, dass sich die Leute auf Decken und Matten um den Baum lagerten, monumentale Picknickkörbe mit sich führend; die neue Attraktion hatte sich bis nach Heidelberg und Mannheim herumgesprochen, wo Kleinkünstler jeglicher Couleur mit einem Mal ein lange verschüttetes Umweltbewusstsein entdeckten und einander in Solidaritätsaktionen überboten. – Gemeinsam wurden Junker und Bäckle beim Dienst habenden Polizeipräsidenten vorstellig. Unter Protest und starker Medienpräsenz räumte eine Hundertschaft den Platz. Nur Annabelle Tharau blieb oben in ihrem Baumhaus, unbeeindruckt von kletternden Polizisten und hitzig vorgebrachten Androhungen juristischer Konsequenzen. Die neue Absperrung, welche von Fachleuten rund um die Linde sowie nachfolgend um weite Teile der neu zu bebauenden Fläche gezogen wurde, hielt keine Nacht. Restlos war der teure Zaun verschwunden. Nicht eine einzige Spur des Bauwerks ließ sich am Morgen mehr finden – das heißt, natürlich waren diese Pfeiler und Gitter und Drähte noch vorhanden; nur eben an einen anderen Ort verlagert, sprich gewinnbringend verkauft und fest installiert von der agilen Gartenbaufirma des Attila Keiler.

Entgegen den Erwartungen der meisten Projektbefürworter blieb Gernot Junker immer noch gelassen. Wären diese Anfälle nicht gewesen, er hätte ein gutes Leben gehabt – wusste er doch, dass jeder Protest einmal erlahmt, ausplätschert, an sich selbst zugrunde geht. Außerdem hatte er schon viel, viel Schlimmeres erlebt, damals, in den Neunzigern – allein, Drohbriefe hatte er bislang noch nie erhalten ... – Beschäftigt mit Verhandlungen über die künftige Nutzung des neuen Parkgeländes, hielt er sich diesmal wochenlang in Schwetzingen auf. Es gelang ihm, Walter Hilster und seine Entourage zu beruhigen; „german Angst“ sei die wahre Ursache für den mit Sicherheit innerhalb weniger Wochen verpuffenden Widerstand. Samuel Peckinpah Priestley, dem die Medienberichterstattung gar nicht geschmeckt hatte, schien sich einmal mehr überzeugen zu lassen. Häufig sah man die beiden miteinander Mittag machen, bei gutem Wetter vor den Gartensälen des Schlossrestaurants, selbstvergessen der Kunst des Michael Lacher obliegend. Priestley, der Engländer, war ein großer Freund der Hochküche, Junker nicht minder ... und so fanden denn auch diese beiden sonst so unterschiedlichen Charaktere nach und nach ihr Medium, wodurch sie bestens zu kooperieren lernten.

Bis eines Morgens eine Nachricht Gernot Junker im Innersten erregte. In der Süddeutschen, ihm zugetragen von einem wie immer atemlosen Raimund Bäckle, stand ein langer Artikel über Walter Hilster und seine europäischen Unternehmungen. Schwetzingen war darin durchaus erwähnt – jedoch nur als eine Investitionsmöglichkeit unter vielen. Der Journalist, offenbar ein Architekturkritiker, der mit Häme nicht sparte, hatte präzise recherchiert. In der Tat war Priestley offenbar mehrgleisig gefahren – der Zeitungsmann sprach von einer regelrechten Welle oder Modeerscheinung des Revanchismus, grassierend vor allem in der sich für ihre Innovationskraft gern brüstenden Rhein-Neckar-Region.

Neben dem „psychedelischen Fiebertraum" einer Parkerweiterung in Schwetzingen auf der Grundlage „zweifelhafter historischer Fakten" (so schrieb der Kritiker tatsächlich), böte sich inzwischen auch Worms an, wo auf einmal eine Originalskizze von König Gunters Nibelungenburg aus einem Archivkeller geschwemmt worden sei; unweit Speyer überlege man, ob nicht ein Römerkastell 1:1 rekonstruiert werden solle. Die zukünftigen Hotelgäste könne man ja in Togas kleiden und mit Gelagen auf Ottomanen erfeuen ... Zynisch schlug der Experte vor, Walter Hilster solle seine Millionen doch am besten in die Reparatur der Heidelberger Schlossruine investieren; von dort oben sei die Aussicht für versnobte Europa-Fans sogar noch besser als in Schwetzingen.

Erwartungsgemäß bei so starkem Gegenwind setze der Ministerpräsident höchstpersönlich eine neue Prüfungskommission ein, die ihre Arbeit in Schwetzingen unverzüglich aufzunehmen habe – „bevor an dieser Stelle irreversible Tatsachen geschaffen werden." Junker stöhnte, schluckte Tabletten ... und empfing die Delegation mit allen Anzeichen der Ehrerbietung. Glücklicherweise bestand das Gremium vorwiegend aus Fachleuten, die er schon durch seinen hochkompetenten, spektakulären Vortrag vor dem Landesparlament in Stuttgart auf seine Seite gezogen hatte. Kaum waren ein paar Tage vorüber, zeichnete sich die Richtung ab: Junker würde die Kommission noch einige Wochen begleiten und bei der Arbeit unterstützen. Bis Mitte Mai sollte das Ergebnis inoffiziell bleiben: Die Bestätigung und Befürwortung sämtlicher Baumaßnahmen in Schwetzingen! Junker atmete auf, schluckte Tabletten und telefonierte mit Walter Hilster. Von anderweitigen Investitionen in Deutschland wollte dieser nichts wissen: „You are my man in Europe, Gernot. I'm convinced it's great, what you're doing, mein Herr."

Die Bestätigung kam zur rechten Zeit. Denn es begann sich eine Unsicherheit breitzumachen, die neben der gesundheitlichen Beeinträchtigung eine weitere Ursache hatte: Seit dem dritten Drohbrief, den er erhalten hatte, litt Junker bisweilen unter Angstzuständen. Polizeischutz wurde ihm nach wie vor verwehrt.

„Mir kenne doch net jeden rund um die Uhr bewache, dem irgendwer irgendwelche bleede Briefe schreibt", hatte die ernüchternde Reaktion des zuständigen Beamten in Heidelberg gelautet. Die Folge war, dass Junker noch häufiger Kontakt zu Bäckle suchte, ja, bisweilen lud er sogar dessen Mitarbeiter zum Essen ein. Sabine Lötzsch und Heinz Kipfel zeigten sich stets begeistert und hielten sich niemals zurück, wenn auf der Speisekarte kostspielige Leckereien zu finden waren. – Doch kaum war Junker wieder allein, verspürte er die Bedrohung von Neuem. Am übelsten kam es ihn an, wenn er nachts auf sein Zimmer zurückkehrte; bald ging er dazu über, sich vom Zimmerservice begleiten zu lassen.

Das half. Aber nur vorübergehend – denn sogar beim Einsteigen in Taxis, beim Betreten von Sitzungsräumen, wenn Mitarbeiter auf ihn zukamen, die Akten trugen, mitten auf dem Gehweg ... beständig erwartete er, dass ein weiterer brauner Umschlag ihm überreicht werde, ihn erwarte. – Eines Nachts konnte Junker, von Panikattacken geschüttelt, nicht einschlafen, da er befürchtete, die bislang erhaltenen Kuverts seien bereits mit einem unsichtbaren Nervengift infiziert gewesen; sein gegenwärtiger labiler Zustand müsse als Folge davon betrachtet werden. Alle Viertelstunde stand er auf und wusch sich die Hände.

Endlich schien sich das Blatt abermals zu wenden: Hochoffiziell wurde der Baubeginn verkündet: der fünfzehnte Mai. Der erste Mai wäre Gernot Junker lieber gewesen, doch am Tag der Arbeit würde man keinen Arbeiter von Ehre zur Aufnahme eines Spatens bewegen können, so dachten die unerwartet nostalgischen Entscheidungsträger.

Sogar in der Frankfurter Allgemeinen, die Wochen zuvor einen bösartigen Artikel abgesondert hatte, wurde nunmehr selbstironisch über die verkrampfte Unlust der Deutschen am Schönen gespottet: Wage sich nur keiner, hierzulande etwas die Sinne Beglückendes zu schaffen, schon falle mit Kaderdisziplin die Phalanx linksdogmatischer Kulturpessimisten über den Ärmsten her.

Nun gut, ein paar Tage noch warten. Dann, mit Beginn der ersehnten Praxis im schönsten Frühling, würde sich auch die gesundheitliche Konstitution wiederherstellen. – Junker und Priestley sprachen sich aus und gründeten ihren Mittagsstammtisch neu, zu dem zuzeiten weitere Projektbeteiligte stießen. Der

Beauftragte des Milliardärs versicherte glaubhaft, sämtliche anderweitigen Verhandlungen seien reine Spiegelfechterei gewesen. – So ließ sich die Wartefrist denn einigermaßen angenehm gestalten. Der Initiator atmete auf. Sogar die Angstattacken ließen nach. Nur noch die Festspiel-Eröffnung stand an. Vierzehn Tage noch, dann würde es aufwärts gehen. Es war höchste Zeit.

Als Gernot Junker aus dem Theater nach draußen in die tiefstehende Sonne schwankt, liegt der weite Platz auf einmal menschenleer. Einzig und allein dieser alte Parkwächter ist zu sehen. Er kommt direkt auf Junker zu, blickt ihn irgendwie hämisch an, grüßt nicht einmal, geht an ihm vorbei. Das in Wellen anbrandende Geschrei der Vögel vermischt sich in Junkers Hirn mit einem steten Sirren. Beginnender Tinitus, hatte der Homöopath diagnostiziert. Zu viel Stress; eine Kur sei anzuraten. Jetzt, eine Kur! Der Patient hatte laut aufgelacht. Nächstes Jahr, vielleicht. Nein, vor Herbst in anderthalb Jahren sei daran nicht zu denken. Und das wäre noch großzügig berechnet. – Das grelle, seltsam aprikosenweiche, schwüle Sonnenlicht setzt den Augen zu. Hier, auf der leeren Fläche, kann sich kein Mensch erholen. Junker entschließt sich, die wenigen Schritte zum Irrgarten hinüberzugehen. Dort ist es kühler. Ein paar Minuten, dann kehrt er um. Noch ist das Durcheinander der Instrumente zu vernehmen, die gestimmt werden. Hektische Skalen der Flöte, manch prustender Hornton. Pauken. Trompetenstakkati.

Das Licht in den Laubenreihen nimmt sich bedeutend angenehmer aus. Doch die Färbung der Blätter im Abendlicht kommt Gernot Junker unnatürlich grell vor, neonartig – woran erinnert ihn das nur? Richtig, dieser ekelhafte Cocktail! Warum hat er ihn sich aufdrängen lassen? Dass ihn diese Hammelspring so blöde anschwätzt, dergleichen darf er sich nicht mehr bieten lassen. Die Leute sind so respektlos geworden. – Für einen Moment lässt sich Junker auf einer der Bänke nieder. Doch sofort steht er wieder auf; im Sitzen wird das Schwindelgefühl eher schlimmer. Langsam, ganz langsam ein paar Schritte tun. Das hilft. Und wenn er erst nach dem ersten Akt zur Aufführung kommt? Was soll's! Bäckle wird ihn bestimmt furchtbar naiv erstaunt und augenrollend anstarren; naja, er wird ihm etwas zuflüstern, eine knappe Entschuldigung: Unerwarteter Anruf, wichtig, kann man nichts machen.

„Siehst es?“

Junker legt sich die Hand über die Augen. Fängt das schon wieder an! Wann hat er diese Worte schon einmal gehört? Es war hier im Park. Nur wann? Damals ist er weggerannt, das weiß er noch. Er ist gestürzt, am Hirschbassin. Aber diesmal nicht! Es wäre ihm auch gar nicht möglich zu fliehen. Seine Beine sind kraftlos, von irgendetwas gehemmt. Er geht wie durch Suppe, Zähflüssiges umgibt ihn; gewiss hat das mit diesem Licht zu tun. – In demselben Augenblick, da eine dünne rote Katze, die ihm eigenartig bekannt vorkommt, den Weg kreuzt, hört er Musik. Ja, die Veranstaltung, jetzt hat sie begonnen. Die Oper „Der Sohn der Wälder“ ... Junker säße nun doch ganz gern auf seinem Platz. Dort könnte er die Augen schließen, dem Orchester lauschen, das wäre besser als hier. Aber nein, es ist nicht Holzbauers frühe Oper, was er hier draußen zu vernehmen glaubt. Das Stück kommt ihm bekannt vor. Woher kennt er nur diese Melodienfolge? Ja, richtig, gleich kommt der Basseinsatz. Wer singt da bloß? Und was? Stimmt, das ist aus seiner Lieblingsoper, nach Fidelio, die Sarastro-Arie.

Doch sollten sie zu Grabe gehen,
So lohnt der Tugend kühnen Lauf,
Nehmt sie in euren Wohnsitz auf ...

Junker tritt nach der aufdringlichen Katze. Wo sind nur all die andern hin? Warum ist er auf einmal ganz allein im Park? So viele Gäste fasst das zierliche Opernhäuschen nun auch wieder nicht, dass ganz Schwetzingen mitsamt seinen Besuchern hineinpasste. Wo ist Annabelle Tharau hingekommen? Picknickt sie noch mit ihrem blonden Studenten? Wir wissen es nicht. Seit feststeht, dass die Bauarbeiten frühestens Mitte Mai fortgesetzt werden, hat sie ihr Baumhaus verlassen und wohnt wieder komfortabler. Ob sie mit ihrem Studenten dort hinaufgekrabbelt ist? Nein, das könnten wir von hier aus sehen; das Baumhaus in der Linde steht leer. – Und Traugott Rübsamen? Vermutlich haben er und seine Tochter den Abendspaziergang beendet und sitzen nun zu Hause beisammen im Gärtchen, ein jedes mit einem Buch in der Hand. – Dagmar Hammelspring, so steht zu vermuten, wird einen der preisgünstigeren Plätze im Theater ergattert haben. Ob sie sich konzentrieren kann, eine ganze Oper hindurch? Unwahrscheinlich. In Abständen wird sie Bonbons auspacken und der Sitznachbarin Nebensächlichkeiten mitteilen, ob diese nun damit einverstanden ist oder nicht.

Und was ist mit Attila und Jakob, unseren jungen Freunden? Fußball spielen sie augenblicklich nicht mehr. Vielleicht haben sie sich vor einer Waldgaststätte niedergelassen und schmauchen ein paar Havannas? Das ist sehr wahrscheinlich. Wissen können wir es allerdings nicht. – Priestley, die Parkstein-Gysenberg, Bäckle und all die anderen haben Karten vom oberen Kulturausschuss geschenkt bekommen. Ob sie aber alle jetzt gerade im Theater sind? Schwer zu sagen. Bäckle bestimmt; er wird sich Sorgen machen, wo Gernot nur bleibt, er, der Star des Abends, der bewunderte Bildungsbürger, den der Projektleiter inzwischen seinen Freund zu nennen pflegt.

Junker ist also allein im Park. Bis auf die zudringliche Katze. Zumindest scheint es so. Ein Missgeschick, wie es sonst nur kleinen Kindern geschieht, ist ihm widerfahren: Er hat sich im Irrgarten verirrt! Zum vierten Male kommt er an einer idyllischen Szene mit zerbrochener Säule heraus. Immerhin, die Kopfschmerzen haben nachgelassen, eine Folge der Sauerstoffzufuhr oder der Tabletten, er weiß es nicht. Er geht weiter, sucht nach einem Ausgang. Seit Minuten findet er keine Bank mehr. Er fühlt sich erschöpft. Da der Schwindel schwächer geworden ist, würde er sich nun doch ganz gerne im Sitzen ein wenig ausruhen. Aber immer sind da nur die rechtwinklig geschnittenen Hecken, immer wieder die zerbrochene Säule in diesem schattigen Eck ... Sarastros Gesang scheint bald näher zu kommen, bald völlig zu erlöschen; doch sind es immer nur diese drei Zeilen, weiter kommt er nicht. Und dann beginnt das Stück von vorne.

Ohne sich dessen bewusst zu sein, wie ihm diese Heldentat gelungen sein könnte, befindet sich Gernot auf einmal wieder im Freien, direkt am Arionsbrunnen. Die Sonne erscheint ihm nun weißlich; das rötliche Abendlicht – wie ausgeknipst. Arion ... Wie ein Schlafwandler nähert sich Junker dem antiken Helden. Wie war das noch? Ein Sänger war Arion, ganz richtig ... Gefangen von Piraten oder meuternden Matrosen. Er sollte hingerichtet werden, an Bord. Warum nur? Junker entsinnt sich nicht. Nur eins weiß er noch: Der Sänger bat darum, ein letztes Mal singen zu dürfen. Dies wurde ihm gewährt. Er sang mit ausgesucht schöner Stimme. Dann sprang er ins Meer. Eben noch dachten die Matrosen, der Jüngling würde untergehen, da taucht aus den Wellen ein Delphin hervor und nimmt den Sänger auf seinen Rücken. Bis nach Korinth soll er den Glücklichen getragen haben. Was war der Dank? Seither leuchtet ein Sternbild am Nachthimmel, in Delphinform, ewige Erinnerung einer unvermuteten Rettung ...

Junker träumt vor sich hin. Er hat sich an den Brunnenrand gesetzt, in Betrachtung dieses seltsam breitmäuligen Delphins versunken. Vermutlich hat Verschaffelt niemals einen Delphin gesehen. Stammt die Skulptur überhaupt von Verschaffelt? Oder wurde sie zugekauft, wie kann man so was nur vergessen! Von diesem ... polinischen König ... aus diesem Park in ... in Belgien ... namens ... namens ...

„Siehst es?"

Junker springt auf. Jetzt reicht es ihm. So etwas muss man sich nicht gefallen lassen! Obgleich ihn seine Beine kaum zu tragen vermögen, so zittrig und weich, wie sie sind, läuft er von Neuem in den Irrgarten hinein.

„He, jetzt bleibt einmal stehen!", hört er sich rufen – und erschrickt, wie rau und fremd seine Stimme klingt. Doch da anwortet niemand. Noch einmal ruft er – und noch einmal, immer lauter. Niemand reagiert. Dafür hört er wieder diese Musik, diesmal aus einer ganz genau zu bestimmenden Richtung. So schnell als möglich bewegt sich der Verwirrte darauf zu. Noch einen Augenblick, dann ist er angekommen. Aber wo? An welcher Stelle befindet er sich hier? – Noch einmal über eine Anhöhe steigen, schon trifft er am Naturtheater ein. Für ein Sekündchen erscheint es ihm, als werde hier das Stück gespielt. Deutlich ist die Bassstimme zu vernehmen, klar sind die Orchester-Instrumente voneinander zu unterscheiden. Auf der Bühne stehen mehrere Personen in Kostümen. Doch auch das Publikum sieht aus wie kostümiert. Was ist das nur für eine seltsame Aufführung, parallel zu der im Opernhaus, dort, unterhalb vom Tempel des Apoll mit der Lyra? – Im nächsten Augenblick kann der Parkwanderer nichts mehr von alledem erkennen. Das Naturtheater ist leer – die Musik kommt von woanders her. Doch halt, da, zwei Gestalten sind übrig geblieben, er hat sie um den Tempel schwinden sehen. Oder waren's drei?

„He, bleibt einmal stehen!"

Mit der einen Hand das Hemd aufknöpfend, die andere vorgereckt wie ein Matrose in Seenot, jagt Junker den Schemen hinterher. Wie sehen die denn aus? Ebenfalls verkleidet, wie die Leute aus dem Publikum. Das heißt: Sie tragen Kleider eines alten Stils. Junker beugt sich über die Tempel-Ballustrade. Es öffnet sich der Blick in mehrere Täler zugleich. Da kann er die Schatten erneut beobachten, wenn auch nur kurz: Zwei Männer und eine Frau – wobei es ihm so vorkommt, als trage die Frau ein Kleid, wie es in den zwanziger oder dreißiger Jahren des zwanzigsten Jahrhunderts Mode war. Einer der Männer sieht tatsächlich ein bisschen aus wie Kurfürst Carl Theodor; der zweite, immer ein Stückchen weiter hinten spazierend, hat einen schwarzen Gehrock an. – Noch einmal beschleunigt Junker das Tempo. Er muss aufpassen, dass er nicht wieder hinfällt. Überall ragen Wurzeln aus der Erde, ungewöhnlich hoch. – Bald kommt er im Laubengang an, der zur Brunnenanlage, zur Vogeltränke führt. Weit hinten erblickt er das Perspektiv, das Ende der Welt. – Von den Gestalten, die er eben noch verfolgt hat, ist keine mehr zu sehen. Wie schade, zu gerne hätte er sie nach dem Weg gefragt. Doch, dort vorn, mitten im Wege, da steht die Frau! Sie wendet sich um.

Abrupt bleibt Junker stehen. Das ist aber nicht die Dame von vorher. Es handelt sich um eine weißlich schimmernde Figur, eine Statue. Diana! Wie schwebend kommt sie auf ihn zu. Währenddem zieht sie einen Pfeil aus dem Köcher. Spannt den Bogen. Legt an.

„Halt!“, schreit Junker, „ich bin’s doch! Nicht schießen!“

Gleich einem Wild hetzt er auf ein Gebüsch zu, springt hinein, überschlägt sich, kommt auf der anderen Seite heraus; da ist ein Weg, gut, schnell weiter, bevor die Jagdgöttin ihn einholt, sich ein Pfeil in seinen Rücken bohrt. – Ohne sich umzusehen, hastet er eine Böschung hinab, eine andere hinauf, über die Lügenbrücke stolpert; er flieht durch den halben Park, immer wieder Schutz suchend, im Zickzack. Endlich, auf einer Lichtung, entdeckt er ein Türmchen. Es ist ihm niemals zuvor aufgefallen. Hier kann er sich verstecken. Wo kommt nur diese Katze schon wieder her. Spinnend versucht sie, sich an ihn zu schmiegen. Sie bekommt einen Tritt.

Als Junker schnaufend an der kühlen Steinmauer lehnt, vernimmt er wiederum Musik. Aber nicht die von Mozart. Wohl, eine Flöte ist zu hören, aber nicht das Thema aus der Zauberflöte. Da fällt ihm ein, an welchem Ort er sich befinden muss: Ach ja richtig, natürlich, ganz in der Nähe wird sich die Figur des Gottes Pan versteckt halten – doch in welcher Richtung?

Junker braucht nicht lange suchen, da sieht er ihn schon. Marmorweiß hockt der Gott als Ziegenbock auf seinem Felsen. Natürlich, von diesem, aus seiner vielhalmigen Flöte stammen die Töne. Ohne Furcht nähert sich der Gast aus der Menschenwelt. Pan nimmt das Instrument von den Lippen. Langsam gleitet er von seinem Sitz, rutscht den Felsen behende hinunter ... und geht ein paar Schritte auf Gernot Junker zu. Das Wesen sieht nicht unfreundlich aus, doch riecht es sehr stark. Der Mensch überlegt, ob es sich ziehmt, einer Gottheit die Hand zu reichen. Beinahe niedlich schaut dieser Pan aus, man könnte ihn streicheln. Doch als Junker seine Hand vorstreckt, reißt das Vieh sein Maul auf und schnappt nach ihm. Dabei stößt es ein so entsetzliches Gebrüll aus, dass der Erschrockene das Gefühl hat, im Augenblick den Verstand zu verlieren. Er will fliehen, doch er lahmt. Pan galoppiert nicht los. Er könnte ihn jederzeit einholen. Worauf wartet der nur?

Da beginnt Junker den Grund dafür zu erahnen: Überall auf den Nebenwegen, von der Hauptallee her, bewegen sich die Steine, vor allem die behauenen, die Tier- und Menschengestalt angenommen haben; sie verlassen ihre Positionen. Tritonen stoßen in die Muschelhörner, wilde Männer tätscheln ihre Keulen, andere Figuren reißen sich Stöcke ab, wieder andere greifen in den Kies, um Wurfgeschosse zu haben, die sie wie Schrot verwenden können. Riesenhaft erheben sich der Rhein und die Donau von ihren Postamenten – wer hat ihre Ruhe gestört? Wütend sehen sie sich um im Kreise. Und erkennen das Ziel. Es kann kein Zweifel herrschen: Man bereitet eine Jagd vor. Darum hat Gott Pan gezögert den Fremdling totzubeißen, darum hat Diana nicht gleich geschossen: Es gibt nur ein einziges Wild – und das will man nicht sogleich fangen.

Damit wäre ja die Jagd zu Ende! Das Wild, das flüchtende, gehetzte Etwas, Gernot fühlt es nur zu deutlich, ist er selbst.

Aber soll er jetzt etwa aufgeben? Mitnichten! Es gibt immer einen Ausweg für einen wie ihn, ganz gewiss. Er könnte zurück zum Theater, Hilfe holen. Aber er findet den Weg nicht. Minutenlang läuft er an einem Wassergraben entlang. Zu beiden Seiten hört er es zischen: Hier blinkt ein weißer Arm im Gebüsch, den Speer im Anschlag, dort wirbelt es wie eine Steinschleuder. Das alles kann ihn nicht mehr schrecken; denn jetzt weiß Gernot, wo er hin muss. Wie einfach: Zum Ausgang! An die Parkmauer – und hinüber. Da draußen gelten andere Regeln, dorthin wagt keiner ihm zu folgen. – Seine Jacke zieht er aus, lässt sie irgendwo fallen. Schon ist er am Schwarzen Meerle angelangt, dahinter, nahe dem Zaun: die römische Ruine. Doch was ist das? Eine Abteilung Legionäre kommt in gerader Linie auf ihn zu, die Spieße schräg nach vorn gereckt. Was jetzt? Er muss sie umgehen, das wird das Einfachste sein. Und es gelingt ihm auch, denn er ist schneller! Mit einem Mal jagen seine Füße mit einer Leichtigkeit über den Erdboden, als wären sie geflügelt. Noch einmal durch dieses Wäldchen mittenhindurch und dann –.

Voller Entsetzen muss Gernot feststellen, dass ihm Gott Pan gefolgt ist. Er hat ihm den Weg abgeschnitten. Aus nächster Nähe brüllt er ihn an. Schnappt nach ihm. Der Gestank ist beißend. Junker schlägt nach dem Vieh, trifft es aber nicht. Durch einen Sprung den Abhang hinunter kann er sich vor den gebleckten Zähnen retten. Er überschlägt sich, rollt in eine Wiese. Zerzaust, befleckt, mit gesträubten Haaren sitzt er da und schaut sich um. Wo ist er nur? Wohin will man ihn treiben? Hastig kriecht er weiter, in Deckung. Er krabbelt wie ein Baby, bis die Handflächen aufgeschürft sind. – Nicht zu glauben, schon wieder ist er bei den wasserspeienden Vögeln angekommen! Im Rankwerk zirpt's und schreit's. Der Weg, den ihm Diana vorher versperrt hat, jetzt ist er leer. Doch die Vögel schwirren inzwischen dort herum, vor allem die Eule macht ihm Angst, immer wieder fliegt sie dicht über ihm hin. – Vielleicht kann man sich dort vorn besser verstecken, hinter der steinernen Wand, worauf das Ende der Welt gemalt ist, die Urlandschaft, Rhein und Neckar vor hunderttausend Jahren. Junker torkelt darauf zu, kurz geht sein Atem, vor Schwindel droht er abermals zu stürzen. In seinem Rücken, das weiß er nur zu gut, da muss er sich gar nicht erst umsehen, versammeln sich seine Verfolger. Darunter scheinen, das kann er hören, inzwischen sogar Wildschweine zu sein, vielleicht auch Hirsche. Aber sie greifen ihn nicht an; bestimmt, weil er gleich am Ziel angekommen ist. Hierher also haben sie ihn jagen wollen, in diesen engen Laubengang? Jetzt wird Diana gleich auf ihn zielen, hinterrücks. Sie haben ihren Spaß gehabt. Mehr als eine Stunde mag die Jagd gedauert haben. Jetzt ist er am Ende.

Als Gernot aufsieht, blickt er ins aprikosenweiche Abendrot. Wie das? Ist die Sonne vorher denn nicht weiß geworden? Ist es nicht viel zu spät? Nacht? Früher Morgen? Aber nein: Da scheint eine andere Sonne; das ist der Abendschein, der ihm aus dem Ende der Welt entgegenschimmert. Dem berühmten Gemälde. Wer hat es noch einmal geschaffen? Ein Theatermaler mit W ... Vergessen. Auch das ... vergessen. – Wie merkwürdig, denn aus der Nähe betrachtet, sieht das gar nicht so aus wie eine mit Farben gemalte Landschaft; darin scheint sich etwas zu bewegen. Ein seltsamer Duft strömt von dorther. Unbekanntes Vogelrufen ist zu vernehmen, weniger schrill als hier draußen, viel melodischer. Gernot vergisst seine Jäger; schräg nach oben staunt er in das Bild hinein wie ein Kind, das eine wundersame Entdeckung macht. Tatsächlich, was er immer für ein Bild gehalten hat, ist nur ein Eingang. Eine Fortführung nach drüben; eine Verlängerung. Dass das noch niemandem vor ihm aufgefallen ist! Oder doch – und keiner hat's verraten? Es riecht so wundervoll dort drinnen. Nach Flieder. Junker wagt den ersten Schritt. Es geht sich ganz leicht.

„Siehst es?“

Ja, jetzt sieht er’s. Endlich. Viel freundlicher ist diese Welt. Sanft weht es ihn an, eine Schmerzen auflösende Milde begrüßt ihn. Welch ein Glück! Wahrhaftig, so eine Entdeckung kann nur ihm beschieden sein. Was werden die Leute staunen, wenn er davon erzählt ... Nein, für den Augenblick empfindet Gernot nicht die geringste Lust zurückzukehren. Zumal schon wieder diese Stimmen zu vernehmen sind. Ach ja, die Jagdgesellschaft der Götter, sie wartet immer noch auf ihn. Aber auf der anderen Seite. Ob sie ihm nachkommen können, bis hierher? Wiederum beschleunigt Gernot seine Schritte. – Bereits nach wenigen Metern muss er feststellen, dass er sich wieder auf der Hauptallee befindet. Wo? In welcher Allee? Es ist alles so riesig hier. Doppelt so groß wie in Wirklichkeit. Dieser Gedanke kommt ihm bekannt vor; gleich, gleich wird er enträtseln, worum es sich handelt. Die Landschaft, die Flüsse, alles ist weit in den Hintergrund gerückt. Hier ist der Park. Noch ein Park ... Gernot hat den zweiten Park gefunden: Carl Theodors Park ist ja schon vorhanden; er muss ihn gar nicht mehr bauen!

Darüber nachsinnend, ob ihn diese Beobachtung erfreuen soll oder ob er nicht eher enttäuscht sein müsste, bemerkt der Entflohene in den Zweigen abermals ein Zischen. Natürlich, gar keine Frage: Wenn dies nur der zweite Park ist, dann gibt es hier natürlich auch dieselben Wege, dieselben Statuen, dieselben aus sich heraus bewegten Gottheiten. Wohin jetzt? Die Füße haben ihre Schnelligkeit verloren. Hat er überhaupt noch Kraft für einen Schritt? Als er von Neuem losläuft, bemerkt er, dass er schweben kann. Das also ist das Andere hinter dem Ende der Welt: dass man nur noch gleitet, keinen Widerstand verspürt, gar keiner Anstrengung mehr bedarf. Seiner Sache gewiss, springt Gernot auf den Brunnen zu, natürlich, es ist der Arion-Brunnen, der zweite. Schwerelos, ohne Angst, überwindet der Mann die Umrandung. Dass ihn die Weißen gleich eingeholt haben werden, ist ihm nun gleich. Er kann ja schwimmen. Nein, nicht einmal das ist nötig. Da steht er ja schon, mitten im Wasser, mit ausgebreiteten Armen: er selbst.

Die Kühle tut ihm wohl. Er taucht unter, trinkt. Das Wasser schmeckt süßlich, beinahe wie Wein, ja, es ist dunkelgelb wie ein alter Traminer, und es duftet nach Rosen. – Von der Mitte des Bassins aus beobachtet er, wie von allen Seiten nun die Weißen den Brunnenrand übersteigen. Eine Wasserjagd – das also war die Absicht! Gernot macht sich bereit. Was immer von nun an geschehen mag, es ist in der Ordnung. Er bleibt stehen in der Mitte des Brunnens und fängt an zu singen. So schön hat er noch nie gesungen, woher kann er das auf einmal so gut? Es ist so ein wundersames Gefühl, das schönste von allen, wenn einem voll und klar und wohlgerundet die Töne aus dem Munde dringen.

Doch sollten sie zu Grabe gehen,
So lohnt der Tugend kühnen Lauf,
Nehmt sie in euren Wohnsitz auf ...

Nein, es würde nichts mehr nützen, sich jetzt zu wehren. Gernot hat längst keine Angst mehr vor Schmerzen. Gibt es hier drüben überhaupt noch Schmerzen? Vielleicht ist es sogar angenehm; ja, was könnte man sich mehr wünschen, als vom Pfeil einer Göttin durchbohrt zu werden! So weit kommt es nicht. In dem Augenblick, da er fühlt, dass ein Zeichen gegeben wird, das Zeichen, den Höhepunkt der Jagd zu begehen, das Wild endlich zur Strecke zu bringen, rührt sich etwas unter ihm, der feste Boden löst sich auf, und er spürt, dass er davongetragen wird. Der steinerne Delphin hat ihn auf den Rücken genommen – und schneller als die Jäger ringsum die Speere schleudern, die Steine werfen, die Sehnen loslassen können, sind die beiden davongeglitten, in den Sonnenuntergang hinein, unaufhaltsam.

Drehtürchen. Paradise regained

Wir Toten haben Anteil an der Reife. Freilich, es geht langsamer als vordem, da wir am Lichte lebten und gediehen im Wechsel der Jahreszeiten. Solange der Schleier noch über den Dingen liegt, wird uns nur eine verzögerte Mitentwicklung zuteil – ohne Hast, verhalten, aber auf Dauer. Wie manche Pflanzen, die gern im Schatten garen, empfangen wir geruhsam unsere Nahrung. In Abständen wird uns zugetragen, was sich weiterhin begibt in den Welten der Lebenden. Mancherlei erregt noch immer unser Interesse. Doch selten machen wir uns auf, greifen wir ein, erproben wir die verbliebenen Kräfte an einer Tat. Nur in wenigen Fällen, wenn eines Menschen Neigung und Verhalten schon gar zu sehr unserer Art zu sein sich anverwandelt hat, versuchen wir ihm einen Pfad zu zeigen, einen Übergang zu ebnen. Dann, wenn er uns gefunden hat, ziehen wir ihn zu uns hinüber. Behutsam, ohne Not.

Schon lange war uns bekannt, dass da einer zu seiner eigenen Pein (und zum Unbill vieler) auf Erden weilte. Er sehnte sich nach uns, das spürten wir; für die Seinen hatte er meist nur Spott übrig. Ihnen gegenüber blieb er teilnahmslos und fremd, indessen er unsere Werke mit Eifer und Hingabe studierte, sich hineinversetzte in unsere Epoche, unser Denken und Fühlen – unsere Schicksale. Ohne dass ihm dies bewusst geworden wäre, planten wir von langer Hand; nur so ist es uns möglich. Wie wir erwarten durften, näherte er sich, bis wir ihn ergriffen. – Gernot Junker war ein Missverständnis. Fürwahr, er hatte nichts zu suchen in seiner Zeit, in die er irrtümlich gefallen war. Wie schon andere, denen auf Erden nicht zu helfen war, haben wir auch ihn erlöst, zugegeben nach manchen Mühen. Seither ist sein Glück vollkommen.

Wir, Carl IV. Philipp Theodor, ehedem Pfalzgraf bei Rhein, des Heiligen Römischen Reiches Erztruchseß und Kurfürst in Bayern, Jülich, Cleve und Berg, Fürst zu Moers, Marquis zu Bergen op Zoom, Graf zu Veldenz, Sponheim, der Mark und Ravensberg, Herr zu Ravenstein, haben in Gernot Junker einen Freund gefunden. Wie wir zu Lebzeiten die Grenzen der Not für uns selbst zu überwinden lernten, haben wir es auch dieses Mal getan: für einen anderen. Wir ließen ihn in unseren Wohnsitz ein. Alleine hätte er vergeblich nach dem Zugang gesucht. In diesem Ozean aus Quatsch und Irrsinn und Gewalt, den ihr euer Jahrhundert nennt, ist er lange genug herumgeschwommen; nun weilt er unter Seinesgleichen. – Der irdischen Fesseln entledigt, genießen wir die Ruhe des ewigen Sonnenuntergangs. Mit uns sind all jene, deren Gesellschaft er immer vermisste. Mag sein, dass wir eines Tages einen weiteren an unseren Tisch laden, in unsere Gemeinschaft aufnehmen. Dann wird es unsere Entscheidung sein. Doch allen anderen bleibt der Zugang verborgen; im Gemälde vom Ende der Welt werden sie nichts erkennen können als Theater, geschaffen aus Farbe und Stein.

Freilich, da gibt es noch eine andere Weise, die Dinge zu sehen, eine höchst diesseitige Überlieferung, die wir euch gleichwohl nicht vorenthalten möchten. Vielleicht sind ja einige unter euch, denen sie besser passt – die sie sogar für wahrscheinlicher halten. Wir haben eingangs erwähnt, dass wir uns zurückhalten werden, so weit dies möglich ist; also urteilt selbst.

Es existiert ein Gerücht, wonach bald nach Junkers Verschwinden auf einer Pazifikinsel nahe Tokelau, wohl einige hundert Kilometer nördlich von Samoa gelegen, ein verwirrter Schiffbrüchiger am Strand aufgefunden wurde, der um seine

Identität nur lückenhaft wusste, jedoch schon bald, nachdem ihn die Eingeborenen gesund gepflegt hatten, starkes Interesse an der landschaftlichen Umgestaltung jenes Teils der Insel gezeigt habe, der ihm als Wohnsitz zugewiesen wurde. – Ein niederländischer Kapitän, der mit seinem Frachtschiff dort Süßwasser aufgenommen hatte, berichtete später seinem Vorgesetzten in Rotterdam davon; dieser gab die Informationen vorsichtshalber ans Rote Kreuz weiter. Ob einmal der Versuch unternommen wurde, den Wahrheitsgehalt der Meldung zu überprüfen, ob es sich bei der betreffenden Person um Gernot Junker gehandelt haben könnte, entzieht sich einmal mehr unserer Kenntnis.

Einige wenige mögen zu der Auffassung gelangen, dass die Partei der Widersacher des kundigen Parkentwicklers und passionierten Dokumentenforschers – vermutlich um eine Tötung zu vermeiden – auf die abenteuerliche Methode verfallen sein könnte, den Mann unter schwere Drogen zu setzen, ihn zu entführen und so weit entfernt als irgend möglich wieder freizulassen. Auszusetzen. Seinem Schicksal zu überantworten. Inwieweit die uns inzwischen bekannten Personen aus dem Schwetzinger Umfeld zu einer solchen Maßnahme überhaupt in der Lage gewesen wären, lässt sich schwer beurteilen. Immerhin erscheint nachvollziehbar, dass sie alle miteinander auch den größten Aufwand betrieben hätten, um die Schuld eines Mordes, einer Gräueltat nicht auf sich zu laden.

Es ist spät geworden. Die Pforte hat sich längst geschlossen. Bevor wir uns aber durch das Drehtürchen aus dem Park hinausbegeben, welcher uns für einige Zeit mit Freude und Belehrung, Anmut und Trauer, Erhabenheit und Schrecken umfing, wollen wir resümmieren, wie sich nunmehr, nach Ablauf einiger Jahre, die Dinge in der Kurpfalz darstellen. – Es dürfte bekannt sein, dass Gernot Junkers offenbar tatsächlich auf einer Zeichnung Carl Theodors fußender Plan eines Park- und Schlossneubaus in Schwetzingen nicht verwirklicht wurde.

Kaum war der Initiator und spiritus rector aus dem Blickfeld seiner Zeitgenossen entschwunden, als Samuel Peckinpah Priestley der Projektentwicklungsgesellschaft die betrübliche Nachricht übermittelte, Walter Hilster, der potenzielle Investor, sehe ohne den Experten keine Möglichkeit zur Verwirklichung gegeben. Wie den Zeitungen zu entnehmen ist, beabsichtigt der kulturinteressierte Mogul gegenwärtig, mitten in München – die exakte Lokation wird in wenigen Wochen bekannt gegeben – ein Hotelschloss zu erbauen, das in Maßen und Ausstattung exakt dem letzten, kürzlich entdeckten Schlossplan des Märchenkönigs Ludwig II. von Bayern entspricht. Dem Vernehmen nach soll das Objekt in etwa die vierfache Grundfläche von Schloss Linderhof ummessen. Man darf gespannt sein.

Im Zusammenhang unserer Erzählung dürfte von Interesse sein, dass der neuerliche Dokumenten-Fund von niemand anderem getätigt wurde als von jenem jungen, dürren Münchener Bibliothekar, der Gernot Junker einst den entscheidenden Hinweis auf die Kladde C.2 gegeben hatte. Zwischenzeitlich war sogar der alte Traugott Rübsamen an der Sache beteiligt; eine Kommission lud ihn nach München und befragte ihn en detail nach seinen Erfahrungen mit dem bedauerlicherweise verschollenen Gartenarchitekten aus Fulda. Rübsamen strahlte und genoss diese womöglich letzte öffentliche Ehrung, die ihm auf solche Weise zuteil wurde. Anne-Sophie, seiner Tochter, geht es mittlerweile besser. Es ist ihr gelungen, das Elternhaus zum zweiten Male zu verlassen. In Schwetzingen hält sie sich nur noch besuchsweise auf.

Raimund Bäckle steuert inzwischen auf seine Pensionierung zu. Lange Zeit litt er mehr noch unter dem Fehlen seines Vorbilds und Freundes als unter dem Stopp all der hochfliegenden Schwetzinger Pläne. Zwischen Sabine Lötzsch und ihrem Lieblingskollegen Heinz Kipfel kam es jüngst vermehrt zu Unstimmigkeiten; der Hauptgrund dürfte in der Frage der Regelung von Bäckles Nachfolge zu suchen sein.

Von Dagmar Hammelspring und Frederike Parkstein-Gysenberg gibt es wenig Neues zu berichten. Beide engagieren sich nach wie vor mit Eifer in ihren Fachgebieten. Aus dem bald nach Gernot Junkers Verschwinden gefassten Plan, die Erlebnisse dieser Zeit in einem gemeinsamen Buch zusammenzufassen, ist bislang nichts geworden.

Immerhin fand sich die Journalistin bereit, für Jakob Haenschle ein gutes Wort einzulegen, nachdem dieser in Rekordzeit (wohlgemerkt die Länge betreffend, nicht die Kürze) seine am Ende fünfhundertvierzehn Sozialstunden abgeleistet hatte. Wenn der junge Mann also nicht gerade als Hilfsarbeiter in Attila Keilers florierendem Betrieb eingesetzt wird, übernimmt er Aufgaben als Lokalreporter. Auf die Herausgabe seiner gesammelten Experimentallyrik wird die Fachwelt noch warten müssen. Für den Fall seines Todes wird Attila Keiler die Publikation übernehmen, das hat er versprochen. Seit ihn ein Großunternehmer aus dem Rheinland mit der Umgestaltung eines zweihundert Hektar großen Abraumgeländes in einen Landschaftspark beauftragt hat, befindet sich Attila sozusagen im Dauereinsatz. Dass dieses – zumindest in der Dimension neuartige – Projekt den Gartenbauunternehmer gewissermaßen in eine Art geistiges Nachfolgeverhältnis zu Gernot Junker rückt, empfindet Attila Keiler als eine recht gelungene Pointe der Biographie.

Fehlt Annabelle Tharau. Ja, sie fehlt wirklich. Wir wissen nicht genau, wie wir das sagen sollen ... aber es sieht so aus, als ob sie ebenfalls verschollen sei. Nicht lange nach Gernot Junkers Entführung oder Entrückung oder gar Selbstmord tauchte auch sie plötzlich ab. Niemand vermag zu sagen, was ihr zugestoßen ist; ob sie sich womöglich auf Reisen befindet; wann sie womöglich wiederkehrt. – Jakob Haenschle gegenüber äußerte sie zuletzt mehrfach kryptisch, einem Ende folge kein Anfang, sondern es sei eine Frage der Technik, Ende an Ende auf die Perlenschnur der Erkenntnis zu reihen. Jakob verstand zwar nicht, was sie meinte, doch kam er nicht mehr dazu, sie zu fragen. – Dem Sinn dieser Worte kommt man vielleicht etwas näher, zieht man eine subkutan überlieferte Zeugenaussage in Betracht. Sie stammt von Wilhelm Waruzeck, dem verdienten Parkwächter, welcher Frau Tharau zuletzt auffallend häufig in der Nähe des Perspektivs, von vielen „Ende der Welt" geheißen, gesehen haben will. Er selbst jedenfalls erfreut sich, seit Junker nicht mehr in Schwetzingen weilt, wieder bester Gesundheit. Seine Aussichten sind glänzend; kein Mensch spricht mehr davon, den einzigen wirklich unverzichtbaren Mann vor Ort wegzurationalisieren. Eine Entwicklung, dazu angetan, uns gegen Ende beinahe heiter zu stimmen.

❧

Ordentlich Dramatik
und Stimmung.

KA-NEWS

Faules Spiel beim KSC? Im Spiel gegen Hertha BSC bleibt der Nachwuchsspieler Jan Greiner nach einem harmlosen Foul auf dem Rasen liegen. Tot. Seine Freundin Silvia und sein Kumpel Pike, KSC-Fan seit Geburt, glauben nicht an ein natürliches Ableben. Mit der Hilfe von zwei anfangs wenig überzeugten Karlsruher Kommissaren nehmen sie die Ermittlungen auf und stoßen bald auf einen Sumpf voller dunkler Machenschaften.

2. Auflage · 214 Seiten · Paperback
ISBN 978-3-88190-456-8
12,80 Euro

Viel Lokalkolorit.
Unterhaltende Urlaubslektüre.

BNN ZU „STRAFRAUM"

Skrupellose Geschäftemacher wollen vom geplanten Stadion-Neubau profitieren. Dabei sind ihnen alle Mittel recht – auch die brutalsten. Das Ermittler-Duo Daniela Kämmerer und Uwe Steiner bekommt es mit allerhand Schlimmen zu tun. Brennend aktuell, dabei spannend und literarisch ambitioniert, schaffen Nicklas und Hucke ein Karlsruher Panorama, das neben Lokalkolorit und Humor eine raffinierte Krimi-Handlung bietet.

222 Seiten · Paperback
ISBN 978-3-88190-599-2
12,80 Euro

Handfester Mord in idyllischer Umgebung.

BNN

Der Shooting-Star der Weinbranche, Henriette Jäger, bringt frischen Wind in den Kraichgau. Klar, dass das nicht allen gefällt. Als sie bei der Weinbergsarbeit stirbt, denkt niemand an Mord. Zumal: Beweise gibt es keine. Motive viele. Nur Henriettes Vater nimmt die Ermittlungen auf und lernt im Kraichgau nur gastfreundliche Menschen kennen, die nichts zu verbergen haben. Doch dann weckt der alte Matthaiser einen bösen Verdacht in ihm ...

2. Auflage · 192 Seiten · Paperback
ISBN 978-3-88190-587-9
13,80 Euro

Liebeserklärung an Menschen und Landschaft.

BNN

Der Kelterhof zwischen Kraichgau und Stromberg gelegen, ist ein Weingut, wie es idyllischer kaum sein kann. Weshalb liegen eines schönen Morgens während der Weinlese gleich zwei Tote im Weinberg der Schäufeles? Johannes Hucke erzählt von einer schicksalhaften Freundschaft, einer romantischen Frühlingsfahrt, die durch das Neckartal schließlich ins beschauliche Großvillars führt, von allerlei Genüssen, die der Heimat heilig sind ...

180 Seiten · Paperback
ISBN 978-3-88190-651-7
13,80 Euro

Lindemanns Bibliothek, Band 153
herausgegeben von Thomas Lindemann

Titelfoto: Adi Bachinger

Käppelestraße 10 · 76131 Karlsruhe

ISBN 978-3-88190-670-8

www.infoverlag.de